读客三个圈经典文库

经典就读三个圈　导读解读样样全

凡尔纳科幻经典

格兰特船长的儿女

下

[法]儒勒·凡尔纳 著

陈筱卿 译

读客三个圈经典文库

经典就读三个圈 导读解读样样全

江苏凤凰文艺出版社
JIANGSU PHOENIX LITERATURE AND
ART PUBLISHING

Les Enfants du capitaine Grant

Jules Verne

目 录

第二卷 🛞

第三卷

第二巻

第十章

维迈拉河

第二天，12月24日，天一亮，格里那凡爵士一行便出发上路了。天气已经很热了，但还能忍受，而且道路平坦，车、马走起来也很方便。他们整整走了一天，日暮时分，到了白湖岸边，露宿过夜。

白湖徒有其名，实际上并不白，水咸得不得了，无法饮用。

奥比内先生一向认真负责，及时地准备好了晚餐。饭后，众人或在车上或钻帐篷，很快就进入了梦乡。

第二天，众人早早醒来，只见眼前是一片美丽的平原，满目色彩绚丽的菊花竞相开放，让人流连，但一行人还是按时上路了。

一路上，广阔的草原上，鲜花盛开，间有各种树木和植物，如滨藜、艾莫菲拉树等。巴加内尔熟知各种花草，都能叫得上名字来，一下子从地理学家变成了植物学家。据他介绍，到目前为止，澳洲所发现的植物有一百二十个种类，共四千两百多种。

随后，又走了十多英里路，进入高大的树丛之中，树木中有豆球花树、木本含羞草、白橡胶树等。

所见动物并不太多，偶尔可以遇到几只火鸡，但人却无法接近它们。少校倒是射中了一只怪鸟，这种鸟已几近绝种，名为"霞碧鹭"，英国移民称之为"巨鹤"，身高有五英尺，长约一英尺八英寸，下部宽大，白色的胸脯黑黑的嘴，羽毛色彩斑斓，十分好看。大家惊叹不已。

又走了数英里之后，小罗伯特打到一只怪兽，嘴巴呈圆筒状，舌头又尖又长，还滴着黏液，以捕食蚂蚁为生，外形看上去颇似刺猬。

"这叫针鼹，你们没有见过吗？"博学的巴加内尔对动物也有研究。

"模样丑陋不堪。"格里那凡爵士说道。

"模样是不好看，但却很稀罕，除了澳大利亚而外，世界上其他地方都没有。"

巴加内尔本打算把这件稀罕物塞进杂物车厢带走，但却遭到奥比内先生的竭力反对，只好作罢。

这一天，一行人走到了东经一百四十一度三十分处。到目前为止，他们很少见到移民，而土著人则一个也没遇上。

但是，一个罕见的场面却引起了一行人的极大兴趣。在澳洲，有很多投机倒把的商人，把大批的牲畜从东部山区赶到维多利亚省和南澳等地去贩卖，那牲畜群简直是浩浩荡荡，蔚为壮观。

下午四点，孟格尔发现前方三英里远处有一股漫天灰尘从地平线上滚将过来。这是怎么回事？众人疑惑不解。巴加内尔认为这只是一种自然现象，并以其科学家的想象力在进行科学的解释。但是，巴加内尔的想象被艾尔通一句话给打断了，后者说那是牲畜群走过时扬起的灰尘。

艾尔通没有说错，那灰烟尘埃在渐渐地移近，很快便听见了一片马嘶牛噪羊咩的叫声，间杂着人的呼喊声、口哨声、咒骂声。

这时候，突见一人从这片尘雾之中走了出来，那是这支浩浩荡荡的牲畜大军的总指挥，但是，若称他为"牧守"则更贴切。此人名叫山姆·米切尔，从东部来，到佩特兰去。格里那凡爵士便同这位"牧守"交谈起来。

米切尔的这支牲畜群大军共有牲畜一万两千零七十五头，其中有一千头牛、七十五匹马和一万一千只羊，都是从蓝山一带的平原里购买的。买来时都很瘦，现在要把它们赶往南澳那些丰饶的草原上去放牧，养得膘肥肉壮之后，可以卖个好价钱，获利丰厚。不过，这么多牲畜赶起来也很不容易，必须有耐心和毅力才行，所以，赚点钱也实在是不容易。

牧群在继续往前走着，米切尔便开始简略地对这一行人讲述了自己的经历。

他说他已经出来有七个月之久了，每天走十英里，整个行程得耗时三个月。他有二十条狗、三十个帮手，另有六辆大车跟随其后。

众人盛赞牧群秩序井然，有条不紊。米切尔便解释说，牧群以牛打头，中间是羊群，由二十个人指挥着往前走，最后是马群。而牛群必须打头阵，其他牲畜都愿意跟随着牛群，否则根本驾驶不了。

在平原上，牧群容易驱赶，到了丛林地带，困难就来了，若是遇上暴雨和湍急的河流，那困难就更大了。米切尔就如此这般地克服了重重困难，一里一里地往前行进，穿越了许许多多的平原、丛林和山峦。

米切尔在讲述的时候，牧群已经过去了一大半，他也必须奔到前头去选择牧场了。于是，他告别了格里那凡爵士一行，骑上骏马，眨眼工夫，便消失在烟尘之中了。

格里那凡爵士一行随即也背向牧群往前走去，日暮时分，在塔尔坡山脚下停歇下来。

巴加内尔一本正经地提醒大家，今日是12月25日，是圣诞节，按英国人的习惯应该隆重庆祝一番。其实，奥比内先生并未忘记这个节庆日。他早已作了准备，为大家做好了一顿丰盛的节日晚餐，有鹿肉火腿、腌牛肉、熏鲑鱼、大麦粉与荞麦粉制作的糕点，还有香茶、威士忌酒和波尔多葡萄酒。大家一边在帐篷下尽情地享受着美食，一边对奥比内先生的厨艺赞不绝口。

晚餐丰盛至极，但巴加内尔却觉得还应该有点水果才是。于是，他便跑到山脚下去采了一些野生橘子，当地土著人称之为"毛卡梨"，没什么滋味，其核嚼碎之后，味同辣椒，辣得厉害。巴加内尔总想尝试一番，以示对科学的热爱，结果被辣得连嘴巴都张不开来，以致少校原想让他讲点澳洲沙漠的特点，也未能如愿。

第二天，12月26日，一行人走过了诺通河那片肥沃地带，又过了已半干涸了的麦根齐河。天气晴朗，也不太热，因为南风吹拂，犹如北半球夏季刮起北风一样凉爽，巴加内尔就是这么解释给小罗伯特听的。

"我们是赶巧了，因为总体来说，南半球要比北半球热。"巴加内尔解释道。

"那为什么呀？"小罗伯特问道。

"为什么？你没听说过地球在冬天离太阳近吗？"

"倒是听说过，巴加内尔先生。"

"听说过冬天之所以冷，是因为阳光斜射的缘故吗？"

"这也听说过。"

"喏，孩子，南半球热一些的原因就在于此。"

"这我就搞不明白了。"小罗伯特瞪着一双大眼回答道。

"你想想呀，冬季里，在欧洲，我们是在地球的另一半，而我们脚下的澳大利亚是什么季节？"

"夏季。"

"喏，就是这时候，地球离太阳最近，你明白了吗？"

"明白了。"

"南半球夏季热一些，正是由于夏季时节，南半球比北半球离太阳近的缘故。"

"是的，巴加内尔先生。"

"所以，人们说地球冬天离太阳近，是就我们住在北半球的人来说的。"

"这一点，我倒是没有想到。"小罗伯特天真坦率地回答道。

"现在你明白了，可别再忘记了啊，我的孩子。"

小罗伯特非常高兴地上了一堂地理课，最后还知道了维多利亚省的年平均温度是七十四华氏度，约合二十三点三三摄氏度。

傍晚时分，一行人来到离龙斯达湖五英里处宿营。

第二天，十一点左右，他们走到了维迈拉河畔，该处位于东经一百四十三度。

维迈拉河宽约半英里，河上没有桥，也找不到木筏。艾尔通便忙着去寻找可以蹚过河去的浅滩。在上游四分之一英里处，河水似乎较浅，艾尔通便准备让大家从这儿过河。他探测了一下，河水深约三英尺，牛车可以通过，不会有什么危险。

"就没有别的办法可以过河了吗？"格里那凡爵士问艾尔通道。

"没有了，爵士。我觉得从这儿过河问题不大，不会有什么危险的。"

"要让海伦夫人和格兰特小姐下车吗？"

"不必，我会拉紧驾辕的牛的。"

"那好吧，艾尔通，全靠您了。"

于是，骑马的人围着牛车，毅然决然地下到河里去了。

艾尔通坐在牛车上小心翼翼地赶着车；少校和两位水手骑马走在头里探路；格里那凡爵士和约翰·孟格尔守在牛车两侧，护卫着两位女士；巴加内尔和小罗伯特殿后。

直到走至河中心之前，没有任何问题，平平安安，稳稳当当。可是，一到河中心，河水变深了，牛车轮盘都被淹没了。艾尔通担心牛脚探不着河底，深一脚浅一脚地走不稳，便下到水里，把住牛角，引着牛往前走。

突然间，意想不到的事情发生了。只听见哗啦一声，牛车撞到了什么，倾斜过去，水都淹到女士们的脚踝了。格里那凡爵士和约翰·孟格尔拼命地扛住牛车，但终究无法稳住它。牛车漂了起来。

艾尔通眼疾手快，用力一扛，把牛车给正了过来。前面河底有一道小坡，牛和马的脚都可以脚踏实地了。不一会儿，牛车和骑马的人们便安然地渡过河来，尽管浑身透湿，但心里却十分高兴。

不过，牛车前厢碰坏了，格里那凡爵士的马前蹄的马蹄铁也掉了。这得赶快修理。可是，怎么修理呀？大家正在犯难，不知如何是好时，艾尔通自告奋勇地说，他可以去二十英里远的北边的黑点站，找个铁匠来。

"那好，您去吧，辛苦您了。来回一趟得多长时间？"格里那凡爵士问道。

"大约十五个小时，不会再多。"

"那您就去吧，我们在这里等您回来，我们就在这维迈河畔宿营了。"

第十一章

柏克与斯图亚特

在等待艾尔通回来的这一天里，大家便在维迈河畔漫步，闲谈，欣赏周围风光。河边有不少的灰鹭和红鹤，见他们走近，便纷纷飞走，还发出嘶哑的鸣叫。缎光鸟、黄鹂、斑鹅、翘翅风鸟在野无花果树或百合花枝间飞来绕去；翡翠鸟没再捕鱼；七色的碧山鸟、朱头红颈的罗什儿鸟、红蓝相间的乐利鸟等一些鹦鹉类的鸟儿在开花的橡胶树顶上发出震耳欲聋的喧叫声。

众人陶醉在这片大自然的美景之中，或驻足于潺潺流淌的小河旁，或流连于绿草茵茵的地上。

不知不觉之中，已经走出去半英里地，天也开始黑了下来，只有靠着星星辨别方向。当然，在南半球是看不见北斗星的，只有依靠南极十字星座。

奥比内先生在宿营地的帐篷里已经准备好了晚餐。众人归来后便纷纷落座。晚餐的佳肴是一盆烩鹦鹉。鹦鹉是威尔逊想法捕杀到的，经厨师妙手烹饪，香味扑鼻，非常可口。

这样的美丽夜色不可错过。晚餐之后，众人没有就寝，而是围在一起谈天说地。海伦夫人于是便提议请巴加内尔先生讲讲前来澳洲探险的大旅行家们的故事。大家纷纷表示赞成，巴加内尔也不谦让。地理学家凭借自己的很强的记忆力，开始滔滔不绝。

"朋友们，你们应该记得，当然，少校就更不会忘记，我在邓肯号上列举过许多的旅行家。而深入澳洲内陆地区来探险的，只有四个人，他们或从南往北，或从北往南，穿越了澳洲。他们分别是柏克、马金莱、兰兹博罗和斯图亚特。他们穿越澳洲的时间分别是：柏克 1860 年和 1861 年；马金莱 1861 年和 1862 年；兰兹博罗 1862 年；斯图亚特也是 1862 年。马金莱和兰兹博罗二人我就不加赘述了。马金莱是从阿德雷得到达卡奔塔利亚湾的，而兰兹博罗则是从卡奔塔利亚湾到墨尔本的。他们都是受澳大利亚委员会委派，前去寻找柏克的。

"柏克和斯图亚特都是勇敢无畏的探险家。我现在就来给大家讲讲他们的探险史。

"1860 年 8 月 20 日，在墨尔本皇家学会的鼓励下，罗伯尔·柏克这位曾当过卡斯尔门警视厅巡察的退役军官，从墨尔本出发了。同他一起出发的有十一个人：杰出的天文学家威尔斯、植物学家伯克莱尔博士、格莱，印度青年军官金格、兰代尔、伯拉赫以及几名印度士兵。他们还带上了二十五匹马和二十五只骆驼，或载人或驮行李及十八个月的食粮。

"探险队计划沿着柯伯河走，直奔北部的卡奔塔利亚湾。他们顺利地越过了墨累河和达令河，到达殖民地北部边界梅宁蒂站。

"到了那儿之后，由于嫌携带的行李太多，再加上柏克脾气暴烈，所以探险队内部意见纷纷，出现了分裂。带领骆驼队的兰代尔于是便带上几名印度兵脱离了探险队，返回到达令河。柏克则仍然往前走着。11 月 20 日，也就是出发三个月之后，他们在柯伯河畔建立起第一个储粮站。

"他们在柯伯河畔待了一段时间，因为一时无法找到既有水源又利于行走的路。后来，历尽千辛万苦，终于来到一个地方，他们便把这儿称之为'威尔斯堡'，并在此建立起一个中转站。柏克在此把探险队一分为二，一个小队由伯拉赫率领，驻守威尔斯堡三个月以上，等待另一个小队归来；另一个小队只有四个人，即柏克、金格、格莱和威尔斯，继续前行。

"这四个人来回需要走六百法里，所以带上了六匹骆驼和三个月的粮食。粮食包括三夸特[1]面粉、两夸特大米和荞麦粉、一夸特干马肉、一夸特咸猪肉和腊肉、三十公斤饼干。

"柏克一行四人出发了。他们艰难地穿过了一片荒凉的砂砾地带，到达了埃尔河。这也正是1845年司徒特所到达的最远的地方。从这儿以后，他们便尽量地沿着东经一百四十度线往北去。

"1月7日，他们走过了南回归线，骄阳似火，而且热带沙漠中又找不到水喝，只是偶尔遇上一阵暴风雨，感觉凉爽痛快一些。有时还偶尔能碰上几个土著人，但并未发生意外。这段行程没有高山挡道，也无江河阻隔，倒还不算太困难。

"1月12日，他们到了佛伯山和连山山脉，这是一些花岗岩质的山脉，爬起来相当困难。人走困难，骆驼更是不肯向前。柏克在其旅行日记本上记述道：'总在山中转悠，骆驼都累出汗来了！'但是，一行人凭借着坚忍不拔的精神，终于走了出来，抵达特纳河畔。随后，又到了佛林德斯河上游，佛林德斯河流入卡奔塔利亚湾，两岸满目的桉树和棕树。

---

[1] 1夸特合50公斤。

"接着遇到的是一片接一片的滩地，这说明离大海不远了。这时候，有一峰骆驼死了，其他的骆驼见状，死活都不肯再往前走，金格和格莱只好被留下来照看。柏克和威尔斯仍继续前行。他俩克服了重重困难，于 1861 年 2 月 11 日走到一个被海潮淹没了的滩地，但并未见到真实的大海。"

"您是说这两位勇敢的探险家没能再往前走了？"格里那凡夫人问道。

"是的，夫人，"巴加内尔回答道，"那种滩地，踩上去人就往下陷。柏克他们没有办法，只好折返回来，与威尔斯堡的同伴们会合。往回返也很不容易，二人累得都快要散架了，只是一步一挪地才回到同伴身旁。然后，小分队又沿原路南下，向柯伯河走去。

"4 月里，他们才走到柯伯河，但只剩下三个人了，格莱因劳累过度，在途中身亡，六只骆驼也先后死去四只。但是，只要能走到威尔斯堡，有伯拉赫在等着他们，那儿有足够的存粮，他们就有救了。于是，他们便强打起精神来，举步维艰地往前走着。就这么一步一挪地走了几天，于 4 月 21 日，看见了威尔斯堡外的栅栏，喜极而泣。但是，没想到，这儿已是人去楼空了。说来也怪，等了五个月未见人归来的伯拉赫他们，就在这一天走了。"

"走了？"小罗伯特惊呼道。

"是呀，走了。而且就在这同一天里。你说说看，这不是该死吗！伯拉赫还留下了一张字条，而且是七个小时前刚写的。柏克他们想追也追不上了。他们无可奈何地吃了点被丢弃的粮食，稍稍恢复了点气力。可是，离达令河尚有一百五十法里，又没有交通工具，这可如何是好呀！

　　"这时候，柏克决定走到六十法里外的澳洲居民站去。于是，三个人便上路了。剩下的两峰骆驼，一只死于柯伯河的一条泥泞不堪的支流里了，另一只也实在走不动了，只好把它杀了吃了。不久，随身所带的粮食也吃完了，三人只好以一种水生植物的芽孢充饥。前面没有别的水源，再说，他们也没有盛水的工具，所以不敢离开柯伯河。谁知，偏偏又遭了场火灾，所有的衣物什么的，全都化作了灰烬。

　　"于是柏克便把金格叫到自己的身边来，对他说道：'我活不过几个钟头了，这是我的笔和日记本，您拿去。我死了之后，请您在我右手中放一支手枪，死时是怎样就怎样放着我的尸体，不必掩埋。'说完这话之后，他就没再开过口，第二天早晨八点，他便死了。

　　"金格给吓傻了，不知如何是好，便跑去找澳洲土著人。待他返回时，威尔斯也死了。至于金格，他总算被土著人收留下来，9月里，霍维特、马金莱和兰兹博罗被派出寻找柏克等人，而霍维特那支探险队终于找到了金格。就这样，穿越澳洲内陆的四位探险家，只有金格一位活着回来了。"

　　巴加内尔的这番讲述，令众人不免唏嘘一片。大家不禁联想到格兰特船长，在这么恶劣的内陆地区，恐怕是凶多吉少了。这么多的艰难险阻连几位科学先锋都送了命，不列颠尼亚号的落难水手们能逃此一劫吗？玛丽·格兰特小姐想到此，不禁热泪哗哗地流淌起来。

　　"父亲大人！我可怜的父亲！"她不由自主地呼唤道。

　　"玛丽小姐！玛丽小姐！"约翰·孟格尔连忙劝慰道，"那些人是因为冒险进入内陆地区才遭遇不测的。而格兰特船长却是同金格一样，落在土著人手中，他一定会像金格一样，活着回来的！格兰特船长不一定会遇到那么恶劣的环境的！"

"他绝对不会遇到那么恶劣的环境的，"巴加内尔也劝慰道，"澳洲的土著人是热情好客的。"

"愿上帝保佑我父亲！"

"还有斯图亚特呢？他是怎么个情况？"格里那凡爵士在请巴加内尔继续往下讲。

"斯图亚特嘛，他可是幸运得多了。他的名字在澳洲历史上非常响亮。他是你们的同乡。自1840年起，他便开始在阿德雷得北边沙漠上旅行了。1860年，他只带了两名随从，想进入澳洲内陆，但没能成功。1861年元旦，他又带上十一个人，一直深入离卡奔塔尼亚湾六十法里的地方，因所带粮食告罄，才不得不返回阿德雷得。再一次的失败并未使他气馁。他又进行了第三次探险，终于实现了大家所共有的愿望。

"南澳议会积极支持他的探险活动，资助给了他两千镑。这一次，他总结了上两次的失败的经验，做了周密完善的准备工作。他的老友博物学家瓦特霍斯、斯林、凯奎克，老伙伴伍弗德、奥德等十人加入了他的探险队。他们携带了二十只美洲大皮桶，每只容量为七加仑。1862年4月5日，他们在新炮台湖集合，此处位于南纬十八度，他们计划沿着东经一百三十一度北上。

"但是，由于出发地周围为丛林所包围，他们向北、向东北走，结果均告失败，只好折回来，向西走去，走到了维多利亚河，也没能继续走下去。后来，斯图亚特便决定往东走，到达草原中的达利溪，沿溪流而上，上行三十英里，往前走到斯特兰威河和罗伯河。这两条河均流经热带丛林。那儿住着许多的土著人。他们受到了土著人的热情接待。

"他们从这儿开始，又折向西北方，找到了阿德雷得河的源头；这条河流入凡第门湾。他们沿河而下，穿过安亨地区。安亨地区到处是椰菜、竹子、松树、柳树。继续往下，阿德雷得河在逐渐变宽，两岸尽是些沼泽地，看来离大海不远了。

"7月22日，星期二，前方是无数的小溪流，挡住了去路。斯图亚特派出三个人去探路。第二天，一行人便踏上了林木丛生的高地。

"7月24日，离开阿德雷得城已经九个月了。早晨八点二十分，他们启程往北。地面渐渐往高处去，布满了火山岩，树木矮小，显然是靠近海边了。

"他们又走过一片低谷地带，谷边长着灌木，已可听到海浪拍岸的声响。又走过一片矮树林，一行人便踏上了印度洋海岸。斯林像疯了似的大喊大叫：'大海啊！大海！'其他人也大声欢呼，向印度洋致敬。

"第四次横穿澳洲大陆的探险计划总算完成了！

"斯图亚特纵身下海，洗了洗手、脚和脸，实践了他出发时向南澳总督所发的誓言。然后，他便回到低谷边上的树林里，在一棵树上刻下了自己名字的缩写：约·斯。

"次日，斯林又去探路，看看有没有一条可由西南方向回到阿德雷得河口的路，但是，斯林探完路回来报告说，前方满是沼泽，无法骑马，只好作罢。

"于是，斯图亚特便在树林中选了一棵大树，砍去下面的枝条，在树顶上插上一面澳大利亚旗帜，并在树干上刻下一行字：

'由此向南一英尺掘下去。'

"如果有谁发现了，照树干上所刻的字向南一英尺往下挖掘，就能见到一只白铁盒，内有一封信件，其内容我还记得很清楚：

> 由南向北横穿澳洲大陆的伟大的探险之旅
>
> 以约翰·斯图亚特为首的一支探险小队，于1862年7月25日到达此处。他们横穿澳洲大陆，由南海直走至印度洋海边，途经大陆之中心。他们于1861年10月26日从阿德雷得城出发，1862年1月21日抵达最后一个殖民站，向北前行。为纪念此次成功之旅，特在此树上插上一面澳大利亚旗帜，并刻下探险队队长的名字。愿上帝保佑我们的女王陛下！

"下面就是斯图亚特及其同伴的签名。这就是他们那次轰动全世界的壮举的经过情况。"

"那些英勇顽强的人都回到了南方了吗？"海伦夫人关切地问道。

"是的，夫人，"巴加内尔回答道，"他们历尽千辛万苦，全都归来了。只是斯图亚特情况不佳，在归途中得了败血症，身体健康受到严重的损害。他曾因无法行走而被放在衣筐子里，用两匹马担着走。10月末，他曾咳血不止，几乎丧命。10月28日，他却奇迹般地活过来了。

"12月17日，斯图亚特回到了阿德雷得，全城居民都出门迎接，对他表示热烈的欢迎。但是，因为他的身体未能完全康复，在接受了澳洲地理学会的金质奖章之后不久，便搭乘印度号回到了自己思念的故乡苏格兰。我们回到苏格兰时会见到他的。"

"此人毅力非凡，这是让人完成伟业的根本，"格里那凡爵士感叹道，"拥有这样的人，是苏格兰的一大骄傲。"

"在斯图亚特之后，还有过探险家来此探险的吗？"海伦夫人问道。

"有。我曾提到过的那位雷沙德，他于1844年就在北澳进行过一次重要的探险。1848年，他又去东北部探险，一去十七年，至今音信全无。去年，墨尔本植物学家穆勒博士发起一次募捐，作为组织一次探险的经费。1864年6月21日，由英勇顽强的英泰尔率领的一支探险队，从巴鲁河区牧场出发，此刻大概已经深入内陆了，但愿他们能找到雷沙德。祝他们成功！也祝我们成功！但愿我们能找到我们亲爱的朋友。"

巴加内尔的故事滔滔不绝地讲完了。时间不早了，大家纷纷向地理学家道谢，便安然入睡了。

第十二章

墨桑线[1]

　　麦克那布斯见艾尔通离开维迈拉河畔宿营地独自到黑点站去找铁匠，总觉得心里有点什么不对劲儿的地方。不过，他并未流露出来，只是细心地巡视了一番周围的环境。四周原野，一片寂静。几个小时的黑夜已经过去，旭日已在东方冉冉升起。

　　格里那凡爵士则只担心艾尔通独自归来，没能找到铁匠。找不到铁匠，牛车难以修理，无法上路，行程受到影响，所以他心急如焚，似热锅上的蚂蚁。

　　幸而艾尔通不负众望，也没浪费多少时间，第二天天一亮，他便带着一个人回来了。此人自称是黑点站钉马掌的铁匠，身材高大魁梧，但面目可憎，让人看着很不顺眼。不过，人不可貌相，只要他活儿干得好就行。

　　"这人能行吗？"约翰·孟格尔问艾尔通道。

　　"我同您一样，船长，对他也一无所知。看他干了再说吧。"艾尔通回答道。

1　连接墨尔本和桑达斯特的铁路。

这铁匠话不多，但活儿却干得有板有眼，修理起车子来十分熟练、麻利。少校见他两只手腕上都削掉了一圈肉，皮肤酱紫，如同戴着一副镯子。显然，这是新近留下的伤痕。少校便问他伤得是否厉害？疼不疼？但铁匠只顾埋头干活，并不回答。

两个小时过后，牛车修好了。

铁匠带了现成的马蹄铁，正要替格里那凡爵士的坐骑钉上。少校眼睛尖，一看便觉得那马蹄铁有点异样，呈三叶状，还刻有叶子轮廓。于是，他便把马蹄铁拿给艾尔通看。

"那是黑点站的标记，"艾尔通回答他道，"以防马跑丢了，好找回来，不致与其他的马匹混淆。"

没过多一会儿，马蹄铁换好了。铁匠算完工钱离去，前后没说过四句话。

半小时之后，一行人又踏上了征途。先走过一片长着木本含羞草的平原地带，然后进入湖滩地区，只见许多河水溪水，在高大的芦苇丛中潺潺流淌着。一行人在湖滩地上走着，倒也不太困难。

海伦夫人轮流将骑马的人请上她的牛车，让每个人都能稍事休息。玛丽小姐也帮着海伦夫人招呼着上车歇息的人。

就这样，一行人穿过了从克劳兰到霍尔桑的邮路。这条道灰尘飞扬，行人稀少。他们又越过了几座山丘，于傍晚时分，过了玛丽博罗三英里处，扎营夜宿。

第二天，12 月 29 日，进入山岭地区。山路难行，速度减缓，走了一段之后，大家才慢慢习惯了一些。

十一点左右，他们抵达了卡尔斯伯鲁克城。艾尔通主张绕城而过，以节省时间，爵士表示赞同，但好奇的巴加内尔却很想参观一下这座很重要的城镇。大家让他独自去参观，牛车继续缓缓向前。

巴加内尔与平时一样，总是把小罗伯特带在身边，二人一起参观游览。城里有一家银行、一座教堂、一个法院、一所学校、一座市场。房屋有百十来幢，全都用砖砌成，样式整齐划一。街道平行，是典型的英国模式。这座城镇也太过简单，枯燥乏味。

不过，这却是一座新兴城市。人人忙忙碌碌，为生活、为钱财在奔忙。外乡人打城中经过，一点也不会引起他们的注意。

巴加内尔和小罗伯特在城中游逛了一个钟头，然后，穿过一片精耕细作的田野，追上了众人。

一行人又走过了一片草原，见到不少的羊群，看到了一些牧人的棚屋。看来，再往前走，就进入荒漠地带了。

到目前为止，他们尚未遇过一个土著人。格里那凡爵士觉得颇为蹊跷，但巴加内尔却告诉他说，在这条纬度线上，土著人主要集中在墨累河一带的平原地区，在离此地尚有两百英里远的地方。

"我们很快就要到达金矿产区了，"巴加内尔对爵士说道，"用不了两天工夫，我们就要穿越亚历山大山脉那富饶的地区。1852 年，无数的淘金者蜂拥而至，可能早就把土著人吓走了，跑到内陆荒漠里去了。今天傍晚之前，我们就将越过从海岸到墨累河的那条铁路。说实在的，朋友们，我始终觉得这条铁路怪怪的。"

"那为什么呀，巴加内尔？"格里那凡爵士问道。

"为什么！因为它太不协调了。我知道，你们英国人在海外搞殖民事业搞惯了，你们在新西兰架设电线，举办万国博览会，所以认为在澳洲修建铁路是极其自然的事。可我这样的法国人却对此不以为然，认为你们把我对澳洲的固有看法给搅乱了。"

"因为您只看过去而不注重现在。"约翰·孟格尔反驳他道。

"这我承认。不过，火车头在荒漠地区汽笛声声，烟雾腾腾，破坏了树林美景，吓跑了火鸡、鸭嘴兽。土著人乘坐三点三十分发车的快车，从墨尔本前往肯顿、卡斯尔门、厄秘卡、桑达斯特，除了英国人和美国人而外，有谁会不觉得这很怪诞吗？修筑了这条铁路之后，荒漠的诗情画意便荡然无存了！"

"诗情画意没了，又有什么关系呢？只要文明进入荒漠就行。"少校反驳他道。

这时候，突然一声汽笛声响，打断了大家的争论。一行人离铁路线不到一英里，从南边驶来的列车缓缓地行驶着，恰好停在牛车所走的路和铁路的交叉口上。这条铁路正是连接维多利亚省会墨尔本和墨累河的。墨累河于 1828 年被司徒特发现。它发源于澳洲的阿尔卑斯山，流经维多利亚省的北部地区，在阿德雷得城附近的遭遇湾入海，其支流拉克兰河和达令河注入其河床。这条铁路线沿途都是一些丰饶富庶的地区，畜牧站在日益增多。多亏了这条铁路，使得现在从这里前往墨尔本十分方便。

当时，这条铁路已修筑了一百零五英里，由墨尔本到桑达斯特，中间有肯顿和卡斯尔门两大站。还有七十英里正在修建中，一直通到厄秘卡。厄秘卡是今年在墨累河上新建立起来的殖民地利物林的首府。

三十七度线在卡斯尔门上行几英里处穿过这条铁路线，那儿有一座桥，名为康登桥，架设在墨累河的一条支流吕顿河上。

艾尔通赶着牛车奔向康登桥，骑马者也扬鞭催马，想一睹康登桥的英姿。

这时，正有许多的人向那座桥奔去，都是附近的居民和牧民。只听见人们在呼喊着："快到铁路那儿去呀！快到铁路那儿去呀！"

这么乱哄哄的，肯定是出了什么大事了。也许是发生了惨祸。

格里那凡爵士扬鞭催马，同伴们策马紧随其后，不一会儿便来到了康登桥前。原来，是火车出轨，酿成大祸。桥下小河中满是车厢和火车头的残骸，只有最后一节车厢尚侥幸地停在距离深渊边沿一米处。显然，发生了一场大火，杂乱的废物堆里还冒着火苗，满眼都是烧焦了的枕木、烧黑了的车轴、弯曲了的铁轨、破损的车厢；遍地都是残肢断臂、摊摊血迹、散落四处的烧焦了的尸体，不知有多少人死于非命呀。

格里那凡、巴加内尔、麦克那布斯和孟格尔挤在人群中，听着人们在议论纷纷，对事故原因什么样的猜测都有，只有救护人员在那儿忙碌着。

"是桥断了！"有个人说道。

"哪儿呀！桥好好的，肯定是桥未合上，可火车已经到了，才酿成惨祸的。"另一个人说道。

原来，康登桥是一座转桥。有船只过往，桥便转开；火车驶来，桥则合上。是不是护桥工疏忽大意，忘了合上桥，造成这么大惨祸呀？这种推测不无道理，因为桥的一半被压在火车头和车厢底下，而另一半仍吊在铁索上，铁索明显地仍完好无损。可以肯定，纯属护桥工失职才酿成此惨祸的。

出事的是三十七次快车，晚上十一点四十五分从墨尔本发车。车离开卡斯尔门车站二十五分钟后抵达康登桥，因此，惨祸应发生在凌晨三点十五分。车一出事，最后一节车厢里的旅客和员工便立刻求援，但电线杆全倒在了地上，电报不通。卡斯尔门的主管当局三个钟头后才闻讯赶到出事地点。等到当地殖民地总督米切尔和一位警官率领一队警员前来组织救援工作时，已经是清晨六点了。许多当地人也参与了救援工作，帮忙扑灭大火，抢救伤者。

尸体被烧焦了，无法辨认。全列车到底有多少名旅客，也无人说得清楚。只有十个人侥幸逃过此劫难。他们是最后一节车厢的乘客，已被当地铁路部门用救护车拉回卡斯尔门去了。

格里那凡爵士向总督亮明自己的身份，便与他及那位警官攀谈起来。那警官身材高挑瘦削，面孔冷峻。面对眼前的惨祸，他外表上依然保持着镇静，心中正在思考着惨祸的罪魁祸首。当格里那凡爵士扼腕痛惜地说"这真是一场惨祸"时，他便冷峻严肃地回答道："不仅是惨祸，爵士。"

"不仅是惨祸？那还有什么？"爵士惊呼。

"而且还是一个罪行。"警官冷冷地回答道。

格里那凡爵士未再继续追问，只是扭过头去看着米切尔先生，以目探询其看法。

"是这么回事，爵士。经过一番调查，我们肯定这次惨祸系犯罪分子所为。他们抢劫了最后一节车厢的行李物品，袭击了未遇难的旅客。他们有五六个人。转桥是有人故意转升起来的，而非工作的疏忽大意。如果护桥工失踪了，那就可以肯定，是他勾结犯罪分子干的这种罪恶勾当。"

那位警官在摇头，似乎对总督的结论不敢苟同。

"您不同意我的看法？"

"我不相信护桥工会与犯罪分子相互勾结起来。"

"可是，如果没有护桥工的帮助，墨累河上游的那些土著人根本就干不起来，他们并不熟悉转桥的机关，怎么会转动那桥呢？"

"这话没错。"

"另外，昨天晚上，有一艘船从桥下经过，是晚上十点四十分。船老大说，船通过之后，转桥又合上了。"

"确实如此。"

"所以，护桥工与土著人相互勾结是明摆着的事了。"

警官在摇头。

"那您的意思是，警官先生，这并非土著人所为？"格里那凡爵士问道。

"当然不是！"

"不是土著人，那又会是谁呢？"

这时候，上游半英里处传来一片喧嚣声。人围成一团，越聚越多。不一会儿，这群人便来到了康登桥前。其中有两个人抬着一具尸体，是那个护桥工。尸体已经冰凉，其胸口上被扎了一刀。尸体的发现证明警官的分析是正确的，此案与土著人并无牵连。

"干这一勾当者，对这玩意儿非常熟悉。"警官指着一副手铐说。那副手铐是一对铁环，中间连着一把锁。

"我很快就会把这副'手镯'送给他们当作新年礼物的。"警官又补充了一句。

"您怀疑是……"

"是那些'坐英王陛下的船不用付钱'的家伙干的！"

"怎么！是流放犯所为？"巴加内尔惊呼道。

"我还以为维多利亚省不允许流放犯逗留哩！"格里那凡爵

士说道。

"哼，不允许固然是不允许，但他们逗留还是照样逗留的。如果我没弄错的话，这帮家伙一定是从帕斯来的，他们还要回帕斯去。这一点我敢保证。"警官说道。

米切尔先生在点头，表示赞同警官的分析。这时候，牛车已经来到了公路与铁路的交会处了。格里那凡爵士不想让女士们目睹桥下的惨状，便立即与总督、警官告辞。然后，他招呼一声自己的同伴，让大家跟他离开。

他来到牛车旁，没有将真相告诉夫人，只是说列车出了点事故，没提流放犯的事。他准备以后再把情况单独告诉艾尔通。

一行人在康登桥上方八百米处穿过铁路，仍朝着原来的方向，向东而去。

第十三章

地理课的一等奖

越过铁路，走了两英里远，便是一片丘陵地带。牛车很快便进入曲折狭窄的谷地。谷中林木喜人，<u>丛丛</u>分布，并不连片。树丛中高大的灌木耸立，柔枝细条悬垂，犹如碧绿水流，飘飘忽忽，美不胜收。

一行人在此处停下来了。牛车的木轮碾轧的是一片碧绿的草地，如同地毯一般延伸开去；有些地垄突出于地面，将草地划隔成块，似棋盘一般。

"这是一些荫庇墓地的树<u>丛</u>。"巴加内尔一看周围环境，便知此为澳洲土著人之墓地，便告诉大家说。

这确实是土著人的墓地，不但有绿树掩映，又有青草满地，再加上鸟儿喁啾，让人感觉不出是肃穆凄凉的墓地来。但是，有不少墓地因白人侵入，土著人被迫离开了祖辈长眠之故园，而遭牛羊践踏，已经树木稀疏，甚至坟墓已被踏平。

巴加内尔和小罗伯特此刻正穿行于坟墓间的小径上，边走边聊。巴加内尔觉得与小家伙交谈，自己也大受裨益。但是，格里那凡爵士看见他俩只走了几百米便停了下来，跃身下马，低头看地，像是在观看一件稀罕物似的。

艾尔通很快也赶着牛车来到他们那里。大家立刻明白他俩驻足其间的原因了。原来，地上躺着一个小土著人，是个男孩，八岁左右，身着欧洲人的衣服。男孩正躺在树荫下酣睡。男孩满头卷发，肤色较黑，塌鼻梁，厚嘴唇，两臂较长，一看便知是个内陆小土著。但是，孩子模样聪颖，显得与一般土著人不同，显然像是一个受过教育的孩子。

海伦夫人一见这孩子，便心生怜爱，立刻走下牛车。众人随即也围了过来，而那男孩依然睡着未醒。

"这孩子好可怜！他会不会是在此迷了路呀？"玛丽·格兰特说道。

"我想，他可能是从老远的地方跑到这儿来上坟的，这儿想必埋葬着他的什么亲人。"海伦夫人猜测道。

"我们不能把他撇在这儿……"小罗伯特刚这么一说，那孩子便动弹了一下，话没说完。但那孩子虽动了一下，却并没有醒，翻了个身，又酣然入睡。这时，大家看到他背上有一个小牌子，上面写着：

特林纳

去厄秋卡

由乘务员史密斯负责照料

车费已付清

众人阅后，不胜惊讶。

"英国人就爱干这种事，"巴加内尔大声嚷道，"他们就这么寄包裹似的寄送孩子。这种事我早就听说过，但并不怎么相信，这么一看，我是真的信了。"

"可怜的孩子！不知他是不是坐的那趟在康登桥出事的火车？也许他的父母已经罹难，只剩他孤苦伶仃一个人了。"海伦夫人怜爱地叹息道。

"我想，不见得，因为他背上有这块小牌牌，这就说明他是独自一人旅行的。"约翰·孟格尔说道。

"他醒了。"玛丽·格兰特说。

只见那男孩慢慢地睁开眼睛，但见阳光太强烈，马上又把眼睛闭上了。海伦夫人立刻上前拉住他的小手，那男孩站了起来，惊恐地看着面前的这些人，脸都吓白了。但是，当他看到海伦夫人之后，好像是松了一口气似的。

"你会说英语吗，小朋友？"海伦夫人问他道。

"会，听得懂，也说得来。"孩子用英语回答她，但口音较重，有点像法国人说英语。

"你叫什么名字呀？"海伦夫人问他。

"我叫特林纳。"

"哦，特林纳，如果我没记错的话，'特林纳'在澳洲话中就是'树皮'的意思，对吗？"巴加内尔说道。

特林纳点了点头，然后又看看海伦夫人。

"你从哪儿来的呀，孩子？"海伦夫人又问道。

"从墨尔本，乘坐的是到桑达斯特的火车。"

"就是在康登桥上出轨的那趟火车吗？"格里那凡爵士问他。

“是的，先生。”

“你一个人独自坐火车？”

“是的，独自坐火车。巴克斯顿牧师把我托付给史密斯照顾，可是史密斯却摔死了。”

“你在火车上没有其他熟人吗？”

“没有，先生。”

那他又为什么钻到这么荒僻的地方来呢？为什么要离开康登桥？海伦夫人心存疑问，于是又问起孩子来。

“我想回家乡克拉兰，回去看家人。”

“你家里人都是澳洲本地人吗？”孟格尔问他道。

“都是克拉兰的澳洲人。”

“你有爸爸妈妈吗？”小罗伯特问他。

“有的，哥哥。”特林纳说着便握住小罗伯特的手。

小罗伯特听见有人叫他“哥哥”，非常激动。他一把搂住小男孩，吻了吻他，二人立刻成了好朋友了。

与一个八岁的小土著人问来答去，众人十分高兴。大家渐渐地围坐在他的身旁，听他叙述。此时，日已西沉，大家也不想再往前赶。再说，周围环境挺美，正好宿营。艾尔通把牛解下来，穆拉迪和威尔逊赶忙为六头牛套上绊索，让它们随意去吃草。帐篷也已经支了起来，奥比内的晚餐也安排就绪。大家便让特林纳一起吃晚饭。那男孩肚子早已饿得咕咕直叫了，但他还是有礼貌地客气了几句。当然，两个孩子是坐在一起的。小罗伯特一个劲儿地夹菜给小男孩；小男孩边接边道谢，既羞涩又文雅，大家看着直乐。

大家在边吃边聊，都想知道这孩子的经历，不停地问这问那。这孩子的经历很简单，据他说，他小的时候便被送到附近殖民地的慈善机构，父母都是墨累河流域拉克兰地区的土著人，他们这么做，是想让孩子接受英国人的教育。这孩子在墨尔本一住五年，没再见过自己的亲人。但是，他却一直在想念着自己的亲人，所以不畏艰险地想回到部落中去，看望一下父母。

"你看望了父母之后，还回墨尔本吗，孩子？"海伦夫人问道。

"回的，夫人。"特林纳回答道，两眼望着海伦夫人，神情十分诚实。

"你打算日后做个什么样的人呀？"

"我要教育我的同胞，把他们从贫穷愚昧中拯救出来。"

一个八岁的孩子竟然说出这种话，有人也许会以为这是滑稽的事，但那些苏格兰人听了之后都非常赞赏这孩子的凌云壮志，对他多了一分尊重。巴加内尔也深受感动，对这土著小孩深表同情。

说实在的，在这之前，巴加内尔其实并不怎么喜欢这个穿着欧式服装的小土著人。他本想来这儿看看赤身裸体、满身刺有花纹的土著人的，而穿着这种合乎礼仪的服装的土著人，并不合他的口味。但是，听了特林纳的豪言壮语以后，他便改变了态度，而在下面的一番交谈之后，他俩竟然成了好朋友了。

当海伦夫人问特林纳在什么地方上学时，他回答说在墨尔本师范学校，校长是巴克斯顿牧师。

"学校里都上些什么课呀？"格里那凡夫人又问。

"有《圣经》课、数学课、地理课……"

"什么？还有地理！"一听"地理"两字，巴加内尔便来了精神。

"是的，先生，"特林纳回答道，"寒假前，期末考试，我的地理还得了个一等奖哩。"

"你还得过奖，孩子？"

"是的，这是我得的奖品，先生。"特林纳说着便从口袋里掏出一本书来。

那是一本三十二开本的《圣经》，装帧很精致。第一页的背面写着：奖给地理课一等奖获得者、克拉兰人特林纳，墨尔本师范学校。

巴加内尔没有想到，一个澳洲小土著人在地理方面竟然这么有天分，不禁激动不已，一把抱起小男孩，吻着他的面颊。特林纳被巴加内尔这一突然举动弄得莫名其妙。海伦夫人便立刻解释给他听，说巴加内尔先生是一位著名的地理学家，要是当老师，一定是位优秀卓越的教授。

"一位地理学教授！"特林纳惊呼道，"啊，先生，请您提问我吧。"

"好呀！我正想提问你呢。我倒要看看墨尔本师范学校的地理课教得怎样哩！"

"特林纳会让您大开眼界的，巴加内尔。"麦克那布斯说道。

"让一位法兰西地理学会的秘书大开眼界？"巴加内尔不满地说着，一边把眼镜架上鼻梁，挺直修长的身子，摆出一副教授的派头来，以严肃的口吻开始提问。

"特林纳同学，请站起来。"

特林纳本来就是站着的，此刻只是挺直腰杆儿，毕恭毕敬，等着地理学家提问。

"特林纳同学，说说世界上有哪五大洲？"

"大洋洲、亚洲、非洲、美洲和欧洲。"特林纳干净利落地回答道。

"完全正确。既然我们现在身在大洋洲，那就先说大洋洲吧。大洋洲主要划分哪几个部分？"

"波利尼西亚、美莱尼西亚、密克罗尼西亚。主要岛屿有：澳大利亚，属于英国；新西兰，属于英国；塔斯马尼亚，属于英国；查塔姆、奥克兰、马加利、喀马代克、马金、马拉基等，都属于英国。"

"很好，但是，还有新喀里多尼亚、斯奈尔斯、门答纳[1]、帕乌摩图[2]呢？"

"这些岛屿都在大不列颠的保护之下。"

"什么？在大不列颠的保护之下？"巴加内尔不满地说，"我看正好相反，法国……"

"什么法国呀？"男孩惊讶地问道。

"哼！墨尔本师范学校就是这么教你们的呀？"

"是呀，先生。怎么，教得不好吗？"

"好！好！太好了！整个大洋洲都属于英国！好吧，我们接着往下提问吧。"

巴加内尔的神情既惊讶又不满，让少校看了在一旁偷着乐。

提问继续进行。

"谈谈亚洲吧。"巴加内尔说道。

"亚洲是个大洲，都城是加尔各答。主要城市有：孟买、马

1　即马奎斯群岛。

2　即图阿摩图。

德拉斯、卡列卡特、亚丁、马六甲、新加坡、曼谷、科伦坡；岛屿有：拉克代夫群岛、马尔代夫群岛、查哥斯群岛等，都属于英国。"

"行，行，都属于英国。还有非洲呢？"

"非洲包括两个主要的殖民地：南边的好望角殖民地，都城是开普敦；西边是一些英国居留地，主要城市塞拉勒窝内。"

"回答得很好，"巴加内尔总算是了解了这种英国狂式的地理学了，"教得真是太好了！至于阿尔及利亚、摩洛哥、埃及……都从英国地图上删除掉了。现在，来谈谈美洲吧。"

"美洲分为南美洲和北美洲。北美属于英国，有加拿大、新布伦克、新苏格兰，还有约翰逊总督治下的北美合众国。"

"约翰逊总督！"巴加内尔惊诧不已，"伟大的林肯被贩卖奴隶的疯子刺杀后，他可是林肯的继承人啊！你回答得真妙啊！好，太好了！那么，南美洲的圭亚那呀、福克兰群岛呀、塞得兰群岛呀，还有牙买加、特立尼特什么的，当然都属于英国了。这是毫无疑问的了。现在，我想请你说一说欧洲，看看你们老师对欧洲是一种什么看法。"

"欧洲？"特林纳显然不明白巴加内尔为何口气有点激动。

"是呀，欧洲！欧洲属于谁呀？"

"当然属于英国呀！"那男孩颇为自豪地回答道。

"我就料到你会这么回答的。好，接着说，我倒很想听一听。"

"欧洲有大不列颠岛、爱尔兰岛、马耳他岛、泽西岛、昆西岛、爱奥尼亚群岛、新赫布里底群岛、塞得兰群岛、奥克尼群岛等，都属于英国。"

"好，好，特林纳！另外还有一些国家，你给忘了，我的孩子。"

"还有什么国家呀，先生？"男孩并不认为自己漏掉了什么国家，因而这么回答道。

"还有呀？还有西班牙、俄罗斯、奥地利、普鲁士、法兰西呀！"

"这些都是省份，不是国家。"

"这叫什么话！"巴加内尔气得摘下了眼镜说。

"没错，先生。西班牙的省会是直布罗陀。"

"妙！妙极了！那法兰西呢？我可是法兰西人，我很想知道自己到底属于谁。"

"法兰西？那是英国的一个省，省府在加莱[1]。"特林纳从容不迫地回答道。

"加莱？这么说，你认为加莱也属于英国了？"巴加内尔又一次惊讶地嚷道。

"那当然。"

"加莱是法兰西的省会？"

"是呀，先生！总督拿破仑爵士就驻守在那儿……"

听到这里，巴加内尔实在憋不住了，哈哈大笑起来，笑得特林纳不知怎么回事。

"怎么样？我没有说错吧！特林纳同学会让您大开眼界的。"少校笑着对巴加内尔说道。

"没说错，少校。您瞧人家墨尔本是怎么讲授地理知识的

1　加莱是法国西海岸的一个城市，与英国隔英吉利海峡遥遥相望，百年战争时长期为英国所占据。

吧！师范学校的老师真的是太棒了！佩服！佩服！欧洲、亚洲、美洲、非洲、大洋洲，全世界都属于英国了。还有呢，特林纳同学，月球也属于英国吗？"

"月球将来也要属于英国的。"小男孩一本正经地回答道。

巴加内尔这下子可真的憋不住笑了，他连忙一口气跑到四百米开外的地方去，痛痛快快地笑个够。

这时候，格里那凡爵士从随身携带的书籍里找出一本理查逊写的《地理学简论》来，送给特林纳。该书在英国颇有影响，叙述得比墨尔本的老师们教的要科学一些。

"喏，孩子，"爵士对孩子说道，"这本书送给你做个纪念，它可以纠正你在地理知识方面的一些错误认识。"

特林纳接过书来，仔细地看了看，没有吭声，似乎不很相信这本书，摇了摇，没有把它装进口袋里去。

这时，天已完全黑下来，已经是晚上十点钟了。明天还得早起赶路，大家便纷纷准备歇息。小罗伯特要那男孩与他一起睡，小男孩高兴地答应了。

过了一会儿，海伦夫人和玛丽·格兰特小姐也回到牛车厢房里去了。男士们也都在帐篷里睡下来。只有巴加内尔，此时此刻仍在远处笑个不停，笑声与野鹊的叫声混在了一起。

第二天，清晨六点，阳光已经照射下来，一行人都醒了过来，可是，那个小男孩却不知跑哪儿去了。他是想早点赶回拉克兰呢，还是巴加内尔的狂笑不已惹恼了他？对此，没有人能够知晓。

不过，海伦夫人醒来时，却发现胸口上放着一束单叶含羞草，而巴加内尔则在口袋里摸到了那本理查逊写的《地理学简论》。

第十四章

亚历山大山中的金矿

1814年，现任伦敦皇家地理学会会长的莫奇逊先生曾经研究过乌拉尔山和澳洲南部沿海附近南北走向的那个山脉，发现这两座山有许多明显的相同之处。

我们知道，乌拉尔山金矿蕴藏最丰富，据莫奇逊先生推测，澳洲的这条山脉可能也有这么丰富的蕴藏量。他的推测是完全正确的。

两年后，有人从新南威尔士给他寄去了两块金矿样品，于是，他便决定送一批工人去澳洲的金矿区。

在南澳发现黄金的消息不胫而走，传遍了世界各地，引来无数的淘金者，有英国人、法国人、德国人、意大利人，还有中国人。然而，直到1851年4月，哈格勒夫先生才勘探出大量的金矿苗。于是，他便向悉尼殖民地总督费兹·罗伊先生提出，奖给他五百英镑，他便告知矿苗的所在位置。

他的这一提议遭到了拒绝，但发现矿苗的消息却传了开来。寻找矿苗的人络绎不绝，纷纷奔向夏山和雷尼塘地区。很快，一座城市——奥弗尔城[1]便建立起来了。

直到此时为止，还没有人想到维多利亚省的金矿含量比任何地方都多。

数月过后，1851年8月，在维多利亚省也采到了金沙。很快，人们便从金矿含量丰富的巴拉拉、奥文河、奔地哥和亚历山大山这四个地方开始挖掘。但是，巴拉拉的矿脉分布不匀，很难找准，而奔地哥的开采条件很艰难，奥文河地区溪流遍布，也给开采带来了困难，所以人们便纷纷前往亚历山大山地区，那儿矿藏分布均匀，开采条件较好，而且黄金成色绝佳，每斤[2]价格高达一千四百四十一法郎，创世界黄金价格之最。

格里那凡爵士一行沿着三十七度线寻找格兰特船长的路线正穿过此处。这个地方正是人们做黄金梦、有人暴富有人破产的地方。纷至沓来的有城里人，也有当地人，连水手们也不再跑船了。单单墨尔本一地，1852年之后的四个月里，就一下子涌来了五万四千个移民，这么多的人，可见当时的混乱状况已经到了何种地步。不过，英国人以其惯常的沉着镇静态度还是控制住了这混乱的局面，情况在逐渐地好起来。十三年过去了，这儿金矿的开采已经步入正轨，井然有序了，格里那凡爵士一行不会碰到当年的那种无法无天、一片混乱的状况的。

十一点时，一行人走到了矿区的中心。这儿俨然像一座城市，有工厂、银行、教堂、别墅、报馆、营房，还有旅店、游乐场和农庄。甚至还有一家剧院，票价为十先令，购票的观众不少，当时正在演出反映本地生活的《幸运的淘金者》：剧中主人

1　原为《圣经》中的黄金出产地。
2　系指法国的古斤，约合半公斤。

公在绝望之中意外地刨出一大块黄金来。

格里那凡爵士很好奇，想要参观一下亚历山大山的采金区，便让艾尔通和穆拉迪赶着牛车先往前走，自己再同其他人随后赶上。巴加内尔对这一提议十分赞赏，非常高兴，并提出由他来充当向导和解说。

大家按照巴加内尔的意思向银行那边走去。马路挺宽，由碎石铺成，黄金有限公司、淘金者办事处、块金总汇等巨大招牌挂在马路两旁，十分醒目。洗沙、碾金之声阵阵，不绝于耳。

在住宅区附近，有一大片开采区，被雇用的许多矿工正在那儿挖掘。地上矿洞多得不计其数。矿工们挥动着矿铲，闪闪发光，如同闪电一般。矿工中，各国人都有，但相互间并不争吵，只是埋头干活儿。

"这里也有一些人是赤手空拳地跑来做发财梦的。他们既买不起也租不起一块地来进行挖掘，但他们也有自己的高招儿。"巴加内尔开始解说起来。

"什么高招儿？"

"'跳坑'呀。"

"什么叫'跳坑'？"少校问道。

"'跳坑'是这一带的风俗，经常引起斗殴，可主管当局又始终无法取消。"

"快说吧，巴加内尔，别卖关子了。"少校催促道。

"我这不是在说嘛！矿区地面为政府所有，由政府出售或出租。没有钱当然就买不起或租不起，也就无法下镐开挖。但是，这里也有一个不成文的规定：除重大节日而外，一块地若二十四小时没人挖掘，就变成了'公地'，谁先占据，谁就可以挥镐开挖，如果运气好，照样可以发财。所以，罗伯特，我的孩子，快去找一个没人看管的矿坑，找到了就归你所有了。"

"巴加内尔先生，可别教坏了我弟弟呀。"玛丽·格兰特小姐连忙说道。

"我是在开玩笑，亲爱的小姐。罗伯特也知道我是在逗他玩的。他能当淘金者吗？绝对不会的。只有那些走投无路的人才会来这里干这种营生，像土拨鼠似的在地里乱刨乱掘的。唉，这一行可真不是人干的！"

一行人参观完了主要矿场之后，便走向银行。

这家银行是一座高大的建筑，屋顶插着国旗。银行总监热情地接待了格里那凡爵士一行，请大家进来参观。

各公司所采掘到的金子都存放在这家银行里，由银行方面开出收据。从前，淘金者往往会受到殖民地商人的欺诈盘剥，现在已经不会再有这种情况出现了。

银行总监让大家看了许多奇异的生金样品，并且讲述了许多采金的有趣故事。

生金一般可分为卷金和分解金。它们都是矿石块，金子与泥土或硅石混杂在一起，因此土质不同，开采的方法也有所不同。

卷金多分布于急流山谷或干沟深处，依其体积之大小，分层分布。最上层的是金粒，下层的是片金，最下面的是块金。分解金一般外部都包着石皮，石皮在空气中分解之后，金子便集成一堆，形成金团。有时候，一个金团就是一大笔财富。

在亚历山大山区，金子一般都蕴藏在黏土层中，或者在青石片岩的层与层的缝隙里，形成金块窝。因此，在这种地方，淘金者幸运的话，往往能找到大片的金块层。

参观完生金标本之后，一行人又参观了银行的矿物陈列室。澳洲地质构成的各种矿物质应有尽有，分类陈列着。橱窗内陈列着各色宝石，看得人眼花缭乱：白色的黄玉、宝贵的石榴石、粉红的红宝石、蓝宝石，等等。

格里那凡爵士谢过银行总监的热情接待之后，走出银行，又去参观矿床。

一向视财富如粪土的地理学家每走一步都眼不离地面，寻来觅去，动作不由自主，同伴们取笑他，他也置若罔闻。只见他时时弯下修长的身子，捡起一块石头，仔细地观察一番，然后鄙夷不屑地丢掉。一路参观下来，他始终如此。

"嗨，巴加内尔，您把什么宝贝扔掉了？"少校问道。

"是呀，在这个产黄金的地方，谁不想找点宝贝带走呀！我也想找到几块几两重的金子带走，能找到二十来斤就更美了，不用再奢望了。"

"如果真的让您找到了，您怎么处理呀，我的朋友？"格里那凡爵士问他。

"啊！要是真的让我找到了，我就把它献给我的祖国，送到法兰西银行去……"

"银行会接受吗？"

"当然会接受，就说是购买铁路建设债券不就行了嘛！"

大家对巴加内尔的"把金块献给祖国"的想法大加赞扬。海伦夫人祝愿他能找到世界上最大的金块，了却心愿。

他们就这样边说笑边游逛，把大部分矿区地逛完了。见到的矿工都在机械地干着活儿，看上去并没有多大的干活劲头。

两小时后，巴加内尔看到一家小酒店，看着还蛮像个样儿的，便提议大家一起进去，等着与牛车会合的时间到来。海伦夫人也表示赞同。巴加内尔便吩咐老板上点当地的饮料。

侍者为每位客人送来一杯"诺白勒"，也就是英国式水酒，但酒多而水少，是用一小杯水兑一大杯酒精，再加上点糖。前来的这几位客人不适应这种水酒，又往里面加了不少的水之后才饮用。

大家随即又谈起淘金者来。巴加内尔对这次参观颇为满意，但他又提起这儿当初开采金矿的情景来。

"当初，这儿到处是挖洞的'蚂蚁'，好不厉害呀！地上给挖得千疮百孔，大洞小洞遍地皆是。人们像是疯了似的。那时候，金子来得容易，花得也快，不是喝酒就是赌钱。这家小酒店当年就被人称之为'地狱'，赌着赌着就动起刀子来。连警察都管不了，以致总督多次动用军队来进行镇压，把这帮人给制服了，让他们每个人都得缴纳采金税，派人强行征收，这才算恢复了点秩序。"

"这一行谁都可以干吗？"海伦夫人问道。

"是的，采金谁都可以干，用不着多少文化，只要胳膊有劲儿就行了。当年的那些冒险家，一个个穷困潦倒，身无分文，迫于无奈，背井离乡，跑到这儿来做发财梦。于是，这儿遍地都搭起了帐篷、草棚，以及木板树枝树叶和泥而建起的小屋。贩金的、收金的、运金的各种贩子齐聚于此，干起投机的买卖来，其实，发财的人尽是他们。而真正的掘金人却是很苦的。这儿环境极其恶劣，雇工们整天泡在泥水里，遍地的死牲口，臭气熏天！死亡的阴影始终在笼罩着这帮悲惨的掘金人。幸亏澳洲气候条件有益健康，否则，他们十之八九都得把命丢在这儿的。说实在的，真正幸运地发了财的掘金人并不多，一个掘金人发了财，必然有成百上千的掘金人在贫穷与绝望中死去。"

"您能否跟我们说说采金的方法呀，巴加内尔？"格里那凡爵士问道。

"方法极其简单，早期的采金人只是采取淘金的办法。现在，这儿的公司已不再采用这种方法了，他们直接去探测金矿源、金矿脉，然后便采金片、金块。淘金的方法是先掘出含金的土层，然后用水冲洗，把金子与沙土分开。这种方法须用专门的工具——'克拉德尔'，也就是摇床，形状像是一只五十六英尺长的盒子，中间隔开来；第一半装一层粗铁纱，再装几层细铁纱；第二半的下部窄小，淘金时，一边浇水，一边摇动摇床，于是，石块便留在粗铁纱上，而碎金和细纱，因体积与重量不同，分别留在了细铁纱上。泥土随水流走。这就是简单常用的所谓'淘金机'。"

"简单倒是简单，没有还不行。"约翰·孟格尔说道。

"一般来说，都是向发了财或破了产的采金人购买；实在没有，也没关系。

"怎么会没有关系呢？"格兰特小姐怀疑地问。

"可用一只大铁盘子来代替。如同用簸箕簸麦子一样，用铁盘子簸土，把土簸掉，剩下的就是金粒了。当初，许多人就是这么干的，有的还真的发了财。那时候，真可谓遍地黄金。土层表面上就有！溪水就在金矿上流淌着，水里就能捞到金子。当时，墨尔本大街上几乎都是金子，简直是金粉末在铺地呀！所以，从 1852 年 1 月 26 日到 2 月

24 日，光是在政府护送之下，从亚历山大山中运往墨尔本的金子就价值八百二十三万八千七百五十法郎，平均每天产金十六万四千七百二十五法郎之多。"

"差不多等于俄国沙皇一年的俸禄。"格里那凡爵士说道。

"这沙皇也太可怜了！"少校加了这么一句。

"有没有一下子就发了大财的？"海伦夫人问道。

"也有几个，夫人。"

"那您说说看。"格里那凡爵士追问道。

"1852 年，在巴拉拉，就有人发现了一块金子，重达五百七十三两；在吉普斯兰，有人发现了一块重达七百八十三两的金子；1861 年，又有人发现了一块重达八百三十四两的金子。最后，还是在巴拉拉，有一个采金人，一镐下去，掘出一大块金，重达六十五公斤，按每斤一千七百三十二法郎计算，价值二十万三千八百六十法郎，这简直成了奇迹了。"

"发现了这些金矿之后，世界黄金产量增加了多少？"约翰·孟格尔问道。

"那可多了，我亲爱的约翰。19 世纪初，世界上每年黄金的产量价值四千七百万法郎，现在，把欧洲、亚洲、美洲的金矿产值都计算在内，每年黄金产值有九亿多，将近十亿法郎了。"

"这么说，巴加内尔先生，在这里，就在我们脚下，也许有不计其数的金子吧？"小罗伯特说道。

"那可不！有几百万哪，我的孩子！都踩在我们的脚下。不过，我们也正是瞧不起它，才把它踩在脚下的。"

"澳大利亚可真是一块风水宝地呀！"

"那倒也未必，罗伯特，"巴加内尔回答他说，"出金子的地方也不见得就好。这儿尽出些游手好闲的懒汉，造就不出勤劳勇敢的人来。你看看巴西、墨西哥、加利福尼亚、澳大利亚，都19世纪了，这些地方还那么落后！你要记住，我的孩子，最好的地方，并不是出金子的地方，而是产铁的地方。"

第十五章

《澳大利亚暨新西兰报》消息

1月2日，太阳刚刚升起，一行人已经走出了金矿区。几小时之后，他们涉过了高尔班河和康帕斯普河。这两条河处在东经一百四十四度三十五分和一百四十四度四十五分处。他们的行程已走完一半。如果照这样顺利地走下去，再有十五天就可以到达杜福湾滨海地区了。

而且，大家的身体都健健康康的。巴加内尔的话没错，这儿的气候有益于身体健康。这儿的空气不潮湿，几乎没有潮气。尽管天气炎热，但并不闷热，人和牲畜都能忍受。

但是，走过康登桥之后，一行人的次序有了点变动。艾尔通听说康登桥劫车惨案之后，加强了防范。首先，打猎的人不可离开牛车太远，不能走到看不见牛车的地方；其次，宿营时，必须轮流守护，而且，枪必须时刻都装有弹药。显然，有一伙强徒在这一带流窜，未雨绸缪，防患于未然还是必要的。

海伦夫人与玛丽·格兰特小姐对所采取的这些谨慎措施并不知晓，因为格里那凡爵士害怕引起她们的恐慌，所以没有告诉她们。

自劫车惨案发生之后，这儿的人全都加强了戒备。城镇里的居民和畜牧站上的人，天一黑，便立刻门窗紧闭，牧民们放牧时也枪不离身。

地方当局也加强了戒备，对邮电交通更是防范有加。以前，邮车放心大胆地在大路上奔驰，无须警卫保护。这一天，格里那凡爵士一行人正穿越从基莫尔到希斯哥特的公路时，只见一辆车绝尘而过，后面跟着骑马的警察在护卫着。

越过基莫尔公路一英里之后，牛车钻进了一片森林之中。这还是自出发以来头一次进入如此大片的森林哩。

这是一片高大的桉树林，树高达两百英尺，令人赞叹不已。而且，又高又粗，合抱起来，周长有二十英尺；树皮厚有五英寸；树干上流着一条条的树脂，散发出阵阵的香气。树干笔直，距地面一百五十英尺以下，没有任何枝丫，光溜得连个树疙瘩都没有。

这些大树一连数百棵，与立柱一般，粗细一样。树顶高处才有蓬敞开来的枝丫，均很匀称。枝头长着互生叶，叶子里垂着一朵朵的大花。

树与树之间，空隙很大，易于空气流通。不断吹入林内的风，把地上的湿气全部吹走了。车马在其间可以自由往来，畅通无阻。既无灌木丛生，荆棘遍地，也不像原始森林，树木倒伏，藤蔓缠绕，没有刀斧披荆斩棘，难以进入。

这座桉树林确实与众不同。树顶上是翠绿的华盖，地面上是小草茵茵。树干疏落，一眼望不到头。一道道阳光穿进林内，仿佛一片片柔纱，让人恍若梦境。树荫不浓密，暗影不深黑。树叶侧面向阳，一眼看去，可见到奇特的叶子侧面。阳光透进，如同透过百叶窗。

格里那凡爵士一行进得林来，好生惊讶。

树叶的这种奇特长法，令众人颇为不解，便向巴加内尔请教。巴加内尔倒是不吝赐教，他说道："这完全是物理原因使然，朋友们。这儿空气干燥，降雨量少，土壤又晒干了，树木不需要风和阳光了。湿气少，树的汁液也就少，其窄树叶就得避免阳光的照射，防止水分蒸发太多，因此便总是侧面向阳，不让太阳照射它的正面。可见树叶是非常聪明的。"

"可它们也够自私的了，只顾自己，也不为行路的人想想，让行路的人饱受太阳烤晒。"少校说道。

大家都对少校的看法表示赞同。确实，通过桉树林，须走较长时间，烈日暴晒，行人遭罪，但巴加内尔却不这么认为。尽管大汗淋漓，他仍旧认为走在这种并非浓荫掩映的桉树林里，是一次很难得的机会。

牛车在这望不到尽头的桉树林中整整穿行了一天，没有遇到一只野兽，也没碰上一个土著人。树顶上倒是有几只鹦鹉，但是因为太高，看不清楚，几乎也听不见它们的叫声。

天色已晚，一行人便在几棵遭火焚烧过的桉树下面搭起帐篷。这几棵桉树被火烧成了空心树，从下到上一直贯通，宛如工厂里的大烟囱一般，尽管只剩下一层皮了，它们却仍然活着。如果当地人和土著人仍旧保持这种烧树的恶习的话，这些优质树木不久也就会被毁坏殆尽的。奥比内听从巴加内尔的劝告，小心地在一棵空心树干里生火做起晚餐来。夜间的警戒护卫工作也安排就绪。艾尔通、穆拉迪、威尔逊、孟格尔四人轮流值班，直到次日早晨。

1月3日，一行人仍旧穿行其间，桉树林似乎永无尽头似的。不过，傍晚时分，只见树木渐渐稀稀落落。再行几英里，见到一片小平原，有一些房屋整齐地排列着。

"到塞木尔了！"巴加内尔欢叫道，"过了这个镇子，就走出维多利亚省了。"

"是个大镇子吗？"海伦夫人问道。

"不是，夫人。只是一个小村庄，现在正在发展为小镇。"巴加内尔回答道。

"这儿有像样点的客栈吗？"格里那凡爵士问。

"我想也许会有吧。"

"那我们就进到镇子里去。我想，我们勇敢的女士们是不会反对在客栈里歇上一晚的。"

"我亲爱的爱德华，"海伦夫人说道，"我和玛丽小姐都同意这个安排，但别走出去太远了，以免耽误了明天的行程。"

"一点也不远，"格里那凡爵士回答道，"牛也很累了，也得让它们好好地歇歇，反正，明天天一亮，我们就上路。"

此时已是晚上九点钟了，月亮已接近地平线，透过一片薄薄的夜雾，斜射在大地上。一行人踏上了塞木尔镇的宽阔马路，巴加内尔在前面担任向导，他对于未曾见过的东西都显得很熟悉似的。他凭借着本能，一直把大家带到了康贝尔客栈。

牛车停在了停车场上，牛和马被牵到牛栏马厩中去；人被领到非常舒适的房间里休息。十点钟时，大家围在桌旁开始用餐。奥比内先生以总管家的身份事先对晚餐做了检查。巴加内尔则带着小罗伯特在镇子里溜达了一圈回来，他们三言两语地就把夜游的印象说完了。其实，他们什么也没看到。

一向粗心大意的巴加内尔当然没有注意到，镇上有股骚动的暗流在涌动。一群群的人聚集在一起，越聚越多。大家在门前议论着，彼此探询，显得紧张、不安。有的人还在大声读着报纸，边读边议边分析。这种情况应该是很容易觉察到的，可巴加内尔却偏偏没有发现。

少校则不然，他虽然没有走出去多远，甚至可以说没有离开客栈，但却觉察到镇上有点不对劲的地方。于是，他便找到客栈老板狄吉逊，不消十分钟，便知道了是怎么回事。

不过，他并没立即说出来。等大家用完晚餐，海伦夫人和格兰特小姐回房歇息去了，他才让大家稍留片刻，对大家说道："这儿的人已经知道桑达斯特铁路上的惨案的凶手是谁了。"

"抓到了吗？"艾尔通连忙问道。

"还没抓到。"少校尽管对艾尔通的急切感到蹊跷，但并未表露出来。

"真可惜！"艾尔通又说了一句。

"那么，惨案究竟是何人所为？"格里那凡爵士问道。

"您看了报纸之后，就会明白，那位警官的推断很正确。"少校回答道。

于是，格里那凡爵士拿起报纸，大声读起了下面这段新闻：

DAILY NEWS

THE WORLDS BEST SELLING NATIONAL NEWSPAPER

1865年1月2日，悉尼讯。大家应该记得，12月29日夜，在墨桑线上，距卡斯尔门车站五英里的康登桥上，发生了一起列车惨案，十一点四十五分，一列夜班快速火车高速行驶到此地时，坠入吕顿河中。

列车通过时，康登桥没有合上。

失事后，列车遭劫，护桥工失踪，后在距桥半英里处发现了他的尸体。显而易见，这是一起人为的惨祸。

据检察官调查后证实，六个月前，西澳珀斯拘留营曾准备将一批流放犯押送到诺福克岛去，但流放犯们在押送途中逃跑了。康登桥惨案即为这批流放犯所为。

这批人共二十九名。为首者名叫彭·觉斯。此人系一狡猾凶狠之歹徒。几个月前，不知是搭乘什么船只潜来澳洲，政府虽一直在全力缉捕，但始终未能将他抓获。

希望各村镇的居民、乡间移民和牧民，严加防范，并协助缉拿。若有罪犯消息，随时向本殖民地总督报告。

殖民地总督米切尔

格里那凡爵士一读完，少校便立即对巴加内尔说道："您瞧，巴加内尔，澳洲不也有流放犯吗？"

"越狱逃犯当然是会有的，但是，正式收容的流放犯却没有。这种人是决不允许居留在这里的。"巴加内尔回答道。

"不过，不管怎么说，这儿已经有了流放犯了，"格里那凡爵士说道，"但是，我在想，我们并不能因此就改变计划，驻足不前。您看呢，约翰？"

约翰·孟格尔没有立即回答，他有所迟疑，既担心停止前进会令格兰特姐弟俩心里难受，又害怕继续前行会遭遇不测。然后，他就说道："如果我们没有带着海伦夫人和格兰特小姐的话，我对这帮家伙是不以为然的。"

格里那凡爵士明白了约翰的意思，说道："是啊，我并没有不继续去寻找格兰特船长的意思，我是说，有两位女伴同行，为了安全起见，我们先去墨尔本，回到邓肯号上去，乘船到东海岸去寻找格兰特船长的踪迹。您觉得怎样，麦克那布斯？"

"我想先听听艾尔通的看法。"少校说。

艾尔通被点了名，眼望着格里那凡爵士说道："我觉得，我们离墨尔本有两百英里，若是说危险，那无论是往东还是往南，都一样危险。这两条路基本一样，都是荒无人烟。而且，我也不信，三十来个罪犯就能吓住我们八个荷枪实弹的好汉。所以，我觉得，应该继续执行原计划，除非有更好的主意。"

"完全正确，艾尔通，"巴加内尔赞同道，"继续往前走，很可能发现格兰特船长的踪迹；转向南去，有点背道而驰，越走越远。我也认为，那么几个蠢贼，何足惧哉？勇敢的人是不会把他们放在眼里的。"

这样一来，是否改变行程就得表决了。结果大家一致通过不改变行程的决定。

"我还有个建议，爵士。"众人正待离去，艾尔通说道。

"您说吧，艾尔通。"

"派人去通知邓肯号上的人，让他们把船开到东海岸去，岂不更好吗？"

"那为什么呀？"约翰·孟格尔说道，"我们到了杜福湾再这么命令才对。如果提前下令，万一我们出现什么意外的话，不得不返回墨尔本，找不到邓肯号，那不糟了？再说，船现在还没修好。因此，我看还是晚点再说吧。"

"也好。"艾尔通说，没再坚持己见。

第二天，一行人离开了塞木尔镇。大家都全副武装，提高警惕，严防意外。半小时后，他们又进入了一片桉树林，树林一直向东延伸去。格里那凡爵士此刻倒是宁愿在旷野里走，因为旷野中视野开阔，歹徒不易躲藏。但是，现在只有一条路，没法选择。牛车在这单调的大树之间穿行了整整一天。日暮时分，沿安塞格尔区北边走了一段之后，牛车越过了东经一百四十六度线。

一行人便在墨累县县界上搭起帐篷过夜。

第十六章

一群"怪猴"

第二天，1月5日，早晨，一行人进入了广袤的墨累地区。这是一片人迹罕至的荒漠地带，一直延伸至澳洲阿尔卑斯山脉。它也是维多利亚省最荒僻的一部分，现代文明尚未来到，还没有划分区乡。森林尚未被砍伐，草场也未有放牧，现在仍是一片未开垦的处女地。

在英国人绘制的地图上，这片荒漠称之为"黑人区"，也就是为黑人保留的一片区域。英国移民们野蛮地驱走土著人，把他们赶进这片区域里来。土著人在这一区域内自生自灭。但凡白人，无论是移民、牧民还是伐木者，都可以自由进出这个地区，但土著人却不准许走出来。

巴加内尔边骑马前行，边对土著人所面临的种族歧视问题大发议论。其结论只有一个：大英帝国的殖民政策就是旨在灭绝弱小民族，在澳大利亚，这种情况尤为明显。

在殖民初期，被流放到澳洲来的流放犯和正当的移民，全都视黑人为野兽。他们驱走黑人，枪杀土著人，还口口声声地说，澳洲土著人冥顽不化，只有一杀了之。甚至在悉尼的报刊上，有人还建议大面积地投毒，把猎人湖地区的土著人悉数毒死。

由此可见，在征服当地之初，英国人是采取屠杀土著人的方法来拓展其殖民事业的。其手段之残忍简直达到了登峰造极的地步。在印度，他们消灭了五百万印度人；在好望角，一百万胡图族人被灭掉了九十万。英国人在澳洲的残暴行径与在印度、好望角如出一辙。因此，大批的澳洲土著人在这灭绝人性的"文明"面前惨不忍睹地死去了。尽管有少数几位总督也曾下令，不许那些嗜杀成性的伐木者滥杀土著人，但形同一纸空文，并未使屠杀有所收敛。这些总督甚至还宣布：一个白人割掉了一个黑人的鼻子或耳朵，或者砍下黑人一只小拇指做烟斗，将受到鞭笞，但虐杀仍有增无减，以致整个整个的部落都给灭绝了。比如，在凡第门岛，19世纪初，岛上有土著人五千，至1863年，却只剩下七个人了。最近，《水星报》还报道了一则消息：最后一个塔斯马尼亚人已经去了哈巴特了。

格里那凡爵士、麦克那布斯少校、孟格尔船长听了巴加内尔的这番讲述，沉默不语，无言以对。他们虽然都是英格兰人，但面对巴加内尔所列举的事实，而且是尽人皆知的事实，根本无法反驳。

接着，巴加内尔又补充说道："换到五十年前，一路之上，早就遇到不少的土著人了。可是，到目前为止，我们连一个土著人都还没有遇上。一个世纪之后，这个大陆上的土著人将会完全绝迹了。"

是啊，巴加内尔所言极是。这一带都未见土著人的影子，再往前走，不是旷野就是森林，越走越荒凉，不要说是人影了，就连野兽的影子也难见到。

突然间，小罗伯特在一丛桉树前停下来，大声喊道："看呀，一只猴子！快看，是猴子！"

他边喊边指着树上的一团黑东西。只见那玩意儿在树枝上跳来蹦去，忽而在这棵树顶上，忽而又跃到另一棵树顶上去，仿佛身上长着翅膀似的。

这时，牛车也停了下来。大家都在观看那个动物，不一会儿，它便在桉树梢儿中不见了踪影。又过了一会儿，它快若闪电地蹦到了地上，跳来跃去，扭动着身子跑动着。然后，伸出两只长臂，抓住一棵大桉树的树干。大家正在纳闷儿，这么粗大挺拔的树干，表面又十分光滑，如何爬得上去？可是，那猴子却颇有办法，它拿着一把似斧子状的工具，在树干上左砍右劈，砍出许多凹口来，而且都是等距离的，它便踩着这些凹口，迅速地攀缘上了树梢，没几秒钟的工夫，便钻进树叶丛中去了。

"好奇怪呀！这是一种什么猴子呀？"少校在自问着。

"这种猴子嘛，就是地地道道的澳洲土著人呀。"巴加内尔回答道。

大家刚耸了耸肩，还没来得及反驳，便突然听见远处传来一片"咕呃！咕呃！"的叫声。艾尔通赶着牛车急速往前，走了百十来步，但见一处土著人的营地出现在众人面前。

那营地上有十多个搭在地上的棚子，用大块的树皮叠盖着，只能斜挡着一面，看那情景，颇为凄凉。一些土著人就居住在这种斜坡式的棚子里。一个个看上去不像人模样。他们一共有三十多人，男女老幼都有，全都身披着破破烂烂的袋鼠皮。见牛车过来，纷纷想逃。艾尔通立刻说了几句莫名其妙的土话，他们好像放心了，便跑了回来，满怀疑惧地打量着这伙陌生人。

这些土著人身高在五英尺五英寸到五英尺七英寸之间，皮肤黝黑，但又并非纯粹的黑色，头发卷曲，胳膊很长，浑身刺有花纹，且长满汗毛。有的人身上还留有丧礼上割去一块肉后所留下的疤痕。他们的面部很丑陋，厚唇阔嘴，塌鼻梁，下颌前突，一口白牙。

海伦夫人和玛丽·格兰特小姐下了牛车，满怀着恻隐之心向这些人分发吃食。土著人立刻似饿狼般地狼吞虎咽开来。这么一来，他们便把她俩视作神灵，因为澳洲土著人原本就很迷信，认为白人原来也是黑人，只是死了之后才变成白人的。

在这些土著人中，妇女让人尤为同情。她们的处境也是最悲惨的。她们没有任何展现自己妩媚的机会，总是被人以暴力抢来夺去，丈夫手中大棒的毒打就是她们的结婚礼物。妇女婚后，未老先衰，流浪生活中的一切苦活累活全都落在了她们的身上。她们经常是怀抱用蒲包裹着的孩子，背上背着打鱼或打猎的工具，并且带着织网用的野草筋，为一家人的食物在奔忙。她们得捕捉蜥蜴、袋鼠和蛇，她们得砍柴和扒树皮盖棚子。她们简直牛马不如，只知干活，很少歇息，吃饭时却得等丈夫吃完之后，才能吃上一口残羹冷炙。

这时候，只见几个可怜的妇女在用谷粒诱捕鸟雀，看她们的模样，大概有多日没有吃什么东西了。她们在烫人的地上躺着不动连续数小时，企盼着有这么个笨鸟落入圈套。

格里那凡爵士一行的好心好意感动了土著人，他们纷纷地围拢过来，嘴里不停地叽里咕噜，声音倒也十分悦耳。看他们的手势，他们叽咕的"诺吉、诺吉"声，意思像是"给我、给我"。不论看见什么，他们都这么叽咕着。奥比内先生担心他们会上来抢东西，便尽力地在护着那行李车厢，对途中的食物尤其看得更紧。

土著人看见车上的东西，眼睛睁得老大，既贪婪又可怕。而且，像是吃过人肉的牙齿还龇着，更加让人胆寒。当然，大部分澳洲土著人平时并不吃人肉，但在部落之间发生仇杀的时候，杀红了眼，那也照样要吃人肉的。

格里那凡爵士听从了海伦夫人的提议，让人向这些土著人散发一些吃食。土著人明白了他的意思，做出各种表情来，看着让人动容。他们边向前拥来，边大声喊叫，如同笼中野兽见到主人来喂食一般。

奥比内先生倒是颇有风度，懂得社交礼仪，觉得应该先把东西散发给女人。但是，土著女人却没有领他的情，仍让自己的男人先吃。只见男人们像饿虎扑食一般地冲了上来，抢那些饼干和干肉。

玛丽·格兰特联想到父亲很可能落入这种野蛮的土著人之手，吃苦挨饿，当牛做马，眼里不由自主地便涌出泪水来。约翰·孟格尔见状，知道玛丽小姐心中之所思，颇为不安，便赶忙问艾尔通道："艾尔通，您就是从这样的土著人手中逃脱的吗？"

"是的，船长。内地的土著人差不多都这样。您现在所看见的只不过是一小伙可怜虫罢了。在达令河两岸有很多大的部落，其酋长具有相当大的权威。"

"那么，一个欧洲人落到这些土著人部落手中，要干些什么活儿吗？"

"干他们以前所干的事。同他们一起打猎、捕鱼，也和他们一起打仗，而且论功行赏。只要你干得好，既聪明又勇敢，就吃不了亏的。"

“那还是俘虏吗？”玛丽·格兰特问道。

“当然是呀，仍然要受到严密监视的，白天黑夜都有人看守，无法逃跑。”

“可您不就逃脱了吗？”少校连忙插上一句。

“是呀，麦克那布斯先生。我是趁那个部落与邻近部落交战，趁乱逃脱的。当然，我现在并不后悔，但若是让我再逃一次，那我宁愿做一辈子奴隶，也不愿意去穿越内陆的荒漠，去吃那种种的苦头了。愿上帝保佑格兰特船长，千万别动逃跑的念头。”

“是啊！”约翰·孟格尔应声道，然后转而对玛丽小姐说道，“玛丽小姐，但愿令尊大人现在仍在土著人手中。这样，他就不会在内陆森林中乱跑，我们找他也就容易得多了。”

“您始终认为家父有望被找到？”

“是的，我一直这么认为。玛丽小姐，希望有上帝庇佑，看到您有幸福的那一天。”

玛丽小姐满含着泪水，向年轻船长深表感谢。

这时候，那些土著人突然骚动起来，大喊大叫，拿着武器，疯狂地向四面八方跑去。

格里那凡爵士好生不解，少校连忙把艾尔通叫了过来，问他道：“您在澳洲土著人中间生活过很长时间，总能听得懂他们的话吧？”

“只能听懂一些，因为每个部落都有自己的土语。不过，我可以猜到这些土著人是什么意思。他们想表演一场格斗给阁下看，以表示他们的谢意。”

果然，他们一阵骚动正是为了这场表示感谢的格斗。那些土著人并不答话，直接动起手来。他们打得十分火爆，装得十分逼真。如果事先不知道是做格斗表演，还真以为他们打起来了哩。

他们攻击和防御的武器只是一些大木槌，沉甸甸的，倘若击中脑壳，必碎无疑。还有一种武器是用坚硬的石块磨制的石斧，用两根木棍夹着，斧柄长十英尺。它既可用作武器，又是一种工具；既可砍人头颅，又可砍树削枝。

土著人抡起手里的武器，嘴里喊杀声不断。他们不停地相互冲杀，有的倒地装死，有的获胜欢呼，如同真打真杀一般，让人提心吊胆。

这场打斗表演进行了十来分钟。然后，战斗双方停了下来，扔掉手中武器，一动不动地站在那儿，像是一种谢幕式。观者不知何故，正在纳闷儿，但很快便明白过来。原来，有一群大鹦鹉飞来，在橡胶树顶上盘旋着。它们的羽毛五颜六色，宛如一条飘动着的彩虹。打猎当然比表演更有意思，所以，一个土著人便拿起一种红颜色的奇特物件，离开了伙伴们，独自在树丛中悄悄爬行，不发出任何声响。然后，看见距离差不多了，看准目标，扔出手中那物件。只见那物件在离地面两英尺高处平行飞着，飞出十多米之后，突然飞升向上，连续击死了十多只鹦鹉，然后，呈抛物线状返回那土著人的脚下。

"那叫'飞去来器'。"艾尔通对看呆了的格里那凡爵士及其同伴们解说道。

"'飞去来器'！就是澳洲人用的那种'飞去来器'？"巴加内尔惊呼道，一边奔了过去，像个孩子似的好奇地捡起那物件，左看右看了半天。

这种所谓的"飞去来器"，其实并没有暗藏什么机关，构造极其简单，只是一块弯弯的硬木，长三十四英尺，中间厚度为三英寸，两头尖尖的，有一面是凹进去的，深约七百八十厘米，另一面凸出来，有两条锋利的边缘。

"这就是人们常说的那种'飞去来器'？"巴加内尔端详了良久之后又说道，"只不过是块木头嘛，怎么会平飞，又突然上升，然后又飞回来呢？许多学者和旅行家都说不出个所以然来。"

"是不是像抛铁环一样，用某种方法抛出去，又能让它回到起始点？"孟格尔说。

"也许是一种回力作用，"格里那凡爵士说道，"如同打台球一样，击到台球的那个点，它就会转个弯退回来。"

"都不是，"巴加内尔说，"抛铁环，打台球，都有个着力点在起反作用。抛铁环以地面为着力点，打台球有桌台为着力点，而'飞去来器'却根本没有触及地面，没有着力点，可却会突然升高！"

"那您对此有何看法呀，巴加内尔先生？"海伦夫人问道。

"这我说不清楚，不过，有两点我敢肯定，一是投掷方法特殊，二是'飞去来器'本身构造奇特。但这种投掷方法正是澳洲土著人的绝招。"

"不管怎么说，这足见他们是很有智慧的……怎么可以视他们为'怪猴'呢？"海伦夫人看了看少校补充说道，少校仍不服气地在摇着头。

格里那凡爵士觉得已经耽搁了不少时间，应该继续往东走了。他正要请海伦夫人她们上车，却突然看到一个土著人飞奔过来，兴奋地对他说了几句。

"他说他们看到了几只鸸鹋。"艾尔通连忙为他翻译。

"还要打猎？"格里那凡爵士问道。

"得去看看，一定很带劲儿的！也许又得使用那种'飞去来器'了。"巴加内尔兴奋不已地说。

"您看呢，艾尔通？"

"用不了多长时间的，爵士。"

土著人确实手脚麻利，动作迅速，不一会儿便安排就绪，准备停当了。打鸸鹋可是他们的一大喜事！一只鸸鹋够整个部落享用好几天的。所以，他们总是全力以赴，一定要捕捉到这种大猎物。

鸸鹋又称之为"无鸡冠食火鸡"，土人称之为"木佬克"，在澳洲平原上已日见稀少。这种大鸟高约两英尺五英寸；头上长有一角质硬甲；眼睛浅棕；喙呈黑色，且呈钩状；趾带利爪，强健有力；翅膀只剩两个短根，无法飞翔，但跑动速度极快；羽毛像兽毛，颈部与胸部颜色较深。这种大鸟由于跑动速度超过骏马，所以对它只能智擒。

这时，突然听到刚才前来报告的那个土著人一声呼喊，十几个土著人便像冲锋队似的散开来。格里那凡爵士他们便待在一丛木本含羞草旁观看着。

十几只鸸鹋一见土著人走过来，立刻站起来奔逃而去；跑出有一英里远后，它们又躲藏了起来。那个猎人发现了它们的藏身之处，立即打了个手势，让同伴们待在原地别动，躺在地上。那猎人从随身带着的网兜中取出几张缝制得极其巧妙的鸸鹋皮头，披在自己身上，然后，把右臂伸出，高于头顶，模仿鸸鹋在觅食的样子。

他一边这么模仿，一边向那群鸸鹋走去，但不时地还要停一下，假装觅食；有时还用脚扬起尘土，把自己罩在一团尘埃之中。他的动作与鸸鹋如出一辙，惟妙惟肖。同时，他还不停地学鸸鹋在叫，那声音也像极了，足以以假乱真。

果然，那群鸸鹋被蒙住了，毫不戒备地围到猎人的身边来。那猎人一见，说时迟，那时快，以迅雷不及掩耳之势，挥起大木槌，击倒了六只鸸鹋中的五只。

猎人的捕猎成功了，这场打猎也就宣告结束。

格里那凡爵士一行看了这场精彩的捕猎之后，十分高兴，但因时间已晚，不便久留，便与土著人告别，向东而去。

第十七章

百万富翁畜牧主

一行人在东经一百四十六度十五分处安然地度过了一夜。1月6日早晨七点，他们继续东行，在那片广阔的平原上前进着，时常遇到一条条弯弯曲曲的河流，有的有水，有的干涸。河边长着黄杨树。这些河流全都发源于野牛山。那是一座并不太高的山峦，远远望去，似波浪般起伏，景色秀丽。

当天晚上，一行人便决定在山脚下宿夜。艾尔通挥动鞭子，催牛快行，一天走了三十五英里。

当晚轮到巴加内尔值勤。他扛着枪，在帐篷周围巡逻。他迈着大步走动着，免得犯困打瞌睡。

天上没有月亮，但在星光之下，南半球的夜色仍旧很明朗。大自然在沉睡，万籁俱寂，偶尔听到马脚上的绊索声响划破静夜。

巴加内尔望着星空，不知不觉便沉浸在幻梦之中，他的心早已飞到天上去了。

突然，他听见远处有一种声音传来，猛地一激灵，从幻梦中回到现实中来。他凝神倾听，那声音宛如钢琴的声音。他好不诧异。这时，又传来几声节奏很强、声音很高的音波，震动着他的耳鼓。

他觉得这并非幻觉。于是，他便自言自语地说："奇怪！这种荒郊野外，怎么会有钢琴声！这不可能呀！"

这的确很奇怪。巴加内尔不禁在想，是不是澳洲有什么怪鸟，能学钢琴之声？

这时候，空中又传来一阵清脆动听的歌声。钢琴家加歌唱家！巴加内尔简直不敢相信自己的耳朵了。那竟然是一首名曲，是歌剧《唐璜》[1]中的一段。

"这就怪了！"巴加内尔心想，"即使澳洲的鸟儿再特别，也不至于会唱莫扎特的名曲吧？"

巴加内尔边寻思边静听。在这寂静的夜晚，有这等美妙动听的歌声相伴，好不快哉，真的是恍若身临仙境，才有此仙声妙乐可听！

不一会儿，歌声止息，夜恢复了寂静。

威尔逊前来换班，巴加内尔仍是一副如醉如痴的样子。他不想把自己的发现告诉威尔逊，打算等天亮之后，把这事告诉格里那凡爵士。交完班之后，他便钻进帐篷里去，呼呼大睡起来。

第二天，突然一阵狗叫，把众人惊醒。格里那凡爵士连忙起身。只见两只非常漂亮的高大猎犬在树丛旁边蹦跳着。众人靠近时，它们便钻进树丛中去，吠声更加凶了。

"这么荒僻的地方难道还会有畜牧站不成？"格里那凡爵士说，"既然有猎犬，就必然会有猎人。"

巴加内尔正要把夜里值勤时听到琴声歌声的事告诉格里那凡

1　《唐璜》系奥地利著名作曲家莫扎特（1756—1791）的杰作。

爵士，却见两个青年骑着两匹纯种马出现了。

这两个青年，一身漂亮的猎装，一副绅士派头。他们看到这群宿营者，便勒马停下。看上去，他们也好生奇怪，怎么这儿会有身带武器的人出现？这时，海伦夫人和玛丽小姐走下牛车。

两个青年见状，连忙翻身下马，脱下帽子，拿在手上，向她俩走来。

格里那凡爵士赶忙迎上前去。因为自己是外来之人，所以便先开口自报家门。两个年轻人听到后，连忙鞠躬致礼，其中年纪稍大一点的那位开口说道："爵士，欢迎欢迎，欢迎诸位前去寒舍小坐，蓬荜生辉！"

"您二位是……"格里那凡爵士问道。

"米歇尔·帕特逊，桑迪·帕特逊，霍坦站的主人，你们已经进入本站地界，距寒舍不到半英里。"

"承蒙二位盛情相邀，实在不敢打扰。"

"爵士，"米歇尔·帕特逊说，"诸位若肯赏光，不胜荣幸。陌路相逢，也是有缘嘛。"

格里那凡爵士见无法推辞，只好应允。

"先生，恕我冒昧，我想请问一下，昨晚唱天才作曲家莫扎特的那支名曲者是您吗？"巴加内尔问米歇尔·帕特逊道。

"是我，先生。伴奏的是我的堂弟桑迪。"米歇尔回答道。

"那就请允许我这个法国人，此曲的爱好者，向您表示衷心的赞美吧。"

巴加内尔说着，便向那位年轻的绅士伸出手去，后者很文雅地握了握。然后，米歇尔用手一指右边的那条路，请大家前去他家。马匹都已交给艾尔通和水手们照看了。

一行人在年轻绅士的引领下，边闲聊边欣赏美丽景色，向霍坦站走去。

那是一座美丽的庄园，布局如同英国公园一般整齐有序。无边无际的草场被灰色栅栏围成一大块一大块的，不计其数的牛羊在草场上吃草，许多放牧人和牧羊犬在一旁守护着。只听见牛哞羊咩，犬吠鞭响，别有一番风味。

放眼向东，是一片混成林，尽头便是巍峨耸立的霍坦山，山高七百五十英尺。一排排常绿树向四面八方伸展开去。一丛丛的六英尺高的所谓"草树"随处可见，这种"草树"颇像矮小的棕榈，树身全部被细长如发丝的叶子掩盖着。此时，"草树"正开着一串串的白花，似薄荷般清香四溢。

在这些当地花木丛中，还点缀着一些由欧洲移植来的果树：桃树、梨树、无花果树、橘子树、苹果树，甚至还有橡树。一行人走在故乡的果树下，不禁欢呼惊奇，但是，尤其令他们感到开心的是那些在枝头上飞舞着的鸟儿：羽毛如绸缎的"缎鸟"，长着一半金色羽毛的"丝光鸟"，以及在凤尾草丛中穿来穿去的琴鸟。

他们边走边聊，不知不觉便发现通道尽头出现了一座漂亮的房屋。

那是一座砖木结构的房屋，形状美观，宛如一座瑞士别墅，墙外带有回廊，廊檐下悬挂着中国灯笼。

房屋周围马厩、厂棚，这儿看上去没有一点农庄的样子。所有这类建筑都建在半英里外的一个山谷中，大约有二十座，形成一个小小村落。村落与住宅之间架设有电话线，随时可以通话联系。

又走过一座小桥，一行人便来到了主人住宅门前。一位满面红光的管家开门迎客。客人们便走进了富丽堂皇的屋内。

客人们先走进的是一个前厅，厅内挂满取材于骑马射猎的各式各样的艺术品。对着前厅的是一间大会客厅，有五扇宽大的窗户。客厅里放着一架钢琴，一堆古代或近代的乐谱摆放在琴上；几个画架上还摊放着画稿；几尊大理石雕像立在一旁；墙上挂着几幅欧洲著名画家的画；地板上铺着柔软的深绿色高级地毯；墙上的壁毯上绣着美丽的神话故事；天花板上垂吊着一个古铜质吊灯。此外，还有不少珍奇古玩、精美陶器以及其他一些精致的艺术品。

一座澳洲住宅竟然有若许的珍贵物品，实在令人称奇艳羡。这足以说明住宅主人的艺术鉴赏能力和丰富的生活乐趣。但凡能使人在飘零生活中解忧遣愁的东西，但凡能让人回忆起欧洲生活习俗的东西，这座仙宫中都应有尽有。这儿让人恍若踏进了法国和英国的高贵府邸。

柔和的光线从那五扇大窗中透了进来，海伦夫人走近窗前，不禁连声赞叹。窗外是一片宽阔的谷地，一直延伸至霍坦山脚下。眼前呈现着片片草场、<u>丛丛</u>树林、疏落空地、起伏地势，宛如一幅绝妙的风景画，令人心旷神怡，流连忘返。

这时，桑迪事先吩咐厨师预备的早餐已经送上，客人们围桌而坐。主人为能在家中款待远方来客，颇感荣幸。

主人很快便知道了客人们此行的目的，格里那凡爵士所叙述的一路寻访过来的情况让主人感动不已。主人还对格兰特船长的一双儿女说了不少宽慰的话语。

"哈利·格兰特既然未曾在沿海各殖民地露过面，"米歇尔说道，"那想必是落入土著人之手了。从信件上看，他是知道自己所在的方位的。他肯定是一踏上陆地就被土著人给掳走了的。"

"他的水手艾尔通的遭遇正是如此。"约翰·孟格尔说道。

"你们二位从未听说过不列颠尼亚号失事的事吗？"海伦夫人问道。

"从未听说过，夫人。"米歇尔答道。

"照你们看，格兰特船长被土著人掳去之后会怎么样？"

"澳洲土著人并不残忍，夫人。他们性情比较温和，有许多欧洲人与他们生活在一起，从未受到过虐待。关于这一点，格兰特小姐大可放心。"

"柏克探险队的唯一一位幸存者——金格就是一个明证。"巴加内尔说道。

"不仅是那位勇敢的探险家，还有一位，是个英国士兵，名叫布克莱的，他1803年脱险，逃到菲利普港，被土著人收留，与土著人共同生活了三十三年。"桑迪说道。

"还有，最近，据《澳大利亚》杂志报道，有一个名叫毛利尔的人，过了十六年的奴隶生活，不久前终于回到了自己的家乡。他是1846年秘鲁号失事后被土著人掳到内陆地区去的。格兰特船长的遭遇应该同他一样，我想，你们完全有希望找到他们。"米歇尔·帕特逊说道。

他的这番话让一行人听了之后十分振奋。他的话也证实了巴加内尔先前与艾尔通所说的话。

女士们离席之后，男士们又谈起了流放犯来。两位主人也听说了康登桥遭劫所发生的惨案的事，但他们对流放犯的出现并不以为然，他们有一百多号人，这帮流放犯绝不敢贸然前来骚扰。再说，墨累河一带荒漠地区，无东西可抢，而新南威尔士殖民地，公路上盘查很严，那帮人是不会来的。艾尔通也同意主人的这种分析。

鉴于两位主人的热情好客，盛情难却，格里那凡爵士只好在霍坦站逗留一天。这样一来，就得耽搁十二个小时，但正好利用这段时间休整一下，牛和马也可以待在舒适的牛栏、马厩里恢复一下体力。

为了愉快地度过这段短暂的逗留时间，主人为客人们拟订了一个计划，客人们高兴地同意了。

中午时分，主人准备好了十匹善于围猎的骏马，并为两位女客准备了一辆漂亮的轻便马车，随即便出发了。马上的人身背着猎枪，在轻便马车两旁奔跑；猎犬也跟着穿行于矮树林中，狂吠不止。

四个小时的围猎过程中，猎手们骑着马跑遍了林中的大路小道，不停地开枪射猎。小罗伯特更是不甘落后，奋勇当先，第一个开枪，置姐姐的嘱咐于不顾。不过，有孟格尔在一旁照顾着他，所以玛丽小姐也就不太担心了。

这场围猎收获不小，猎获了一些当地特有的动物，巴加内尔虽早已听说，但却从未见过，其中有袋熊和袋鼬。袋熊是一种食草兽，大小与羊相近，同沙獾一样，善于打洞，其肉质鲜美。而袋鼬则属于袋兽中的一种，比欧洲的狐狸还要狡猾，偷起鸡来简直可以说是狐狸的师父。袋鼬其貌丑陋，长约十五英寸。巴加内尔举枪一射，便击中了一只袋鼬，由于猎人的自尊心使然，他还自言自语地说："这小家伙多漂亮呀！"

小罗伯特猎获也不少，其中包括一只袋狐和一对腹鼠。

不过，这次围猎最有劲儿的是追捕大袋鼠了。下午四点，猎犬狂吠，惊起一大群大袋鼠。霎时间，幼袋鼠慌忙钻进母亲腹部的袋子里躲藏起来，大袋鼠们便连蹦带跳地奔逃开来。其后腿比前腿要长两倍，蹦跳的距离相当远，那腿一屈一伸，如同装上了弹簧。领头的是一只雄性大袋鼠，高有五英尺，非常俊美神气。

围猎者们一连追出了四十五英里，袋鼠们仍奔跑如前，没见一丝疲劳。猎犬不敢向它们扑过去，因为它们后腿上长着锋利的爪子。最后，袋鼠们还是没了力气，跑不动了。那只雄性大袋鼠倚靠在一棵大树上，准备负隅顽抗。一条猎犬因为跑动速度太快，刹不住脚，一下子冲到雄性大袋鼠面前。刹那间，只见猎犬被踢到空中，摔下地来时，肚子已被撕裂。显然，靠猎犬捕获，无济于事，只有开枪射击了。

正在这时，小罗伯特一不小心，差点丧命。他是想再往前靠近一些，好打得更准，不料，那雄性大袋鼠豁了出去，一跃而起，向他扑来。

小罗伯特大叫一声，倒在地上。坐在马车上的玛丽·格兰特见状，吓得魂不附体，只是无助地伸出双臂。大家害怕伤着小罗伯特，都不敢开枪。

但见约翰·孟格尔嗖的一下拔出猎刀，冒着被袋鼠利爪撕破肚皮的危险，冲上前去，手起刀落，当胸一刀，袋鼠当即倒地。小罗伯特爬了起来，没有受伤。

姐弟二人拥抱在一起，然后，玛丽·格兰特转向年轻船长，伸出玉手，连声道谢："谢谢您，约翰先生！谢谢您！"

"区区小事，何足挂齿，我本来就答应要保护他的。"约翰·孟格尔握着少女那颤抖的玉手，客气地回答道。

这次意外，化险为夷，大家长出了一口气，但围猎因此也就宣告结束了。那群袋鼠，见"头领"已死，群龙无首，四散奔逃而去。被打死的那只雄性大袋鼠给弄回主人住处。傍晚六点，一桌丰盛的佳肴在等着大家。其中按当地风味制作的袋鼠尾汤最受众人欢迎。

晚餐后，用完饭后甜食——冰淇淋和果汁，主客双方聚于大客厅中。晚间，大家以欣赏音乐来度过。海伦夫人擅长弹奏钢琴，于是专门为两位主人弹上一曲。米歇尔和桑迪嗓音甜美，唱了法国作曲家古诺、马塞、达维德的名曲片段，还唱了德国天才作曲家瓦格纳的名曲。

十一点时，大家用茶。茶泡得十分香浓，只有英国人才能泡得出这么好的茶来。但是，巴加内尔别出心裁，非要尝尝澳洲风味土茶。于是，主人便给他端上来一杯黑如墨汁的饮料，是用一升水加半斤茶叶熬制四个小时制成的。巴加内尔喝时，不禁双眉紧蹙，撇着嘴咬着牙，但却嘴硬，连说"好茶，好茶"。

午夜时分，客人们被领进舒适凉爽的房间里，睡梦中继续享受着一天的欢快。

第二天，东方破晓，格里那凡爵士一行告别主人，客气了一番，并相约日后到欧洲玛考姆府相见。然后，骑手们围着牛车，踏上寻访征途，绕过了霍坦山，不一会儿，主人的那幢漂亮宅邸便看不见了。又前行了五英里，却仍旧身在霍坦站地界之内。九点时，才走到它的最后一道栅栏，进入维多利亚省的那片荒漠地区。

第十八章

澳洲的阿尔卑斯山

前方是一排漫长的屏障，挡住了格里那凡爵士一行人的去路。那是澳洲的阿尔卑斯山。它绵延起伏达一千五百英里，海拔四千英尺，宛如一道天然防御工事。天然的屏障阻遏住天上的浮云。

天空中阴云密布，地面上水汽聚集，气温虽然很高，但还忍受得了，只是路面崎岖，行走困难。平原上，长满橡胶树的丘陵疏落散布，但愈见增多，一直绵延至远方，构成阿尔卑斯山脉的山前坡。路在不断地往上盘旋，牛累得呼哧带喘，牛腿上的筋肉紧绷，好似快要绷裂。艾尔通虽说是个好把式，但毕竟还是时有碰撞发生。

约翰·孟格尔同两名水手在前面几百步远处开道，尽量挑选易行好走的路走，但无奈地面忽高忽低，实在是不好行走。沿途障碍多多。高耸着的花岗岩、幽深的山谷、深浅莫测的河滩，比比皆是，必须绕行。有好多次，一行人竟然走进了又深又密的荆棘丛中，威尔逊只好挥动大斧，披荆斩棘，为一行人开路。一直这么艰难地行走到傍晚时分，也才只走了半个经度的路程。因天色已晚，一行人只好在阿尔卑斯山脚下的哥本伯拉河畔安营扎寨。这儿有一片小平川，长满四英尺高的灌木，其叶子呈浅红色，煞是好看。

"过了这一带的山坡，还有许多苦头在等着我们哪，"格里那凡爵士望着隐没在夜色中的山脉说，"阿尔卑斯！一听这名字就让人浮想联翩了。"

"这名字得大打折扣的，亲爱的格里那凡爵士，"巴加内尔说道，"您别以为这是在穿越整个瑞士。在澳洲如同在美洲、欧洲一样，有格兰比安山脉[1]，有比利牛斯山脉[2]，还有蓝山山脉[3]，但其规模都缩小了不少。这种名不副实的情况说明，那些地理学家缺乏想象力，或者头脑中专有名词太少，想不出新的名称来。"

"照您这么说，澳洲的阿尔卑斯山是……"海伦夫人说道。

"是一条袖珍山脉，"巴加内尔立即接上去说，"我们翻过去之后还没觉出来哩。"

"您这是在说您自己吧！只有您这么粗心的人，翻过一座山还觉不出来！"少校顶撞他道。

"您怎么老说我粗心大意啊！"巴加内尔不服气地回答道，"我早就不粗心大意了。请两位女士给评评看。来到澳洲之后，我不是实践了自己的诺言，没有做过一件粗心大意的事吗？您能找出我哪儿做得不对了？"

"您没犯过任何粗心大意的错，巴加内尔先生，您现在可以称得上是十全十美的人了。"玛丽·格兰特小姐说。

"完美无缺！不过，您要是还像从前那样粗心大意的话，那

1　位于苏格兰。

2　位于法国和西班牙的交界处。

3　位于北美洲。

才像是真正的您哩！”海伦夫人笑着补充道。

“真的吗，夫人？我若是没有了那点小毛病，就同普通人一模一样了！所以我希望自己不久就要犯点错误，让你们开开心，你们信不？如果不犯点小错误，我像是没有尽到自己的责任似的。”巴加内尔回答道。

翌日，1月9日，尽管乐观的巴加内尔怎么保证，一行人还是在艰苦难行的阿尔卑斯山的隘路上走着。一小时之后，如果不是在一条山路旁发现了一家小客栈的话，艾尔通真的感到进退两难了。

“哈哈！这种地方开什么旅店啊？这能发财吗？真是滑天下之大稽！”巴加内尔说道。

“对我们可是大有用处啊，正好替我们指指路，”格里那凡爵士说，“咱们进去吧。”

格里那凡爵士同艾尔通相继走进小客栈。客栈挂的招牌上写着大字：绿林旅店。老板身体壮实，满脸横肉。店里有烧酒、威士忌和白兰地卖。旅店很少有顾客光顾，只不过是一些过路的放牧者前来而已。

格里那凡爵士通过艾尔通向店主问了几个问题，店主勉强地敷衍几句，不怎么回答，但根据店主那简短的回答，艾尔通还是弄清了方向。为了表示谢意，格里那凡爵士给了店主点钱。走出店门，他突然发现墙上贴着一张告示。

那是殖民地当局张贴的一张通缉令。通缉令上写道，珀斯发现一批流窜犯，为首者名叫彭·觉斯。若有人将该犯擒获，请速押送当局，赏银一百镑。

“这个彭·觉斯真是罪大恶极，真该让他上绞刑架。”格里那凡爵士对艾尔通说道。

"那得先把他抓到才行，一百镑！赏银不少。这家伙不值那么多钱！"艾尔通说道。

"那个店主，尽管墙上贴着告示，但我看他也不像个好人。"格里那凡爵士又说道。

"我看也是。"艾尔通应声道。

格里那凡爵士和水手艾尔通回到了牛车旁。一行人于是便向卢克诺大路尽头走去。那儿有一条蜿蜒曲折的小路斜贯于山腰间。

上山的路颇为艰难。车上和马上的人不止一次地下来步行。车子太重，上坡时得帮着推；下坡时得在后面拉着点；拐弯时，辕木太长，拐不过去，得把牛解下来。有几次，艾尔通还不得不把几匹已经筋疲力尽的马套上，帮着牛拉车。

不知是因疲劳过度，还是其他什么原因，这一天，有一匹马死了。事先一点征兆也看不出来，一倒下便死了。那是穆拉迪骑的马，他拼命地拉它，但已无济于事。

艾尔通上前检查了一下倒卧在地上的马，但却说不出个所以然来。

"看来是血管破裂所致。"格里那凡爵士推测道。

"肯定是。"艾尔通应声附和着。

"您骑我的马吧，穆拉迪，我坐牛车。"格里那凡爵士提议道。

穆拉迪接受了爵士的安排。一行人继续往上爬去，那匹死马只好撇下，任由乌鸦啄食了。

澳洲的阿尔卑斯山并不算大山，从山这边到山那边，不足八英里宽。如果艾尔通选择的路能够通向山的东边的话，四十八小时后就可以翻越到山那边去了。继续向前，一直到海边，都不会遇上多大的障碍。

10日那一天，一行人爬到了山路的最高点，海拔约两百英尺。这儿地处高原，视野开阔，一眼可看到很远的地方。只见北边的奥美湖，波光粼粼，湖上有水鸟的身影，湖那边就是墨累河流域的广阔平原。南边是吉普斯兰的绿色草场，青草依依，柔如地毯，一望无垠。

当晚，一行人便在高原顶上露宿。翌日，大家开始下山。下山的路走起来快多了。半路上，突然一阵大冰雹袭来，众人连忙找遮挡处躲避。牛车篷顶被冰雹砸出许多洞来。大约一小时过后，冰雹停了，众人便在湿滑的山路上往下走去。

牛车一路摇晃颠簸，车厢板有几处给碰脱了榫，好在整个车身相当结实，并无大碍。傍晚时分，一行人已经走下阿尔卑斯山的最后几个阶梯。总算翻过阿尔卑斯山了！前方就是直通吉普斯兰平原的大路，于是，众人便照例搭起帐篷宿营。

12日，天刚放亮，一行人便踏上了征程。人人兴高采烈，劲头儿十足，恨不能一步跨到海边，到达不列颠尼亚号遇难之地。只有到了那儿，才能找到失踪者的踪迹。

艾尔通再次催促格里那凡爵士，让他派人向邓肯号传令，让船开到太平洋沿岸来，以利寻访工作的进行。他说从卢克诺到墨尔本的路好走，过了这儿，就没有大路了，因此最好现在就派人去传达命令。

他的话听起来不无道理。巴加内尔也劝格里那凡爵士这么做，也认为邓肯号开过来会有所帮助。

格里那凡爵士犹豫不决，要不是麦克那布斯少校坚决反对的话，他也许就听从了艾尔通的建议。少校说一行人缺了艾尔通不行，这一带只有艾尔通一人熟悉路径，万一真的发现了格兰特船长的踪迹，跟踪寻访的话，也只有靠艾尔通才行，再说，也只有他知道不列颠尼亚号的失事地点。

因此，少校坚持按原计划继续向前。约翰·孟格尔也支持少校的意见，认为还是从杜福湾派人给邓肯号送信更为合适。最后，少校等的意见占了上风。少校偷偷地瞥了艾尔通一眼，见他似乎有点失望，但少校没有言声。

在澳洲的阿尔卑斯山脚下展现的是一片十分平坦的平原，只是东面的地势略显低一些。平原上可见一丛丛的树木，有桉树、橡胶树等。另外，还有一些开着艳丽花朵的胃豆类灌木。有时还有几条溪流挡住行人出路，必须涉水而过。远处，可见成群的鸨鸟、鸸鹋及袋鼠，看见有人靠近，正在拼命奔逃。格里那凡爵士一行已经人困马乏，无心打猎了。另外，天气也很闷热，弄得人无精打采，只是埋着头往前走。只有艾尔通吆喝牛快走的声音打破这一片沉寂。

从正午到午后两点，一行人穿行于凤尾草丛中。此时，凤尾草开花了，高约三十英尺，细细的枝条往下垂，人马从其下面走过并无大碍。在这些高大的凤尾草丛中行进，多少有了点凉爽之意。巴加内尔看到奇异景色，总不免要感叹一番，却没想到，他的感叹声惊动了一群鹦鹉，顿时叫声四起。

巴加内尔正在得意忘形地感叹连声时，他的同伴们却突然发现他在马背上摇来晃去的，随即便摔到了地上。他这是怎么啦？是中暑了？众人急忙奔了过来。

"巴加内尔！巴加内尔！您怎么啦？"格里那凡爵士在大声呼唤他。

"怎么搞的？亲爱的朋友，我怎么没有骑在马上呀？"巴加内尔一边回答，一边连忙把脚从马镫子里抽出来。

"怎么！您的马也……"

"也死了！说死就死呀，同穆拉迪的马一样。"

格里那凡、孟格尔、威尔逊连忙检查巴加内尔的那匹马，确实是已经死了。

"这可真怪了。"约翰·孟格尔说道。

"是啊，真是太奇怪了。"少校也嘟囔着。

这又一次的意外事故，令格里那凡爵士焦急不安起来。在这荒僻地带，没有马可以补充的。如果马匹都染上马瘟，相继死去，继续前行就非常艰难了。

不料，尚未到傍晚，"马瘟"似乎便得到了证实：又一匹马，威尔逊的坐骑也死了。更加严重的是，有三头牛也死了。这么一来只剩下三头牛和四匹马供拉车和人骑的了。

事态严重了。骑马的人没有了马，尚可黢出去徒步而行，可是，若没了牛拉车，两位女士如何是好呀？这儿离杜福湾还有一百二十英里的路程，她俩走得动吗？

约翰·孟格尔和格里那凡爵士心急如焚。他俩忙去检查剩下的马和牛，想办法不能再出现意外了。检查完了之后，倒是没发现什么病症，甚至看不出一点衰弱的征兆来。牛和马全都十分健壮，长途跋涉并无问题。格里那凡爵士连声祈祷，希望再也别出现马牛倒毙的事了。

艾尔通也在这么希望着，他说他也颇觉蹊跷，怎么突然会出现马牛倒毙的现象？

大家又开始继续往前。没马骑的人，徒步走着，累了就坐到牛车上去歇息一会儿。一天下来，一行人只前行了十英里。

第二天，1月13日，一天无事，平平安安地度过了。没有再发生牛马死亡的事，人人精神也都十分饱满。由于天气炎热，大家没有少喝饮料，令奥比内先生忙得不亦乐乎，半桶苏格兰啤酒很快便见了底儿。

这一天开始就很顺利，一个个精神抖擞，一口气走了有十五英里，轻轻松松地就走过了一片高低起伏的红土地带，急切地盼着当天晚上便能赶到斯诺威河畔宿营。斯诺威河在维多利亚省南部流入太平洋。日暮时分，远远望去，前方有一道雾气，那显然就是奔流不息的斯诺威河了。艾尔通催赶着牛车，骑马人扬鞭催马，又赶了几英里的路程，来到了一个山丘旁。翻过这山丘，大路拐弯处出现了一片森林。艾尔通驱赶着已经疲劳过度的牛，往那片参天大树林奔去。出了这片树林，距离斯诺威河已不到五英里了，可是，偏偏在这个时候，牛车陷进到泥淖之中，一直陷至车轴。

"小心！"艾尔通扭回头去冲骑马的人喊道。

"怎么了？"格里那凡爵士忙问。

"牛车陷进泥潭里了。"艾尔通答道。

艾尔通拼命吆喝，一边猛甩鞭子，催赶着拉车的牛使力，但那几头牛已半截陷入泥潭之中，根本使不上力。

"咱们就在这儿宿营算了。"约翰·孟格尔说道。

"也只能如此了。等天亮之后，再想法子把车子弄出来。"艾尔通附和道。

"准备宿营！"格里那凡爵士喊道。

夜幕很快便降临了。太阳下山之后，天气依然闷热。远处正在下雨，只见一道道闪电把天边照得雪亮。帐篷已在树下搭起来，只要不下雨，这一夜可以平安度过的。

艾尔通费了很大的劲儿才把三头牛从泥潭中拽了出来。他将牛同四匹马牵到一起，给它们喂了好料。格里那凡爵士见一向认真仔细的艾尔通今晚更加细心侍候牛马，心生感激，因为就剩这三头牛了，牛车全靠它们了。

大家简单地凑合着吃了晚饭，因天气闷热，再加鞍马劳顿，便准备歇息了。海伦夫人和格兰特小姐与大伙儿道了晚安，也去车上歇息去了。

众人逐渐进入梦乡。这时候，大片大片的乌云已经云集天空，夜色更加黯黑，没有一丝的风。四周寂然一片，偶尔传来几声猫头鹰的叫声。

十一点时，少校突然醒来。由于过于劳累，他睡得不好。他揉了揉惺忪睡眼，忽然发现树林中影影绰绰地有亮光在闪动，宛如湖面上的粼粼波光，又如洁白的绸缎在飘动。一开始，他还以为地上着火了哩。

他立即爬了起来，向树林里走去，仔细一看，不免颇为惊奇，原来是一片望不到边的菌类发出的磷光。

少校不愿独享这奇景，正待前去叫醒巴加内尔，让这位地理学家也一饱眼福。可是正在这时候，突然出现了一点意外情况，他便止步不前了。

那片磷光把树林里有半英里的面积给照亮了。少校凭借这片磷光，影影绰绰地看到树林边缘有几个黑影掠过。自己是产生了幻觉还是看花了眼了？

于是，他便趴在地上，小心翼翼地仔细地观察着。他看清楚了，有几个人的身影在一弯一伸的，好像在地上寻找些什么。

这么晚了，他们这是干什么呀？一定要弄个明白。于是，他决定先别惊动大家，一个人先看个究竟。他在地上爬着，躲进草丛中。

第十九章

急剧变化

这一夜，天气恶劣。凌晨两点，乌云翻滚的天空突然下起了倾盆大雨。帐篷挡不了大雨，格里那凡爵士等几人只好爬到牛车上去躲避一下。睡觉是不可能了，只好聊天。少校闷不作声，听着大家在聊。上半夜，他离开帐篷很长时间，但却无人察觉。雨老下个不停，很可能引发斯诺威河河水泛滥。因此，穆拉迪、艾尔通、孟格尔总不时地要下牛车去看一下水位，回来时，都成了落汤鸡了。

天总算亮了，雨也停了，但没出太阳。地面上水汪汪的，在冒着热雾，空气潮湿得很，闷热难受。

格里那凡爵士最担心的就是牛车，得先把它从泥淖中弄出来才是。他们去看了一下牛车，只见车子前部几乎全都陷进泥里去了，车尾也被陷至车轴处了。这么笨重的牛车，想把它从泥淖中拉出来，看来很难很难，即使全部人力加牛马一起上，恐怕希望也不大。

"无论如何，必须立即动手，否则，这种黏糊糊的烂泥一干，那就更不容易把车子弄出来了。"约翰·孟格尔说道。

"那就赶紧动手吧。"艾尔通也附和道。

于是，格里那凡、孟格尔、艾尔通和两名水手都钻到昨夜放牛马的树林里去拉牛牵马去了。

那是一片胶林，林中全是枯木，一片凄凉。一棵一棵的树，相距都很远，树皮剥落好像都上百年了。树顶离地面有两百英尺，干枯的树枝向四处伸展着，一片树叶也没有。没有一只鸟儿在树上搭窝做巢，整片树林像是遭了瘟疫似的死亡了。这种现象在澳洲倒并不少见，但没有谁能说得清原因何在。

艾尔通跑到昨天把牛马安置的地方，结果却不见它们在那里了，不觉大吃一惊。牛马全都用绊索套着的，应该不会跑走的呀。

大家赶忙在树林中四处找寻，但仍不见牛马的踪影。艾尔通连声呼唤，但始终没有牛马的应声。

大家焦急地找了都一个小时了，但却一点影子也没有，不免心焦不安起来。格里那凡爵士已经走到离牛车有一英里远了，正要回头走去，突然听见一声马嘶，同时，又听见了一声牛哞。

"它们在那边！"约翰·孟格尔边喊叫，边钻进那片胃豆草丛中去。胃豆草都长得很高，即使一群牛马藏在里面也发觉不了。

格里那凡、穆拉迪、艾尔通也连忙奔了过去。到那儿一看，大家全都愣住了。只见两头牛和两匹马倒在地上，已经死了，一群乌鸦在上空呱呱乱叫，显然是已经发现了这几具牛马尸体了。威尔逊见状，不禁骂了开来。

"骂也没用，威尔逊，"格里那凡爵士在尽力地控制住自己说，"这也是没法子的事。艾尔通，把剩下的这头牛和这匹马牵回去吧，只能靠它俩对付下去了。"

"要是车子没被陷入泥淖里，有这两头牲畜也可以把车子拉到海边的，顶多也就是慢了一点而已。所以，当务之急是必须尽快地把车子拖出泥淖。"孟格尔说道。

"那就赶紧试试吧，"格里那凡爵士回答道，"我们出来的时间已经不短了，他们可能很着急了，还是赶快回去吧。"

艾尔通把牛的绊索解开，穆拉迪把马的绊索除去，大家便沿着弯弯曲曲的河岸往回走去。半小时后，巴加内尔、麦克那布斯、海伦夫人和玛丽小姐都知道牛和马已死的事了。

"唉，可惜啊！太可惜了！"少校叹了口气说，"艾尔通，过维迈拉河的时候，要是给所有的牲口都钉一钉蹄铁就好了。"

"为什么，先生？"艾尔通不解地问。

"因为所有的马匹中，唯独您让铁匠钉了马蹄铁的那一匹逃脱一死，而其他的全都倒毙了。"

"是呀，也真的很巧。"孟格尔说道。

"这也只不过是碰巧了的事。"艾尔通看着少校回答道。

少校动了动嘴唇，像是想说点什么，但却咽了下去。格里那凡爵士、约翰·孟格尔、海伦夫人都在等着他说下去，但他却没有再吭声。他向正在检查牛车的艾尔通身边走去。

"他刚才说的那句话是什么意思？"格里那凡爵士问孟格尔道。

"这我也没弄明白，不过，少校不会随便说说的。"孟格尔回答道。

"您说得对，约翰，"海伦夫人说，"麦克那布斯肯定是对艾尔通有所怀疑。"

"有所怀疑？"巴加内尔耸了耸肩，不解地说。

"他怀疑什么？"格里那凡爵士说，"怀疑是艾尔通把我们的牛马给毒死的？艾尔通干吗要这么干呀？他难道不是同我们利害相关吗？"

"您说得对，我亲爱的爱德华，"海伦夫人说道，"从出发的第一天起，艾尔通就事事处处都很诚诚恳恳、认认真真的。"

"确实如此，"约翰·孟格尔附和着海伦夫人，"不过，他那句话到底是个什么意思呀？我非得问个清楚不可。"

"他是不是认为艾尔通与那帮流放犯是一伙的呀？"巴加内尔嘴快，脱口而出。

"什么流放犯？"格兰特小姐疑惑地问。

"巴加内尔说错了，他一直明白维多利亚省是没有流放犯的。"孟格尔赶忙把话岔了开去。

"啊！是的，是的，我又犯糊涂了，"巴加内尔知道自己说走了嘴，后悔不迭地连忙改口道，"流放犯？澳洲哪儿来的流放犯？再说，被弄到澳洲来的流放犯全都改邪归正了。这全有赖于这儿有益健康的气候啊！玛丽小姐，您知道，这儿的气候能够净化人的灵魂……"

这位可怜的学者只因说走了嘴，拼命想纠正一下，可是，他越解释越糟糕，见海伦夫人两眼盯着他看，更是心里发毛。海伦夫人不愿看到他这么尴尬，便把玛丽小姐带到帐篷那边去了。奥比内先生正在那儿忙着做早餐。

"我真该死，也该像个流放犯似的递解出境。"巴加内尔见海伦夫人她们走后，懊恼不已地责怪自己。

"我看也是。"格里那凡爵士这么说了一句之后，便同孟格尔一起往牛车那儿走去。

格里那凡爵士说的这么一句，让巴加内尔心里难受极了。这时，艾尔通正在同两个水手想方设法地要把牛车从深陷其中的泥淖里拖出来。他们套上剩下的那头牛和那匹马；威尔逊和穆拉迪把住车轮在推；艾尔通挥着鞭子驱赶着，硬逼着勉为其难地凑成一对的牛和马拼命地向前拖。但那笨重的牛车竟然纹丝不动，仿佛被那黏稠的泥浆吸住了。

黏泥浆在逐渐地变干，孟格尔便让人往上面泼水，但仍然无济于事，牛车就是一动不动。除非将它拆开来，否则无法将它拖出，但是，拆卸牛车得有工具，上哪儿去找呀？

这时候，艾尔通又要试一次，便挥起鞭子，猛抽牛马，但格里那凡爵士立即制止住了他。

"行了，艾尔通，别再试了，"他说道，"还是爱惜点畜力吧。我们还得继续往前赶，还要让它们两个一个驮行李，一个驮两位女士呀。"

"那好吧，爵士。"艾尔通边答应着，边替那两匹牲口解下套索。

"现在，朋友们，"格里那凡爵士又说道，"大家都回帐篷里去吧，我们得商量商量了，看看眼下这种情况，我们下一步该怎么办。"

大家匆匆吃完早饭，便开始商量起来。格里那凡爵士要求大家各抒己见。

但是，讨论办法之前，先得测定目前所在的准确方位，这项任务自然就落在巴加内尔的头上了。经仔细测算，他报告说，目前所处位置是南纬三十七度、东经一百四十七度五十三分，在斯诺威河畔。

"杜福湾海岸的准确经度是多少？"格里那凡爵士问道。

"正好位于东经一百五十度线上。"巴加内尔回答道。

"离我们这儿相差两度七分,合多少英里呀?"

"七十五英里。"

"离墨尔本呢?"

"起码两百英里。"

"嗯。现在,方位已经弄清楚了,看看下一步该怎么办吧。"

大家一致主张尽快向海岸进发。海伦夫人和玛丽·格兰特小姐毫不示弱,保证每天走五英里。

"您真不愧为女中豪杰呀,我亲爱的海伦,"格里那凡爵士称赞夫人道,"不过,我们是否一到杜福湾就能找到我们所需要的一切呢?"

"那肯定没有问题的,"巴加内尔回答道,"艾登城历史悠久,同墨尔本之间的交通也很便利。我看,再走上三十五英里,我们就可以到达维多利亚省边界的德勒吉特了。到了德勒吉特,我们就能购买食物,找到交通工具了。"

"那邓肯号怎么办?现在让它开到杜福湾来,应该是时候了吧,爵士?"艾尔通说。

"您看呢,约翰?"格里那凡爵士问。

"我看先别着急。以后有的是时间通知汤姆·奥斯丁的。"孟格尔略加考虑后说道。

"这话很对。"巴加内尔附和道。

"而且,别忘了,再有四五天,我们就能到达艾登城了。"孟格尔补充道。

"四五天?"艾尔通摇着头说,"我看您得说十五二十天,否则您会后悔自己估计不足的。"

"只不过是七十五英里而已，用得了十五二十天吗？"格里那凡爵士不相信地说。

"我这还是少说了哩，爵士。往前是维多利亚省最难走的一段路。据本地人说，那片荒原根本就没有什么路，一片丛莽，必须用斧头开道，用火把照明。你们就相信我的话吧，根本就快不了的。"

艾尔通说得非常肯定，像是铁板钉钉似的，大家看了看巴加内尔，他也在点头。

"就算是前路艰险难行，就算要花十五二十天的时间，那到时再向邓肯号下令也不迟。"孟格尔坚持道。

"我还得补充一句，路难走倒也无甚大碍，主要的问题在斯诺威河必须等它的河水回落之后才过得去。"艾尔通又提出了一条理由来。

"要等河水回落？难道没有浅滩可以蹚过河去吗？"孟格尔大声地说。

"我看是找不到什么浅滩的，今天早上我就去找过，没有找到。这种季节，偏偏遇上这么一条湍急的河流挡道，实在是少见。也怪我们自己运气不济。"艾尔通抱怨道。

"这条河很宽吗？"海伦夫人问。

"不但宽，而且深。它宽约一英里，水流又十分湍急，连游泳高手也难保安全地游过河去。"艾尔通回答道。

"那我们就想法打造一只小船，"小罗伯特提议道，"把一棵大树砍倒，中间掏空，人坐上去，不就行了吗？"

"真行！不愧是格兰特船长之子。"巴加内尔称赞道。

"他说得对，"孟格尔说，"不过，不到万不得已，我们是不会这么做的。我们别在这儿议论个没完，浪费宝贵时间了。"

"您看呢，艾尔通？"格里那凡爵士问。

"我觉得，如果没人相帮，恐怕我们一个月之后仍滞留在这里。"

"那么，您还有什么更好的办法没有？"孟格尔有点按捺不住地说。

"有啊！让邓肯号离开墨尔本，开到东海岸来。"

"哼，邓肯号，邓肯号！就算邓肯号真的开到杜福湾来，难道我们就没有困难了！"

艾尔通没有立即回答，他思量片刻，然后，含糊其词地说："我并不是想坚持己见，我只是在为大家考虑。如果阁下命令现在就走，我现在就准备上路。"他说完这话，搂抱着双臂，等待着。

"您可别这么说呀，艾尔通，"格里那凡爵士说道，"您尽管说出您的看法来，大家一起讨论讨论。您说说您的主张吧。"

"现在，我们已经别无办法可想了，所以我的意思是，不要冒险渡河。应该原地等待，等别人来帮助我们，而能够帮助我们的，只有邓肯号上的人了。所以，我们暂且在此待着，反正这儿不缺食物，但得派个人去给汤姆·奥斯丁送信，让他把船开到杜福湾来。"

众人对他的这个建议非常惊讶，约翰·孟格尔则更是对之嗤之以鼻。

"在派人送信去的这段时间里，"艾尔通接着又说道，"如果斯诺威河河水回落的话，我们就想法寻找一处浅滩，蹚过河去；如果它不回落，必须要有船的话，我们也有时间来得及打造。这就是我的建议，请阁下定夺。"

"很好，艾尔通，"格里那凡爵士说道，"您的意见值得考虑。它的最大缺憾就是影响我们的行程，不过，我们正好趁此机会休息休息，并且也少了不少的危险。朋友们，你们意下如何？"

"请您也说说吧，亲爱的麦克那布斯，"海伦夫人插言道，"您一直光听不说，应该不吝赐教嘛。"

"既然点名要我说，那我就直抒己见了，"少校回答道，"我觉得艾尔通是个既聪明又谨慎的人，从刚才的谈话中就可以看到他这一点。所以，我完全赞同他的意见。"

麦克那布斯此前一直是持反对意见的，现在却说出这种意见来，令大家颇觉意外。就连艾尔通也没想到，所以他不由得瞅了麦克那布斯一眼。而巴加内尔、海伦夫人、两名水手原本就是同意艾尔通的意见的，听了少校的话之后，当然也就更不犹豫了。

格里那凡爵士见此情况，便宣布说，原则上采纳艾尔通的建议。

"现在，约翰，"他转而对孟格尔说道，"为了稳妥起见，您觉得我们是不是应该待在河这边等人送交通工具来呀？"

"我觉得应该这样，"约翰·孟格尔回答道，"可是，我们过不去河，送信的人又怎么会过得去呢？"

大家又看着艾尔通，只见他颇有把握似的微微一笑，说道："送信的人无须过河。"

"什么？无须过河？"孟格尔颇觉惊异。

"他只须回到从卢克诺通往墨尔本的那条公路上就行了。"

"步行两百五十英里！"孟格尔惊呼道。

"骑马去呀，"艾尔通解释道，"我们不是还有一匹骏马吗？

骑马去，不用四天就到了，邓肯号从墨尔本开到杜福湾需要两天时间，再由杜福湾来这儿，需要一天，前后一个星期，派去送信的人就能领着船上的人来到我们这儿了。"

少校在听艾尔通说话时，频频点头赞许，孟格尔看了好不奇怪。但是，对艾尔通的意见，大家都表示赞同，孟格尔也就不好再说什么了。

"朋友们，现在，我们得派个人去送信，"格里那凡爵士说道，"大家都很清楚，这是一趟极其辛苦的差事，说不定还会遇到危险的。谁愿意担此重任跑一趟呀？"

威尔逊、穆拉迪、孟格尔、巴加内尔，甚至小罗伯特闻言，争先恐后地表示愿意前往。不过，尤以孟格尔要求得最为坚决。这时，一直没有吭声的艾尔通开口说话了："如果信得过我的话，爵士，您就派我去吧。这一带我熟悉，什么艰难的地方我也都走过。只要您写封信给大副，让他相信我，我保证六天后邓肯号就能开到杜福湾来。"

"那好吧，艾尔通，"格里那凡爵士说，"凭您的聪明和勇敢，您一定能完成任务的。"

很显然，艾尔通去完成这项艰巨任务比任何人都更加合适，所以，大家也就没再去争，但约翰·孟格尔最后还是说了一番反对意见。他认为艾尔通留下来，可以帮着找到不列颠尼亚号和格兰特船长的踪迹，但少校却认为艾尔通即使在这儿，大家待在河这边，寻访工作仍然无法进行。

"那好，就这样吧。艾尔通，您就辛苦一趟。要尽快返回，越快越好。回来时，从艾登城往斯诺威河方向找我们。"格里那凡爵士嘱咐艾尔通道。

艾尔通闻言，面露喜色，连忙扭过脸去，但他的一举一动全落在了约翰·孟格尔的眼里了，更加深了后者对这个喜形于色的人的怀疑。

艾尔通忙着做行前准备。两个水手在相帮着，一个帮他备马，一个帮他装干粮。而格里那凡爵士则在给汤姆·奥斯丁写信。

他在信中命令邓肯号大副立刻把船开到杜福湾来，并特别强调来人忠实可靠，还命令大副，船到了东海岸之后，便立即派一队水手，交给来人……

麦克那布斯看着格里那凡爵士在写，当他看到这儿时，却阴阳怪气地问爵士，艾尔通的名字如何写法。

"照音拼呗。"格里那凡爵士回答道。

"您弄错了，爵士，"少校神情严肃地说，"按音拼是'艾尔通'，但写出来却是'彭·觉斯'！"

第二十章

ALAND—ZEALAND[1]

彭·觉斯这个名字一经挑明，犹如晴天霹雳。只见艾尔通腾的一下挺起腰板，举起手枪，砰的一声，格里那凡爵士应声倒地。随即，外面也枪声四起。

约翰·孟格尔和两名水手，先是一愣，随即便猛地扑了过去，想制服彭·觉斯。但是，那个穷凶极恶的通缉犯已经蹿入胶林中去，与自己的同伙们会合在一起了。

帐篷难挡子弹，只好退避。格里那凡爵士伤得不轻，但已从地上爬了起来。

"到车上去！快到车上去！"约翰·孟格尔边喊，边拉上海伦夫人和格兰特小姐往外跑。她们立即蹦到牛车上，躲在厚厚的车厢板后面。

孟格尔、麦克那布斯、巴加内尔和两个水手眼疾手快地抄起枪来，准备还击。格里那凡爵士和小罗伯特也都与两位女士藏在了一起。这时，奥比内也从牛车上跳下地来，准备参加到还击的

---

1 ALAND和ZEALAND二字，即为漂流瓶中信件上的"大陆"和"西兰"的意思。

队伍中去。

事变发生得突如闪电。孟格尔仔细地观察着树林里的情况。彭·觉斯一跑进树林，枪声也就随之停止了。周围一片死寂。只有橡胶树枝头还飘浮着几团白烟。

少校与孟格尔趁机溜至树林边缘仔细侦察。那帮恶徒已经逃走了。地上留下了一些脚印以及一些尚在冒烟的火药引子。少校向来就很细心，他把那些冒烟的火药引子全给踩灭了。这么一大片枯木林，遇上点火星，必然酿成熊熊大火。

"歹徒全都溜了。"孟格尔说道。

"溜倒是溜了，可我总觉得很蹊跷。我倒是宁愿与他们正面相对。平原上的老虎要比草丛中的毒蛇容易打得多。我们还是到牛车四周搜索一下的好。"少校说道。

少校同约翰一起在牛车周围搜索了一番，从树林边一直搜寻到斯诺威河边，也没有发现一个流窜犯。这一伙歹徒突然之间逃得无影无踪，令人困惑不解，因此，大家更加提高了警惕。牛车被当成了防御堡垒，每两人一班，轮流守卫着。

海伦夫人和玛丽·格兰特小姐抓紧时间在为格里那凡爵士包扎伤口。幸好，他只是被子弹擦破了点皮，并没有伤筋动骨，只是伤口流血很多。格里那凡爵士忍着疼痛在宽慰大家，随即，便让大家谈谈对这事的看法。

除了当班值勤的穆拉迪和威尔逊而外，所有的人全都挤到牛车上来。少校首先发言。

少校在谈及这次事件之前，先讲了海伦夫人尚不知道的那些事情，并把那份《澳大利亚暨新西兰报》拿给她看。少校介绍说，彭·觉斯是个作恶多端、穷凶极恶的惯犯，警方正悬赏捉拿他。

可是，麦克那布斯是如何弄清艾尔通就是彭·觉斯的呢？大家都觉得这是个谜，急于知晓个中原委。于是少校便讲述起来。

从一开始起，麦克那布斯就凭着直觉对艾尔通有所怀疑。而且艾尔通的疑点多多，比如，在维迈拉河时他与那个铁匠交换过眼色；每当要穿过市镇时，艾尔通总有所迟疑；他又一再地要求让邓肯号到东海岸来；他照料的牛马莫名其妙地就先后死了；他的言谈支吾，举止躲闪，等等，这一切都让少校的疑惑越来越深。

不过，要不是头天夜里，他凭借那片植物所发出的光亮，发现了几个可疑的人的身影，便偷偷地摸了上去，他也不敢那么肯定艾尔通就是匪首彭·觉斯的。

头天夜晚，他发现人影有三个，正在察看地上的印迹，他认出了其中有一个正是那黑点站的钉马掌的铁匠。他听见了他们的对话。

"就是他们。"一个在说。

"没错，这儿还有三叶形马蹄铁的印迹。"另一个说道。

"从维迈拉河起，一直都是这样。"

"他们的马都死了。"

"毒马的药草这附近就有。"

"多的是，足够毒死一队骑兵的马的！这种胃豆草真管用啊！"

麦克那布斯接着说道："然后，这几个人就没再说话了，也走开去了。我还想听得明白，把情况摸清，便又往前爬了一段。"

然后，少校又接着往下叙述着。

过了一会儿，那几个人又交谈起来，那铁匠说："彭·觉斯真是好样的！他把船失事的故事编得活灵活现、天衣无缝，真不愧为水手！他的妙计如果成功了，我们也就有救了。艾尔通那家伙真不简单！"接着，另一个纠正道："还是叫他彭·觉斯吧，这个名字响亮得多！"这之后，几个人便离开了橡胶树林。

最后，少校说道："该知道的我都听到了，于是，我便回到帐篷里来，心想，这帮被送到澳洲来的流放犯，并不像巴加内尔所说的那样，放下屠刀，立地成佛了。我这么说，请巴加内尔先生不要见怪。"

听完少校的叙述之后，大家全都低下头去，思前想后的。格里那凡爵士气得脸色发白。

"看来，"爵士说道，"艾尔通这厮把我们引到这儿来，目的就是要抢劫我们，加害我们。"

"没错，正是如此。"少校说。

"这么说，这厮并不是什么不列颠尼亚号上的水手！他是盗用了艾尔通在船上的从业证书，冒名顶替！"

大家的目光全都集中到麦克那布斯身上，心想他肯定对这个问题没有考虑。

"这个问题很复杂，"少校平静地回答道，"我觉得，此人真名就叫艾尔通，而彭·觉斯只是他后来落草为寇之后所起的诨名。他肯定认识哈利·格兰特船长，而且在不列颠尼亚号上当过水手。从艾尔通跟我们说的那些真实细节来看，这一点应该是确实无疑的。而那几个流放犯的交谈，也足以作为旁证。因此，可以肯定，艾尔通和彭·觉斯实际上是一个人。也就是说，不列颠尼亚号的一个水手当上了一伙歹徒的头领。"

大家一致认为少校的阐释言之成理。

"那么，您可否跟我们说一说，"格里那凡爵士问道，"他既然是格兰特船长的一名水手，怎么会跑到澳洲来了呢？"

"怎么会跑到澳洲来了？这我可说不清楚。恐怕连警方都不知道。原因是必然有的，一时半会儿尚不得而知，不过，将来一定会弄清楚的。"少校回答道。

"警方可能还不知道艾尔通和彭·觉斯就是一个人吧？"孟格尔说。

"您说对了，约翰，"少校回答道，"如果警方获知这一情况，一定会有助于捉拿罪犯的。"

"这么说来，"海伦夫人说道，"那小子潜入帕第·奥摩尔农庄，是想伺机作案？"

"这一点是肯定的。"麦克那布斯回答道，"他本想拿那位爱尔兰人开刀的，但遇到了更好的机会，也就是说，我们送上门去了，因此，他便改变了原先的计划，冲我们下手了。他听到了格里那凡爵士的详细叙述，知道了不列颠尼亚号失事的事，这个心怀叵测的家伙便处心积虑地要欺骗我们。因此，横穿澳洲之行便决定下来了。于是，他便同其同伙，那个铁匠，在格里那凡爵士的马上做了手脚，在其马蹄上装了一个三叶形的马蹄铁，他们便可一路寻踪跟来。最后，把我们骗到斯诺威河畔，就可以任意摆布我们了。"

少校把彭·觉斯的情况这么一阐释，大家便恍然大悟。

情况虽然搞清楚了，但后果也明显地看出，非常严重了。玛丽·格兰特小姐边听大家议论，边感到了事态的严重，她独自默然无语地想着将来的事。约翰·孟格尔第一个发现她脸色发白，一脸失望，便立刻明白了她的心思，连忙呼唤她道："玛丽小姐！玛丽小姐！您怎么哭了？"

"您怎么哭了，我的孩子？"海伦夫人也连忙问道。

"我父亲！他……啊，夫人！"玛丽哽咽着说。

玛丽小姐说不下去了，大家也都明白她心里是个什么滋味。

艾尔通的阴谋一败露，所有的希望也随之破灭了。不列颠尼亚号压根儿就不是在杜福湾触的礁！哈利·格兰特船长也根本就没有踏上澳洲大陆。

对那几封信件的错误判断把大家给引入了歧途。

大家看着这两个愁容满面的孩子干着急，找不出任何话语来安慰他们姐弟俩。只见小罗伯特倒在姐姐的怀里不住地抽泣着。巴加内尔更是满腹懊丧，不停地嘟囔着："唉！这该死的信件！可把大家伙儿给害苦了！"

这位可敬可爱的地理学家非常生自己的气，一个劲儿地拍打着自己的脑门儿，像是要把它拍碎了方才解气似的。

格里那凡爵士走出帐篷，到站岗放哨的穆拉迪和威尔逊那儿去了。从林边到河岸这一带平原，一片沉寂。乌云在天上翻滚着，空气十分闷热难耐。大群的鸟儿飞落在树枝上；几只袋鼠在悠然自得地吃草；一对凤鸟放心大胆地把脑袋从灌木丛中伸出来。这一切表明，彭·觉斯一伙儿已经走远了。

"这一个小时，听见什么动静了吗？"格里那凡爵士问两位值勤者。

"没有，阁下，"威尔逊回答道，"那帮浑蛋大概走出老远去了。"

"看来，他们自知力量不够，攻击不了我们，所以才走的，"穆拉迪说道，"那个彭·觉斯想必是去召集人马，再来袭击。"

"这很有可能，穆拉迪，"格里那凡爵士回答道，"这帮匪徒知道我们武器精良，不敢贸然行事。他们也许会趁黑夜进行偷袭。天一擦黑，我们就得加倍地小心才是。唉，要是能走出这片沼泽，到海岸边就好了。可惜啊，河水暴涨，挡住了去路！如果能找个木筏载我们过河，花再多的钱也行。"

"那我们何不自己动手造个木筏呢？这儿不是有的是树木吗？"威尔逊提议道。

"不行呀，威尔逊，这斯诺威河可不同一般，水流特别湍急，不容易渡过去的。"格里那凡爵士反对道。

这时候，孟格尔、麦克那布斯、巴加内尔也都走出帐篷，来到这里。他们已经看到了斯诺威河的水势凶猛。由于最近的几场大雨，河水暴涨，比长年同一季节的水位要高出一英尺，由于水流湍急，还出现了不少的漩涡。

约翰·孟格尔斩钉截铁地说，渡河是不可能的事。

"不过，"他又说，"我们也不能在这儿干等着，束手待毙，我们还得想法子，要做艾尔通在这之前要我们做的事。"

"您这话是什么意思呀，约翰？"格里那凡爵士追问道。

"我是说，我们得想法子赶紧求援。既然到不了杜福湾，那就得派人去与墨尔本联系。我们还有一匹马，请阁下把马给我，我骑马飞奔墨尔本。"

"可这太危险了呀，约翰！在这么荒僻的陌生之地走三百英里地，简直是危机四伏呀！光是彭·觉斯那帮浑蛋就难对付的了，他们一定是把大小路口全都封堵住了。"格里那凡爵士说道。

"这一点，我考虑过了。可是，爵士，现在情况十分危急，容不得我们这么耽搁下去呀。艾尔通说他七八天就能把邓肯号上的人带来这里，我决定只用六天时间，您看怎样？"

"我认为派人去墨尔本是刻不容缓的事，但约翰·孟格尔是船长，他不能冒这么大的风险，所以，还是让我去吧。"巴加内尔自告奋勇地说。

"您的话说得倒还在理，可是，为什么偏要让您去呢，巴加内尔？"少校说。

"我们也可以去！"穆拉迪和威尔逊同时嚷道。

"你们以为我就不能骑着马跑上这么两百英里吗？"少校反驳道。

见众人争先恐后，互不相让，格里那凡爵士便说道："朋友们，这么看来，只有抽签来决定看让谁去了。巴加内尔，请您拿出一张纸来，写上咱们……"

"您的名字可不能写上，阁下。"孟格尔打断格里那凡爵士道。

"那为什么呀？"爵士不同意地反问道。

"因为您的伤口还没愈合，怎么可以离开海伦夫人呢？"

"爵士，您可不能离开大家。"巴加内尔也在表示反对。

"您绝对不能离开，爱德华，您是我们一行人的灵魂。"少校说。

"去墨尔本相当危险，危险当前，我怎么可以不与大家分担责任呢？我怎么可以把自己排除在危险之外，让大家为我分担呢？巴加内尔，照我说的做，把我们的名字写上，我希望自己能够抽中。"

大家见格里那凡爵士态度如此坚决，也不好再多加反对，只好把他的名字也给写上了。然后，大家便开始抽签，结果，让穆拉迪给抽中了，只见他高兴得欢呼起来。

"爵士，我马上就准备一下动身。"穆拉迪立刻说道。

格里那凡爵士紧紧地握住穆拉迪的手，一切都在不言中，然后，他便让少校和孟格尔留下站岗放哨，自己回到牛车那儿去了。

海伦夫人很快便知道抽签的结果。她对穆拉迪嘱咐了一番，让他一路小心，鼓励他马到成功，令后者感动不已。大家都知道穆拉迪机智勇敢，身强力壮，不畏艰难，抽中了他，大家都感到十分放心。

大家决定，穆拉迪晚上八点出发。威尔逊负责为他备马。他准备把马左前蹄上的三叶形蹄铁弄掉，然后从死去的那几匹马蹄上随便找一个换上，这样就可以不给那帮匪徒留下可辨识的印迹了。

这时候，格里那凡爵士则在给汤姆·奥斯丁写信，让穆拉迪带上。可他胳膊受了枪伤，无法握笔，只好请巴加内尔代劳。后者此刻正在思考问题，对周围的一切并没注意。他心里想着的只是那几封被他错误阐释的信件，翻来覆去地斟酌着信件上的一个个字词，希望能够理出个头绪来。但是，他绞尽脑汁，冥思苦想，总也弄不出个结果来。

所以，当格里那凡爵士请他代劳时，他根本就没有听见，直到爵士又提高嗓门儿叫他，把话重复了一遍，他这才心不在焉地回答道："啊！好，我替您写。"

他边说边机械地拿出自己的那本笔记本，撕下一页来，又拿起铅笔，听格里那凡爵士念一句写一句。格里那凡爵士开始念道："汤姆·奥斯丁，即速起航，将邓肯号开到……"

巴加内尔正写完这个"到"字时，眼睛却扫到了地上的那张

《澳大利亚暨新西兰报》(*Australia and New Zealand*)。那张报纸是折叠着的，报头上的报刊名只露出"aland"这几个字母在外面。巴加内尔手中的笔突然停下了，忘了自己在记录格里那凡爵士口授信件的事。

"您怎么了，巴加内尔？"格里那凡爵士疑惑不解地问道。

"哦！"巴加内尔仿佛顿有所悟似的猛然地叫了一声。

"您在想什么哪？"少校问他。

"没什么，没什么。"巴加内尔连声否定着。

然后，他便念念有词地在叨叨："阿兰（aland）！阿兰，阿兰！"

说着说着，他人已经站了起来，一把抓起那张报纸来。他抖动着那张报纸，仿佛有许多话要说，可一时又不知道从哪儿说起，傻呆呆地愣在那里。海伦夫人、玛丽小姐、小罗伯特、格里那凡爵士都在看着他，感到莫名其妙，不知道他发什么傻。

巴加内尔突然又像是发了疯似的，但不一会儿，便平静下来，眼里流露出得意的光芒。然后，他又坐了下来，平静地说道："往下念，爵士，我听着哪。"

于是，格里那凡爵士继续口授道："汤姆·奥斯丁，即速起航，将邓肯号开到南纬三十七度线横截澳洲东海岸的地方……"

"是澳洲吗？"巴加内尔问道，"啊，对的，是澳洲！"

他把口授的信记录完了之后，递给格里那凡爵士，让他签上名字。爵士手臂有伤，写字无力，歪歪扭扭地凑合着签好了。信封封好之后，巴加内尔情绪很激动，手直打哆嗦，在信封上写上了收信人的姓名、地址：

墨尔本邓肯号
汤姆·奥斯丁大副亲启

随后，巴加内尔便离开了牛车，一边走，一边手舞足蹈地念念有词："阿兰！阿兰！西兰（ZEALAND）！"

第二十一章

心急如焚的四天

写完信后，这一天平安无事地就过去了。穆拉迪已经整装待发。

巴加内尔也恢复了常态，但是，从他的眼睛里，仍可以看出他心里藏着点什么，只是不肯说出来。少校看见他总那么不停地嘟嘟囔囔，仿佛在进行着思想斗争："不，不，说了他们也不会相信的，再说，说也晚了，没有用了。"

既然已横下心来不说了，他便转而跟穆拉迪介绍一路上所必需的知识。他把地图摊在面前，用手指着应该沿着走的路线。草地上有许多条小路直通卢克诺公路。这条公路一直向南延伸，抵达海岸后，折向墨尔本。

因此，路线简单清晰，穆拉迪是绝不至于迷路的。

说到危险性，那就是离一行人宿营地几英里之内，肯定埋伏着彭·觉斯一伙人，冲出他们的埋伏圈，就不会再遇到什么危险了。

六点时，大家用完晚餐。天上大雨哗哗地下着，帐篷挡不了雨了，众人只好都挤到牛车上去。这辆牛车可真是个安全可靠的堡垒，它被粘在泥土里，纹丝不动。一行人还带有七支马枪和七支手枪，粮食弹药也十分充足，歹徒们胆敢前来袭击，他们完全可以抵御很久的，直到邓肯号上的船员赶来增援。

八点钟时，天已经黑透了，该是动身上路的时候了。给穆拉迪备好的马已经牵了来。为了谨慎起见，还在马蹄上裹了布，让它跑起来没有声响。

少校告诫穆拉迪，冲出埋伏圈之后，应该爱惜马力，宁可晚到半天，也别让马跑得精疲力竭，累垮了，欲速则不达。

约翰·孟格尔给了穆拉迪一把手枪，枪里装上了六粒子弹，几秒钟工夫就可连续射出去，即使有几个歹徒，也不在话下。

穆拉迪立即纵身上马。

"您带上这封信，交给汤姆·奥斯丁，"格里那凡爵士叮嘱他道，"让他即刻赶来，不得有误！如果船到了杜福湾之后，碰不到我们，那就说明我们尚未能渡过斯诺威河，让他们快速赶过来迎我们。您去吧，我的好水手！愿上帝保佑您！"

格里那凡爵士、海伦夫人、玛丽小姐等同穆拉迪一一握手道别。

"再见，爵士。"穆拉迪告别一声之后，很快就消失在树林边的小路上了。

这时，风刮得更紧了。树枝被风刮得哗哗地响，斯诺威河也在狂风中翻滚着。天空中乌云翻滚，向东而去，几乎紧贴地面，好似一片片的烟雾。好可怕的夜呀！

穆拉迪离开之后，众人便齐集在牛车里。海伦夫人、格兰特小姐、格里那凡爵士和巴加内尔先生待在前半截车厢里；奥比内、威尔逊和小罗伯特挤在后半截车厢中；麦克那布斯少校和孟格尔船长担任警戒，在外面放哨。这种月黑风高之夜，正是歹徒活动猎獭之时，放哨的人格外警惕着。

放哨的这两位屏声敛息地倾听着，看看周围会有什么异样动静。但是，狂风怒吼，很难从这片嘈杂声中辨别出什么异样的声响来。只是在狂风间歇的那片刻时间里，方能听到斯谱威河和橡胶树林的呻吟声。突然间，他们就是在这狂风间歇的瞬间，听到了一声尖叫。

约翰·孟格尔立刻靠近少校，问道："您听见了吗？"

"听见了。是人的叫声还是野兽的吼叫？"少校说不准地问道。

"是人的叫声。"

两人随即又竖起耳朵继续仔细地听着。突然间，那莫名其妙的尖叫声又传了过来，紧接着，又听到了枪声，但听得不十分真切。因为这时，狂风又刮开来，连二人相互对话都听不太清，他们只好跑到背风处去。

这时，车上的皮帘掀了开来，格里那凡爵士走下牛车。他也同样听到了尖叫声和枪声。

"声音是从哪个方向传来的？"他问道。

"从那边。"约翰·孟格尔边说边用手指了指黑暗中的那条小路，那正是穆拉迪奔去的方向。

"大概有多远？"

"风很大，传声力就强，我看起码有三英里远。"孟格尔回答道。

"我们过去看看。"格里那凡爵士说着便背起了马枪。

"不能去！"少校连忙阻止道，"很可能是歹徒施的诡计，想把我们骗离牛车。"

"如果是穆拉迪遭到那帮浑蛋的袭击呢？"格里那凡爵士紧张地抓住少校的手说。

"天亮之后，我们就能搞清楚的。"少校冷静地回答道，他坚决不让爵士去。

"您不可以离开的，爵士。要去，我去。"约翰说道。

"谁都不许去！"少校坚决果断地说道，"您想让他们把我们一个个地打死呀！如果真的是穆拉迪遭遇不测，当然这是很不幸的事情，但不能因此就不幸之中再增添不幸了！穆拉迪是抽中签走的，如果是我抽中了，我也会同他一样，义无反顾。"

不管怎么说，少校强拦住格里那凡爵士和约翰·孟格尔是完全正确的。月黑风高，再加上歹徒设伏，冒险前去，无异于疯狂之举。

可是，格里那凡爵士硬是听不进去。他紧握马枪，在牛车周围转来转去。想到自己的人遭人袭击，明知凶多吉少，却束手无策，真的是心急如焚。少校也没了主意，他真担心爵士一时气糊涂了，冲上去送死，所以他紧跟着他，寸步不离，一边不停地劝解道："爱德华，您得冷静一点，要听人劝呀。您得为海伦夫人、格兰特小姐以及我们大家着想。再说，您也不知道事发的具体地点，上哪儿去找，这么黑咕隆咚的？"

少校正这么劝慰着，突然传来一声呼救声，仿佛回答少校那具体地点的问题。

"快听！"格里那凡爵士嚷叫道。

呼救声是从枪声那边传过来的，离他们那儿不到半英里。格里那凡爵士一把推开少校，要向那条小路冲去，突然又听到呼救声："救命呀！救命呀！"

那呼救声离牛车约有三百步远，声音凄厉。孟格尔和少校循声而去。

不一会儿，他们便看到了一个人影，正沿着树林边缘，跌跌撞撞地跑过来，嘴里不停地呻吟。

那人影正是穆拉迪，他身受重伤，同伴们搀扶他时，感觉到满手的血。

雨下得急，风刮得猛，格里那凡、麦克那布斯和孟格尔连忙把穆拉迪抬回来。

此刻，大家全都惊醒了。巴加内尔、小罗伯特、威尔逊、奥比内纷纷跳下牛车，海伦夫人把自己的车厢让给了穆拉迪。少校连忙把穆拉迪的上衣脱掉，只见雨水和血水混在一起往下淌。少校在他的右肋下发现了刀伤。少校见伤口处直往外冒血，伤者面色苍白，呼吸急促，知道伤得不轻。他赶紧替他清洗伤口，敷上厚厚的一层火绒，再裹上几层纱布，包扎好了，血终于止住了。穆拉迪右半身侧着躺着，头和胸肋垫得很高。海伦夫人喂了他几口水。

一刻钟之后，如死一般的穆拉迪动弹了一下，随即微微地睁开眼来，嘴唇在嚅动着，仿佛在说些什么，声音极其微弱。少校把耳朵凑上去，只听见他嘴里喃喃地重复着几个字："爵士……信……彭·觉斯……"

少校把他说的这几个字照说了一遍，大家都弄不清是什么意思。不知彭·觉斯拦截穆拉迪的真实意图究竟何在？不知那封信……

格里那凡爵士摸了一下穆拉迪的口袋，那封写给汤姆·奥斯丁的信已经不在了。

这一夜，人人都处于焦虑不安之中。大家都为穆拉迪的生命担忧。他一直高烧不退。海伦夫人和玛丽·格兰特小姐一直守候在他的身边细心地照料着。

天亮了，雨也不下了，但高空中依然乱云飞渡。地下满是断了的枯树枝。黏土遭大雨浸泡，使牛车陷得更加深了，以致爬上爬下都很困难。不过，牛车已经陷到底了，不会再继续往下陷了。

孟格尔、巴加内尔和格里那凡，天一亮便到周围仔细搜索。他们沿着那条黏着血迹的小路，寻到了昨夜事发地点。那儿躺着两具尸体，是穆拉迪打死的，其中的一具就是那黑点站的铁匠的尸体。

格里那凡爵士等没敢继续往前搜索，害怕不安全，所以便折返回来。他边走边思索着，神情极其严肃。

"现在无法再派人去墨尔本了。"他说道。

"可不派也不行呀，爵士，"约翰·孟格尔回答道，"穆拉迪没能做到的事，不妨让我去试一试看。"

"那可不行，约翰。两百英里的路，没有马怎么成呀？"

是呀，穆拉迪的马，那唯一的一匹马，没有出现，是被打死了，还是跑掉了，抑或是被那帮歹徒抢走了？

"不管怎么说，我们不能再分开了，"格里那凡爵士接着说道，"再等一个星期，甚至两个星期，我们都得等。等到斯诺威河的水回落之后，我们立即赶往杜福湾，然后再设法给邓肯号送信，让它来接应我们。"

"现在也只有这样了。"巴加内尔说道。

"所以，朋友们，我们不能再分开了。大家得守在一起，不可单独行动。这里歹徒猖獗，出没无常，相当危险。但愿上帝保佑穆拉迪逃过这一大限，但愿上帝保佑我们大家平平安安。"

　　格里那凡爵士所言极是。其实，他们离德勒吉特并不远，还不到三十五英里，而德勒吉特又是南威尔士省第一个边境城市，在那儿很容易找到交通工具前往杜福湾的。另外，到了杜福湾，就可以发封电报到墨尔本去，让邓肯号前来接应。

　　这一考虑十分明智。要是早这么考虑，不派穆拉迪顺卢克诺公路去墨尔本的话，穆拉迪也就不会遭此毒手了。

　　格里那凡等人返回牛车，见小罗伯特飞快地迎了过来说："他好些了！他好些了！"

　　"穆拉迪好些了？"

　　"是的，爱德华，"海伦夫人回答道，"伤势好转了，少校说他已无生命危险了。"

　　"麦克那布斯呢？"格里那凡爵士忙问。

　　"在他身边，他拼命想要同少校说话。您先别去打扰他们。"

　　穆拉迪已经苏醒了有一个多小时了，高烧也退了。他神志稍一清醒，就立即要找格里那凡爵士或麦克那布斯少校。少校见他身体太虚弱，就让他好好休息，少讲话，可他却拼命想说，少校无奈，只好顺从了他。

　　过了一会儿，车帘子挑起，少校从牛车上下来，来到支着帐篷的那棵大橡胶树下。他表面上看着十分平静，但大家仍然看得出来他满腹心事。在格里那凡爵士的催促下，他便把听到的前因后果说给大家听了："穆拉迪走上那条小路后，便急忙向前奔去。大约走出两英里，突然看见有五个人影从暗处蹿了出来，冲到马跟前，吓得马都直立了起来。穆拉迪举枪便射，仿佛有两个黑影应声倒地。凭借子弹射出的那点亮光，他认出了彭·觉斯也在那五个人之中。他还没反应过来，右肋便被捅了一刀，掉下马来。但他并没有昏厥过去，而那帮歹徒却以为他已经死了。他觉着有人在他身上摸来摸去，还说：'找到信了。'然后，又听见彭·觉斯在说：'快给我！这一下，邓肯号就是我们的了。'接着，彭·觉斯又说：'把马给我找回来，两天之内我就能登上邓肯号了，六天内就可以到达杜福湾。哼，让爵士那帮家伙在泥塘里泡着吧。你们赶快从根布比尔桥过河，到海岸边等我，我自有办法让你们上船的。把船上的人统统扔到海里去喂鱼，我们有了邓肯号，就可以在印度洋上称王称霸了。'那帮歹徒闻言，齐声欢呼。穆拉迪回来时，彭·觉斯早已纵身上马，向卢克诺公路飞奔而去，而其同伙则向东南方向潜逃了。穆拉迪虽然身受重伤，但尚能迈得动步。他跌跌撞撞地往回走来，直到我们把他救起，抬了回来。这就是事情的全部经过。现在，我们该明白，为什么穆拉迪拼命要说话了。"

情况这么一说出来，人人都惊恐不安。

"海盗！他们原来是海盗！我们的船员难逃一劫了！邓肯号落到这帮海盗之手了！"格里那凡爵士惊呼道。

"是啊！邓肯号是逃不出彭·觉斯的手心的。"少校说道。

"看来，我们必须在那帮歹徒之前赶到海边去。"巴加内尔说道。

"可斯诺威河挡在前面啊！"威尔逊说。

"我们也学他们，从根布比尔桥过河！"格里那凡爵士说。

"那穆拉迪怎么办呀！"海伦夫人说。

"我们抬着他！轮流抬着他走！绝不能眼睁睁地看着我的船员丢掉性命。"

从根布比尔桥过河，行倒是行，但风险不小，因为歹徒可能据守着那座桥。看来，非硬闯不可了。

"在硬闯之前，我看是否先侦察一下。让我去吧，爵士！"孟格尔提议道。

"我陪您去，约翰。"巴加内尔说。

这一提议为大家所接受。于是，约翰·孟格尔和巴加内尔便着手准备起来。他们全副武装，带足了干粮便上路了。不一会儿，便消失在河岸边那高大的芦苇丛中了。

整整一天，大家都在焦急地等待着他俩归来。但天色渐晚，仍不见他俩的身影，大家更加心焦，似热锅上的蚂蚁。

夜晚十一点时，威尔逊前来报告，说二人已经回来了。巴加内尔和约翰·孟格尔整整跑了有十英里的路，累得双腿发软，浑身乏力，快要趴下了。

"桥怎么样？有那座桥不？"格里那凡爵士连忙问道。

"有！是一座用藤条捆扎而成的桥，歹徒们已经过桥而去了。只是……"

"只是什么？"格里那凡爵士感到肯定又有问题，着急地问。

"这帮浑蛋过桥之后，便把桥给烧了！"巴加内尔回答道。

第二十二章

艾登城

现在不是唉声叹气的时候。当务之急是渡过斯诺威河去，赶在歹徒们之前到达杜福湾。

第二天，1月16日，孟格尔和格里那凡爵士便前往河边查看了一下水势，打算想法渡过河去。大雨过后，河水猛涨，尚未回落，浪涛汹涌，无法渡河，否则定会船毁人亡的。格里那凡爵士搂着双臂，愁眉不展。

"要不让我游过去试试？"孟格尔建议。

"不行，约翰，"格里那凡爵士拉住英勇的孟格尔的手阻拦道，"还是再等等看吧。"

于是，二人便回到了宿营地。这一天又是在焦急之中度过了。其间，格里那凡爵士不知往河边跑了有多少趟了，但总也没想出有什么办法可以渡河。

海伦夫人一直在看护着穆拉迪。幸好，那一刀并未伤及要害，只是血流得太多。只须好好休息，很快就会康复的。穆拉迪担心自己连累大家，便要求大家有法子过河，一定先过去再说。只须留下威尔逊一人照顾他就行了。

可是，那条河仍然无法渡过去。1月17日，仍旧是无法渡河。格里那凡爵士急得团团转，不知如何是好。海伦夫人和少校都在尽力地宽慰他，但他的心情总也无法平静下来。一想到彭·觉斯那厮已经准备好去抢夺船了，而邓肯号正开足马力自投罗网，船员们正步入死亡之路，他的心里跟翻江倒海似的，怎能平静得下来呢？

孟格尔的心情同格里那凡爵士一样，也焦急万分。他设法像澳洲土著人那样，用大块的橡胶树皮制成小船。

1月18日，孟格尔便同威尔逊一起，抬着制作完成的小船，到河里去试。但刚一下河，小船就翻了，因为水流太急，二人差点送了命。小船也不知被急流冲到哪儿去了。

1月19日和20日，也这么过去了。少校和格里那凡爵士沿着河边向上游走去，都走了有五英里地了，也没发现有任何浅滩可以涉水而过的。眼前所见的只有汹涌的波涛，湍急的洪流。

看来，救邓肯号的希望是不复存在了。彭·觉斯已经走了五天，船现在恐怕已经到了东海岸，落入那帮歹徒的手中了！

不过，到了21日，出现了转机。洪水来得快，退得也快，巴加内尔早晨醒来时，发现水在回落，便立刻报告了格里那凡爵士。

"唉！现在河水回落又有何用！太晚了！"格里那凡爵士叹息道。

"可我们也不能因此就老待在这儿不动呀！"少校说。

"就是呀。也许明天就能渡过河去了。"约翰·孟格尔附和道。

"过了河又能怎样？能救我们可怜的船员们吗？"格里那凡爵士仍然乐观不起来。

"您听我说，阁下，"约翰·孟格尔进一步地劝说道，"我了解汤姆·奥斯丁的为人。当然，接到您的命令，他是会开船的。但是，谁敢保证邓肯号就一定能开得了呢？谁敢肯定彭·觉斯到墨尔本时，船已经修好了呢？如果一时还没修好，船暂时无法出海，也许会拖上好几天的。"

"您说得对，约翰，"格里那凡爵士听他这么一说，觉得颇有道理，高兴地回答道，"我们还是赶往杜福湾去吧。我们离德勒吉特只有三十五英里！"

"太好了！"巴加内尔说道，"一到杜福湾，我们就能找到交通工具，说不定就能防止这场灾祸的发生了。"

"那好，准备动身吧。"格里那凡爵士说道。

孟格尔和威尔逊立即动手打造一只大木筏。他们砍倒了几棵大橡胶树，准备造一个又大又结实的木筏。这活儿并不容易，直到第二天木筏才造好。

这时候，斯诺威河的水位已明显下降，但水流仍旧湍急。不过，孟格尔船长认为，顺着水流斜着走，控制得好一点，是可以到达对岸的。

十二点三十分，大家把两天路程所需之食物搬上了木筏，剩余的都同牛车、帐篷一样，全都丢下了。穆拉迪伤势渐好，恢复得很快，把他抬上抬下，没太大的问题。

一点钟时，大家便上到系在岸边的木筏上去了。孟格尔在木筏右边安了一支长桨，由威尔逊驾驶着，以免木筏被急流冲出航线。木筏尾部也安了一支又粗又大的大橹，由他自己掌握，控制着木筏的前进方向。海伦夫人和玛丽·格兰特小姐挨着穆拉迪，坐在中间。格里那凡爵士、少校、巴加内尔和小罗伯特围在他们周围，保护着。

"准备好了吗，威尔逊？"孟格尔问道。

"准备好了，船长。"威尔逊用强健有力的大手握着长桨回答道。

"千万小心，别让浪头把我们给冲走。"

孟格尔解开系着大木筏的绳索，把它撑到河中间。一开始，木筏漂流得挺好，但过了一会儿，遇上了漩涡，木筏失去了控制，桨和橹都起不了作用，只见它一个劲儿地在打转儿。孟格尔也拿它没办法，只好听凭它跟着水流转着往下漂流。

漂流了半英里之后，木筏已经到了河中央，水势很猛，但却没有漩涡，木筏反倒平稳多了。

于是，孟格尔和威尔逊又紧握住桨和橹，使木筏斜向前进，终于接近了对岸。谁知道在到了离岸边还有五十米处，威尔逊的桨断了，木筏立刻失去了控制，任由水流冲着。孟格尔见状，死死地把住橹，生怕橹也断了。双手满是血的威尔逊赶忙过来帮助他。半小时之后，本筏总算撑到了对岸。

不料，木筏与岸边陡坡猛力相撞，绳子断了，捆绑在一起的木头散开，水直往上涌来。众人连忙抓住弯向河边的小树，先把穆拉迪和两位女士从水里拉出来，这三位已经是半截身子泡在水里了。最后，大家总算脱险了。不过，除了少校随身携带的马枪而外，木筏上的所有武器和大部分干粮，全都随着木筏漂走了。

河倒是渡过来了，可是一行人可就一无所有了。身处荒野之中，离德勒吉特还有三十五英里，这可如何是好？

大家研究决定，不能耽搁，立即出发。穆拉迪不愿拖累大家，坚持要独自留下，等大家到了德勒吉特之后，再派人来接他。格里那凡爵士当然不能同意。此去德勒吉特，少说也得三天时间，要到海岸，最快也得五天，也就是说，要到 1 月 26 日，而邓肯号已于 1 月 16 日离开了墨尔本，反正是迟了，再迟一点也无关紧要了。因此，格里那凡爵士便对穆拉迪说道："不行，绝对不行，我的朋友。我决不丢下任何人。我们来做一个软兜子，轮流抬着您走。"

很快，用桉树枝编成了一只大软兜，把穆拉迪硬装了进去。格里那凡爵士第一个抢着抬，他背起软兜一端，威尔逊则背起了另一端。大家随即便起身上路。

每抬十分钟就换班。天气闷热，路又难走，抬着人走就更加艰难，但没有一个人叫苦。

走出五英里后，天就渐渐地黑下来了，一行人便找了一丛橡胶树丛歇下来，把从木筏上抢了出来的一点食物拿来充饥。

未承想，夜里却下起雨来，让人苦不堪言。好歹熬到天亮，一行人又上路了。

一路上，满目荒凉，不见飞鸟走兽的踪影，少校的马枪也派不上用场。幸好，小罗伯特发现了一个鸟窝，摸到了十多只大鸟蛋，奥比内便用火炭灰把它们焐熟，再从洼地里弄了些马齿苋，凑合着当了 22 日的一顿午饭。

路更加难行。沙土地上满是蒺藜草，衣服刮破了，腿上拉得一条条血印。两位女士非常坚强，没有叫唤一声，随着众人勇往直前。

傍晚时分，一行人在布拉布拉山脚下的容加拉河畔宿营。麦克那布斯弄到一只大老鼠，众人烤了烤，就当晚餐，吃得连骨头渣儿都不剩。

23 日，众人已经十分疲惫，但仍旧坚持上路。绕过山脚之后，眼前是一片漫漫草场，草长得犹如鲸须，盘根错节，好似一片箭林。必须用火烧，用斧砍，才能穿过。

这一天，没有食物当早餐，加之天气闷热，一行人饥渴难忍，竟至一小时还走不了半英里的路。再没吃没喝的，真是难以坚持下去了。

幸好，此时，他们已经走到了有灌木的地方；那些灌木长得像珊瑚，结有荚果，果内有水，可让众人喝个痛快。另外，巴加内尔又在一条干河沟里发现了一种植物，叶子很像苜蓿，叶上长有芽孢，大小如扁豆，用石头碾碎之后，呈面粉状，可制成粗糙的面包。因此，奥比内弄了许多这种大如扁豆的芽孢，贮存起来，以备不时之需。

第二天，24 日，穆拉迪不用别人搀扶，自己走了一段。他的伤口已经完全愈合，结痂了。此刻，他们离德勒吉特只有不到十英里的路程了。当晚，他们便在新南威尔士省边界处宿营，位置在东经一百四十九度。

夜间，细雨霏霏，连续下了几小时，淋得一个个浑身透湿。偶然间，孟格尔发现了一个伐木人丢弃的破棚屋，大家高兴地钻了进去。威尔逊便弄来了一些枯树枝，可是怎么也点不着。原来，这就是巴加内尔曾经说过的那种不能燃烧的木头。烤不了火，也吃不了面包，无奈之下，只好和着湿衣裳睡觉了。

即将苦尽甘来，曙光就在前头了。也幸亏这样，否则海伦夫人和格兰特小姐很难再坚持下去，她俩已迈不动步，只是由别人搀扶着，连拖带拉地往前走着。

第二天，天蒙蒙亮，一行人便踏上了征途。十一点时，已经可以望得到德勒吉特小镇了。这儿离杜福湾五十英里。

他们在镇子上，很快便找到了交通工具，再有二十四小时，就可以到达杜福湾，格里那凡爵士心中重又燃起了希望。他在想，如果邓肯号因故耽搁了一时半会儿的话，他们就能在它离开杜福湾之前赶到那里。

中午，一行人美美地饱餐了一顿，然后便搭乘一辆五匹马拉的邮车，飞也似的出了德勒吉特镇。马车夫听说加倍地付钱给他，劲头儿就更大了，把车赶得如同离弦之箭。公路上每十英里有一驿站，他在每站顶多只耽搁一两分钟。

马车就这样以每小时六英里的速度飞奔着，整个下午如此，连晚上也是这样。

第二天，旭日初升，海涛声已隐约可闻，离海不远了。邮车需要绕过杜福湾才能到达三十七度线上的海岸——汤姆·奥斯丁驾船前来接应他们的地方。

海出现在眼前。众人齐刷刷地向海面望去，希望能像一个月前在阿根廷海岸时那样，发现邓肯号游弋在海上。

但是，怎么看，也没发现有什么东西，只见远方水天一色，不见有什么帆影闪现。

也许因海上风浪太大，汤姆·奥斯丁把船开进杜福湾内港停泊等待了？大家真的希望是这样的情况。

"到艾登城去。"格里那凡爵士说道。

邮车立刻右转，驶上环绕海湾的路，直奔五英里外的小镇。

车夫在标志港口的固定信号灯不远处把车停了下来。码头上停靠着几条船，但没有一只是挂着玛考姆府的旗帜的。

格里那凡、孟格尔、巴加内尔走下邮车，直奔海关而去。他们向海关关员打听了一番，查看了一下近几日进港船只登记簿。

但是，一个星期以来，竟然没有一只船进入杜福湾。

"他们会不会还没起航呀？我们也许赶在他们之前到达了？"格里那凡爵士满怀希望地这么说道。

只见约翰·孟格尔在一旁连连摇头。他很了解汤姆·奥斯丁，相信他不会延误十天还不执行命令的。

"我一定要弄个明白，"格里那凡爵士又说，"宁可得知一个确实的凶信，也不愿这么疑三惑四的。"

一刻钟后，他给墨尔本船舶保险经理人联合会拍发了一封电报，然后，便一起坐上邮车，入住维多利亚大旅社歇息。

下午两点，有人给格里那凡爵士送来一封电报，电报上写着：

> **TELEGRAM**
>
> 杜福湾艾登城格里那凡爵士
>
> 邓肯号于本月18日起航去向不明
>
> 船舶保险经理人安德鲁

电报从格里那凡爵士手中掉落下来。

情况是明摆着的：邓肯号已落入彭·觉斯之手，变成一条海盗船了！

原本是怀着极大的希望开始的澳大利亚之行，现在是在绝望之中结束了。也许再也找不到格兰特船长及其水手了。不仅如此，反而把自己的船员的性命也搭上了。

此时此刻，一向坚强的格里那凡爵士已经心力交瘁，万念俱灰。这位未被潘帕斯大草原的天灾击倒的勇士，却在澳洲大陆被人祸所压垮。

第三卷

第一章

麦加利号

　　说实在的，若想找到格兰特船长，真的是难于上青天！此时此刻，这几位寻访者确实是到了进退维谷的境地。有什么办法去继续寻找呀？邓肯号也没了，连自己立刻回国的希望也难以实现了。热情的苏格兰人的英勇壮举就这么一败涂地了。失败！这个字眼儿对他们来说是多么难以接受的呀！可是，格里那凡爵士确实是心灰意冷、难以支撑了。

　　玛丽·格兰特见众人都耷拉着脑袋，自己也强忍着，不便再提寻找父亲的事了。想想邓肯号的船员们为此而送了命，再提寻父之事，也有点太不近人情了。这位善解人意、深明大义的少女强忍着酸楚，强颜欢笑地在劝慰着海伦夫人，并率先提出返回苏格兰。孟格尔见她如此坚强，心中更增添了几分敬佩。他寻思，为了她，也得再提一下继续寻找的建议，但还没等他开口，玛丽·格兰特小姐便以目光制止了他。只见她态度坚决地说道："情况都这样了，应该体谅大家，尤其鉴于格里那凡爵士的情况，无论如何都必须立即返回欧洲！"

　　"您说得对，玛丽小姐，爵士应该回去，"孟格尔接着说道，"正好可以把邓肯号的情况向英国政府报告一下。不过，您也别灰心，我们既然已经走到了这一步，就不可以半途而废了。我已想好了，我要留下来，找不到格兰特船长决不罢休！"

约翰·孟格尔这番铿锵有力的话语，深深地打动了姑娘。她伸出手去，与对方紧紧一握，一切均在不言之中。约翰当然心领神会，他知道姑娘对自己的没有说出口的感激爱慕之情。

就在当日，众人商量决定，返回欧洲，并决定尽快赶到墨尔本。第二天一早，孟格尔便忙着去打听开往墨尔本的船什么时候起航。

他以为艾登与维多利亚省省城之间来往班次一定很多，可他却估计错了。泊于杜福湾的商船一共也就三四条，而且没有一条是驶往墨尔本的，更没有去悉尼或威尔士角的。而要回欧洲，只有这三处有船可搭，因为，上述三地与英国本土之间开辟着半岛邮船公司的一条正式航线。

这如何是好？等搭乘便船吧，又不知等到何时才有。从这儿经过的船只倒是不少，但都从不在杜福湾停靠！

经过研究分析，格里那凡爵士正想沿着海岸公路前往悉尼，可巴加内尔这时突然提出了一个出乎大家意料的建议来。

原来，巴加内尔曾跑到杜福湾去看了一下，了解到停泊在那儿的三四条船中有一条要驶往新西兰北岛的奥克兰。所以，他便提议，先乘该船到奥克兰，在那儿换乘半岛邮船公司的船回欧洲。

大家认真仔细地讨论起巴加内尔的建议来。一向滔滔不绝的巴加内尔，这次却一反常态，话语不多，只简单明了地介绍了一下情况说，此行最多也就五六天时间。是呀，澳大利亚距离新西兰也就一千海里左右。

说来也巧，奥克兰正好是在一行人离开阿罗加尼亚海岸一直沿着走的三十七度线上。

　　不过，巴加内尔并没据此为由，因为他两次都错误地解释了那几封信，所以他担心再一次地犯错。不过，他始终觉得那些信件上所表明的格兰特船长逃到的是一个"大陆"上，而不是一个岛上，而新西兰只能算作是个岛屿而已。不过，他并未提及去奥克兰等船是为了寻找格兰特船长，他只是强调从那儿去欧洲的船很多。

　　孟格尔支持巴加内尔的意见。他劝说大家接受这个建议，因为在杜福湾等船的希望十分渺茫。说服了众人之后，他便领着大家一起去看看那条大船。格里那凡、麦克那布斯、巴加内尔、小罗伯特等在他的带领之下，坐上一只小划子，不一会儿便靠上离岸边两链远的那只大船了。

　　那大船名为"麦加利号"，是一条两百五十吨的双桅帆船。它专门跑澳大利亚和新西兰各口岸间的短程航线。

　　该船船长——更确切地说，应叫"船主"——名叫威尔·哈莱，脸又胖又红，满脸横肉，塌鼻梁，脏兮兮，又是一个独眼龙，嘴唇上沾满烟油，看了让人直恶心。他正大声地骂自己的那五个水手，一边还挥动着那只又大又粗的手，一副神气活现的样子，让人看了既可恨又可笑，一看就是没有受过教育的人。虽然船长令人讨厌，但又无其他船只可搭乘，只好退而求其次，将就一点了。那船长见这几个生人前来，不禁大声喝问道："嗨！你们是干什么的？跑船上来干吗？"

　　"找人。"约翰回答他道。

　　"找人？找谁呀？"

"找船长。"

"我就是！有话快说！"

"您船上装什么货呀？"

"什么都装！怎么啦？"

"什么时候开船？"

"明天中午。怎么啦？"

"载客吗？"

"载啊！只要能吃得惯船上的饭就行！"

"自备干粮。"

"怎么啦？"

"不怎么啦！"

"多少人呀？"

"九位，其中有两位女士。"

"舱房不够。"

"甲板上的便舱也可以。"

"这……"

"您直说了吧，到底行不行？"约翰不理会对方的恶劣态度，直截了当地问道。

"这……这……"威尔·哈莱船长"这，这"地支吾了半天，然后，打上铁掌的皮靴踏得甲板笃笃地走了几步，突然站在约翰·孟格尔面前。

"肯出多少？"威尔·哈莱终于问道。

"您要多少？"约翰沉着地反问道。

"五十镑！"

格里那凡爵士在一旁点了一下头。

"好，五十镑就五十镑。"约翰·孟格尔答应了他。

"不过，那只是船费。"威尔·哈莱又补上了一句。

"行。"

"不包括饭钱。"

"行。"

"那么就这么说定了。怎么样？"威尔·哈莱边说边伸出手来。

"什么？"

"定金！"

"喏，拿去，二十五镑，先付一半。"约翰把定金交给船主。

船主立刻把钱接过去，连忙往腰包里一塞，连个"谢"字也没有。

"明天上船。中午前必须赶到，船不等人，到时便开。"船长口气生硬地说道。

"中午前一定到。"

回答完这句话之后，五个人便离开了麦加利号。那个一头蓬乱红发上扣着一顶漆皮帽的威尔·哈莱，连手举帽檐行个告别礼都没有，简直一点教养都没有。

"蠢货一个！"约翰悄悄地嘟囔了一句。

"像只地地道道的海狼。"巴加内尔附和着。

"我看倒像是头货真价实的狗熊！"少校纠正道。

"我看啊，此人以前像是干人肉买卖的。"孟格尔不无怀疑地说。

"管他像什么！"格里那凡爵士说，"只要他是麦加利号的船长，只要这船是开往奥克兰的，就行了嘛！以后谁还会见他呀。"

事情就这么定了下来。海伦夫人和格兰特小姐闻讯，十分高兴，尽管听说这条船条件太差，她俩也毫不在乎。奥比内则忙着去筹办路上的干粮。邓肯号下落不明之后，他一直在为自己的妻子担忧，不免常常暗自落泪。他妻子是留在邓肯号上的，万一落在那帮歹徒之手，那可如何是好？他虽然心事重重，但并没影响他积极地去完成自己分内的事。没几个小时，干粮的事就很好地解决了。

这时候，少校也在忙着跑银行，把格里那凡爵士到墨尔本联合银行的几张期票兑换成现金。然后，又去买了一些枪支弹药。而巴加内尔则弄到了一张精制地图，是爱丁堡约翰斯顿出版社编制的新西兰全图。

穆拉迪的伤势情况良好，再在海上待这么几天，经海风这么一吹，会好得更快。

威尔逊受命去麦加利号上去打扫便舱，安排铺位。经他的一番细心清扫整理之后，便舱焕然一新。威尔·哈莱见了，只是耸了耸肩膀，什么也没说。对于他而言，只要能多载上几个旅客，多赚点钱，其他的都无所谓了。在他的眼里，船上的皮革是摆在第一位的，旅客嘛，只是次要的。他是个商人，这么想并不奇怪，好在在这一带满是珊瑚礁的危险海域跑船，他的航海技术还是可以的，对海上情况比较熟悉。

一切准备就绪，这一天还剩下点时间。格里那凡爵士便想到三十七度线上的海岸去看看。他这么做是出于两种考虑：一是，看看心里也踏实一些，不列颠尼亚号在这一带失事是很有可能的，他日后也不会再来这儿了；二是，即使不列颠尼亚号没在这一带失事，至少邓肯号是在这一带落入歹徒之手的呀。也许船员们当时还同歹徒们进行过顽强的搏斗，既然搏斗，总该留下点痕迹的。就算他们全都被抛尸下海，也可能有尸体冲到浅滩边上来的呀。

于是，格里那凡爵士在忠实的约翰·孟格尔的陪伴下，骑上维多利亚大旅社老板为他们备好了的快马，奔向北绕着杜福湾的那条路。

海水轰然之声不绝于耳，正荡涤着礁石和沙滩，仿佛在诉说着往事一般。睹物思人，二人都闷声不响，心中有着同样的苦痛在折磨着。他俩怀着悲痛的心情，仔仔细细地、寂然无声地在察看着每一处地方，但是，找来找去，一点线索也没见到。

不列颠尼亚号究竟是在哪里失事的？这仍然是个谜。

而邓肯号也未见留下任何的线索。

他们仍旧孜孜不倦地在寻找着，几乎把这片荒凉的海滩都踏了个遍。最后，终于在一丛"米亚尔"树下发现了几堆最近留下的灰烬。随后，又在一棵大树脚下发现了一件破破烂烂的浅黄色毛衣，上面印着的珀斯监牢的囚犯号码仍依稀可辨。这就足以表明，这帮歹徒来过这里。

"您看到了吧，约翰？"格里那凡爵士说道，"这帮浑蛋到过这儿！唉，我们邓肯号上的伙伴们……"

"是啊，"约翰也悲痛地说，"可怜的弟兄们，还没上岸就……"

"这帮浑蛋！"格里那凡爵士咬牙切齿地说道，"如果有一天落到我的手里，我一定要为弟兄们报仇雪恨……"

悲痛不已的爵士面孔冷峻，两眼紧盯着大海，也许他仍想在这浩瀚的大海上发现邓肯号。过了一会儿，二人心情沉重地打马奔回艾登城。

当晚，格里那凡爵士到警察局，把彭·觉斯匪徒的情况报告了。警官班克斯听说匪首等一伙强徒已经离去，仿佛心头的一块大石头落了地，轻松多了，脸上露出了多日不见的笑容来。全城的百姓也同他一样松了一口气。他立刻做了笔录，并把情况向墨尔本和悉尼的上级单位发了电报。

格里那凡爵士无奈地摇了摇头，返回了维多利亚大旅社。这一夜，一行人都快快不乐，脑子里浮现的全都是一连串的糟糕事情。想想当时在百努依角时，抱着那么大的希望，到头来全都落了空，怎么不叫人灰心丧气？

而这时候，巴加内尔心里毛焦火辣的，坐立不安，像是有一肚子心事在压抑着自己。其实，约翰·孟格尔自斯诺威河岸边发生状况时起，就一直在注意地观察着他，总觉得他心里有话没有说出来，而且是不愿意说出来。他曾不止一次地探过他的口气，但后者总是闪烁其词，避而不答。

这天晚上，他便把巴加内尔邀至自己的房间里来，逼问他为何如此心神不定、心事重重的。

"约翰，我的朋友，我哪儿心神不定了呀？"巴加内尔仍旧在闪烁其词，"我不是同平时一样吗？"

"巴加内尔先生，您别装了，您心里一定有什么事堵着。"约翰紧追不放。

"哪有什么事堵在心里呀！我只是有点不由自主、百感交集罢了。"

"怎么就不由自主、百感交集了呀？"

"哦，哦，是悲喜交加。"

"悲喜交加？"

"是呀，到新西兰去，让我又喜又忧。"

"这是为什么呀？您是不是有什么眉目了呀？是不是又发现什么新线索了？"

"什么呀！没有，没有。约翰朋友，到了新西兰就不能回去了！唉，人就是这样，只要一息尚存，什么事都不死心，一定要干到底的。正所谓'气不绝，心不死也'！"

第二章

新西兰的历史

第二天，1月27日，一行人登上了麦加利号，住进了狭小的便舱。威尔·哈莱船长毫无绅士风度，根本就没有客气一声，把自己的舱房让给两位女士住。其实不让也好，反正他的那个狗熊窝也只配他这种狗熊去住。

中午十二点半，趁着退潮的机会，麦加利号起锚开船了。西南风微微吹来，帆慢慢地扯起。威尔逊好心好意地帮上一把，可那威尔·哈莱却硬把他支开，不让他多管闲事。

约翰知道哈莱在指桑骂槐，他实际上是冲着自己发火的，因为约翰见那五个水手笨手笨脚的，在一旁讪笑。船主持这种敌视态度，约翰当然是乐得轻闲了，不过，他也多少有点担心，生怕这些笨蛋把船弄翻，全都得遭殃。于是，他心中暗自在想，万一出现险情，不管你船长乐意不乐意，自己反正是冲上前去干预的。

那五个水手在船主的吆喝咒骂声中，手忙脚乱地总算把帆拉扯好了。帆索全都揽在左舷上，低帆、前帆、顶帆、纵帆、触帆、小帆、插帆全部扯起，俨然渡海远航的架势。可是，尽管如此，船却慢慢腾腾，磨磨蹭蹭，跑不起来，因为船头过沉，船底过宽，船尾粗笨，只能是像老母鸭似的缓缓行走。

船跑不快，众人也只好忍耐，再说，尽管船行太慢，但五天之后，顶多六天，就可以到达奥克兰了。

晚上七点，澳大利亚海岸和艾登港口的灯塔已经看不到了。这时，海浪越来越大，船走得更加缓慢。船颠簸剧烈，大家在便舱里实在是难受，但又不能跑到甲板上去，因为雨下得太大。大家只好蜷缩在便舱里，各自想着心事，很少说话，就连海伦夫人和玛丽·格兰特小姐都很少交谈。格里那凡爵士坐立不安，踱来踱去；少校待在自己的铺位上，一动不动；孟格尔则时不时地跑到甲板上去观察一下风浪的情况；小罗伯特则每次都跟在约翰屁股后面；巴加内尔则是独自守着一隅，嘴里不住地嘀咕着，不知在说些什么。

我们的这位可敬的地理学家究竟在想些什么呢？他脑子里在想着命运支配他前往的新西兰。他默默地温习着新西兰的全部历史，它的过去又全都浮现在他的脑海中了。

新西兰到底是不是大陆？新西兰的两个岛可否称之为大陆？岛与大陆毕竟不是一回事呀！地理学家的看法怎么可以同水手、船员一样呢？他的想象力从巴塔哥尼亚，从澳大利亚，发展到了新西兰，那都是那个字在启发着他。可是，他总也拿不定主意，他在想："contin, contin, 这个字就是'大陆'呀！不是岛呀！可是，大的岛可不可以称之为'大陆'呢？"

他为这个字苦恼着。这时，他回想起那些航海家发现这南海上的两个大岛的经过来。

那是 1642 年 12 月 13 日的事。荷兰人塔斯曼发现了凡第门陆地之后，就把船开往新西兰那一带没有人到过的海岸去了。他沿着海岸行驶了几天之后，于 17 日驶入一个大海湾，尽头是一条海峡，夹在两座岛屿之间。

北边的那座岛屿名为"伊卡那马威"，是土语，意为"马威之鱼"；南边的那座岛屿叫作"玛海普那木"，意为"产绿玉的鲸鱼"[1]。

于是，塔斯曼便派了几只小船登陆，归来时，还带回两只独木舟，上面坐着一些土著人，叽里呱啦地不知在说些什么。这些土著人肤色有棕有黄，中等身材，干瘦，黑发盘在头顶上，还像日本人似的，在头上插上一支长而宽的白羽毛。

欧洲人与土著人第一次相见后，似乎已成为朋友。但是，第二天，塔斯曼船长派出一只小艇探看附近海岸有无合适的停泊点，却受到了七只土著人的独木舟的猛烈攻击。水手长脖颈上挨了一枪，先跳水逃命，其他的水手死了，四人之中有两个与水手长一起奋力游向大船，总算保住了性命。

塔斯曼船长见情况不妙，立即下令开船，一边随便地放了几枪，也没打中土著人。因此，这个海湾至今仍被称作"杀人湾"。大船离开这个"杀人湾"后，一路向北，未敢轻易停留，1 月 5 日，才在北角附近停了下来。但这儿波涛很大，又有土著人的怒目而视，无法靠近补充淡水，只好离开了这个地方，并把此处命名为"斯塔腾兰"，也就是"三级地带"的意思，以纪念当时的"三民会议"[2]。

其实，塔斯曼之所以为此处取这么个名字，是因为他以为自

---

1 后经考证，整个新西兰的土语名称为"台卡·马威"。
2 由国王主持召开的会议，由教士、贵族、平民三级代表组成，也称作"三级会议"。

己发现的这个新"大陆"是同南美洲的斯塔腾岛连在一起的。

"但是,"巴加内尔心中暗想,"17世纪的一个船长可能会把新西兰误认为是'大陆',但19世纪的船长是不会犯这种错误的。格兰特船长是绝对不会犯这种错误的。这究竟是怎么回事呢?我还真是有点弄不懂。"

塔斯曼船长离开新西兰之后,一百年内,没有人再注意过这块陆地,新西兰仿佛已不复存在了。后来,一位名为绪尔威的法国航海家在南纬三十五度三十七分处又发现了它。一开始,绪尔威与土著人相处甚欢。在一场风暴中,绪尔威的一只运送患病水手的小艇被吹到了另一处地方,还受到一位名为那吉·努依的酋长的热情款待。可后来,绪尔威发现自己的小艇被土著人偷走,不免非常愤怒,便去追讨,但对方不予理睬。一气之下,绪尔威放火把整个村庄给烧掉了。这种过激行动,这次残酷的不人道的报复行动引发了一起又一起的流血事件。

1769年10月6日,著名的库克船长出现在这一带海岸。他把他的奋勉号停泊在塔维罗阿湾,想施以小恩小惠来笼络土著人。他先抓来两三个土著人,强硬地往他们身上塞好东西,然后,把他们放走。这几个土著人回去后这么一宣扬,消息便不胫而走,一下子传开了。没几天,就有几个土著人主动地跑到库克船长的奋勉号上来,要同欧洲人做买卖。过了几天,库克船长便把船开到北岛东岸的霍克湾去。没想到,在那儿却遇上了一群张牙舞爪的好斗的土著人。库克船长无奈,便放了一枪,吓住他们,自己则开船离开了此地。

10月12日,奋勉号停泊在脱可马鲁湾里。这儿住有两百多个性情温和的居民。他们对船上的植物学家热情相帮。每次考察和采集标本时，他们都用独木舟接来送去。库克船长也登上岸去，参观了两个村落，外面都设有木栅围栏，还有碉堡和双重壕沟，颇像防御工事。库克船长在这一带停留了五个月，搜集了许多奇珍异品，如有关人种学方面的资料。3月31日，他便以自己的名字给那条分隔两座岛的海峡命了名，然后就依依不舍地离开了。后来，在以后的几次航行中，他还到过新西兰。

没错，1773年，这位伟大的库克船长又一次来到霍克湾，目睹了吃人的事。

在他第三次航行时，他又到了这一带，他喜欢这个地方，同时还想把这一带的水道给测量出来。1777年2月15日，库克船长离开了这里，从此就再也没有来过了。

1791年，樊可佛来到了幽暗湾，停泊了二十来天，几乎一无所获，无功而返。1793年，丹特尔加斯陀在伊卡那马威岛进行过测量。商船队队员霍森和达林普，以及后来的巴顿、理查逊、穆迪等，也都到过这一带。最后，萨法奇博士也来了，在这儿待了五个星期，收集了不少新西兰人风俗习惯方面的有趣资料。

1805年，也就是巴顿前来的那一年，酋长兰吉胡的侄子杜阿塔拉搭上巴顿的船。当时，他指挥的这条船还停泊在群岛湾，船名为阿尔哥号。

如果毛利族中有一位如荷马一样的大诗人的话，也许杜阿塔拉的这次行动可以成为历史诗般的题材了。这个聪明而勤勉的毛利族小伙子在船上受尽了歧视、屈辱，惨遭监禁和毒打。历尽千辛万苦，最后，他来到了伦敦，在船上当了一名下等杂役，成了水手们的出气筒。要不是遇上马斯登教士，他肯定会累死在船上的。马斯登教士发现这个年轻人耿直而善良，头脑清醒，为人温文尔雅，所以非常关心他。最后，他给了他几袋麦种和一些农具，让他回家乡去种地。可是，送他的东西，未承想竟然让人给偷了！可怜的杜阿塔拉只好继续过那种非人的生活。直到1814年，他总算回到了自己的故乡。当他正想大干一场时，却因病不幸去世了，死时才二十八岁！这对新西兰的发展可以说是一大损失。

直到1816年，新西兰都无人探访过，只有一位名叫桑普生的人跑来游历了几天。1817年，尼可拉跑来过；1819年，马斯登也来过；1820年，八十四步兵团的一位名为克鲁斯的上尉在岛上住了十个月左右，对土著人的风俗习惯进行了全面考察，做了颇有价值的研究。

1824年，壳号的船长居帕莱在群岛湾停泊了半个月，与当地土著人关系十分融洽。

1827年，英国捕鲸船水星号驶来这里。不幸，遇上了抢劫，只好奋力抵御。同年，狄龙船长来过两次，都受到了土著人的盛情款待。

1827年3月，阿斯特罗拉伯号船长居蒙居威尔赤手空拳地来到土著人村落，住了好几晚，还学会了一些土著歌曲。他在那儿很好地完成了自己的测量工作，为海军资料库提供了许多有价值的资料、地图。

第二年，1828年，詹姆斯指挥的英国双桅船霍斯号却运气不佳，到了群岛湾后向东驶去，遇到了一个狡猾奸诈的酋长，名为艾那拉罗，受到了巨大损失，好几个水手惨死在那里了。

综上所述，从土著人的那种忽善忽恶的行为中可见，新西兰土著人的残酷行为大多带有报复性质。他们待人的亲疏好坏，得视船长的态度而定。

后来，英国的探险家伊尔来到了这两座大岛，考察了那些前人未曾到过的地区，自己倒是没有受到土著人的虐待，但却目睹了土著人吃人的现象。

1831 年，拉普拉斯在群岛湾一带也见到土著人吃人的现象。

自此之后，新西兰人已经会使用火器，战斗力增强，以致血腥事件更是层出不穷，愈演愈烈。所以，在伊卡那马威岛，以前十分繁荣的许多地方，而今已是一片荒凉，有些部落整个地被灭掉了。

新西兰人比澳大利亚人要胆大，遇见敌人来袭，拼命抵抗，奋力反击。他们仇恨侵略者，正因为如此，他们今天也在与英国移民进行着斗争。

巴加内尔如此这般地在脑海里把新西兰的往昔回忆了一番，心里更加急躁，他绞尽脑汁，思来想去，总也想不出新西兰是个"大陆"，而求救信上的那个字——"contin"令他始终想不出什么新的解释来。

第三章

新西兰岛上的大屠杀

1月31日，开船已经四天了，麦加利号走了还不到三分之二的航程。威尔·哈莱船长很少过问，并不怎么催促水手们，甚至都不怎么走出自己的舱房。那他到底在干些什么呢？他成天地在喝酒，不是烧酒就是白兰地，整天醉醺醺的。他的水手也全都同他不相上下，满嘴的酒气。因此，麦加利号也像是喝醉了酒似的，摇摇晃晃地向前飘荡着。

约翰·孟格尔见到这种情况，心里直冒火。这哪儿是在行船呀！可他又不便指手画脚。有几次船猛地一晃，差点儿翻了，幸亏穆拉迪和威尔逊眼疾手快，抢过舵把儿，才把船给稳住了，让船尽量地保持着平稳。这时，威尔·哈莱竟然还跑出来，对帮忙的他俩骂骂咧咧的。他俩也不是好惹的，便与他对骂开来，并要把这个醉鬼捆了起来，扔到底舱里去。多亏了约翰·孟格尔从旁劝解，才使这场风波平息了下来。

但是，约翰对这条船总不放心，一颗心总是悬在那里，老怕船会出事。他把自己的担心告诉了少校和巴加内尔，而没对格里那凡爵士说，免得他心里着急。

"我看呀，干脆就您来指挥这条船算了，约翰！"少校提议道，"如果您不想明着来，您就暗地里担当起'船长'的重任好了。那家伙成天醉醺醺的，说不定会出什么事的。"

"这话倒也是，麦克那布斯先生，"孟格尔回答道，"不过，我在大海里指挥行船是不会有问题的，何况我还有穆拉迪和威尔逊这两个好帮手哩。可是，到了近海岸处，我可就有点把握不大了。我对海岸边的水下情况不清楚，那家伙再不省人事，不帮着指点一下，那就……"

"您对港湾也不熟悉吗？"巴加内尔急忙问道。

"不熟悉，船上连一张航海图都没有！简直太不像话了！"约翰回答道。

"是吗？"

"真的。这条船只是跑艾登和奥克兰之间的近海一带，那酒鬼船长都跑熟了，所以根本也不管什么航线、海图什么的！"

"这酒鬼一定以为这船识路，不用人，自己就会辨别方向。"巴加内尔讥讽道。

"不管怎么着，反正快靠岸时，一定得把那家伙弄醒了。"约翰说道。

"但愿他一到靠近陆地的时候就会醒来。"巴加内尔像祈祷似的说。

"您只要多加小心，就一定能把船安全地开进奥克兰的。"麦克那布斯在鼓励年轻船长。

"没有海图，确实挺困难的。那一带地形复杂，尽是悬崖峭壁，弯来扭去，很不规则，而且礁石又多，离水面又浅，一不小心撞上，再怎么结实的船也得出事。"

"船一毁，人只好在水里扑腾着往岸上游去，恐怕就没有别的什么办法了！"少校无可奈何地说。

"只要来得及，逃得及时，还是有希望游到岸上去的，麦克那布斯先生。"

"可是，爬上岸说不定也是个死呀！"巴加内尔说道，"新西兰这一带对外来人持仇视态度，上了岸，说不定也会惨遭杀害的。"

"您是指毛利人吗？"约翰问道。

"是的。毛利人的凶狠在印度洋一带是出了名的！他们同澳大利亚土著人可不一样，毛利人狡猾、嗜杀，而且喜食人肉。落到他们手里，可就没救了。"

"照您的意思，如果格兰特船长是在新西兰海岸沉的船，我不必再去寻找他了？"少校反问道。

"找还是得找的，在靠近海岸的地方可能会找到点不列颠尼亚号的踪迹，但往内陆地区去寻找，就很危险了。而且，找也无益，因为毛利人对欧洲人是非常仇视的，总是杀无赦的。说实在的，我曾斗胆地劝大家穿越阿根廷大草原，穿越澳洲内陆，但我却不敢劝大家前往新西兰的险途。愿上帝保佑，千万别让我们碰上新西兰土著人！"

巴加内尔这么说也不能责怪他，因为新西兰的恶名在外，其发现史上充满了血腥味。

在新西兰遇难的航海家可不在少数。塔斯曼船长的五名水手全都惨遭杀害，而且被吃掉了。其后，还有不少的人遇害：脱克内船长及其水手们，雪内可夫号渔船上的五个渔民，双桅船兄弟号的四名水手，盖兹将军手下的几名士兵，玛提达号上的几名逃兵。

其中最为骇人听闻的当属法国兵舰舰长马利荣了。1772年5月11日，他率领的马斯加兰号和克劳采舰长指挥的卡特利号停泊在群岛湾里。新西兰人对他们殷勤有加，帮他们干活，还送礼物给他们，甚至还装出怯生生的样子，目的就是套近乎，好刺探船上的情况。他们的酋长名叫塔古力，此人诡计多端，十分狡猾。据居蒙居威尔说，他就是两年前被绪尔威骗走的那个毛利人的亲戚，都是属于王加罗阿部落的。

毛利人向来就是有怨报怨、有仇报仇的。塔古力终于等来了报仇雪恨的机会。

他表面上装得怯生生的样子，心里却盘算着如何伺机杀人。他热情有加地给法国人又是送上鲜鱼，又是送这送那，甚至还让老婆、女儿陪着一起到兵舰上来。然后，他又邀请舰长到村中做客，热情地款待他们。这两位舰长终于被他迷惑住了。

马利荣舰长的舰只停泊在群岛湾里，因为几次大的风暴吹断了一些桅杆，便去内陆寻找木材更换坏桅杆。5月23日，他发现了一片高大的柏树林，离海岸只有两法里，而柏树林附近就有一个小海湾，离兵舰只有一法里，非常方便。

于是，舰上三分之二的水手都到那儿去伐木了。他们带斧头锯子，又砍又锯，还开辟了一条小路通向那个小海湾，以便运送树木。除了这个工作点而外，另外又选了两个地方：一个在港湾中心的那个名为毛突阿罗小岛上，船上的伤病号、铁匠、箍桶匠都集中于此；另一个在岸上，离兵舰一法里半，用作运送做好的桅杆的。一些身强力壮的毛利小伙子有说有笑地在上述工作场里干活，与水手们亲如一家似的。

马利荣舰长并未因此就有所松懈，他仍然保持着警惕，每次派小艇上岸，水兵们全都是全副武装的。而毛利人上舰来时，可全都是赤手空拳的。但时间一长，法国人也就渐渐地放松了警惕，马利荣舰长最后竟然下令派出的小艇无须全副武装。克劳采舰长却认为这样不行，劝他收回成命，但马利荣舰长并未听从。

自此，新西兰人显得更加热心、殷勤、积极。他们的酋长与船上的军官也过往甚密。塔古力酋长甚至有时还带上自己的儿子在兵舰上过夜。6月8日，马利荣舰长应邀上岸做正式访问，所有的土著人都尊称他为"大酋长"，还在他的头上插上四支白羽毛，表示最崇高的敬意。

两艘兵舰来到群岛湾已经三十三天了。桅杆已全部换好。淡水池也都修好，放满了水。一切都顺顺当当的。

6月12日午后两点，马利荣舰长乘上小艇准备去塔古力的村子里去钓鱼，随行的有两名年轻军官——佛德利古和勒伍，以及一名志愿兵、教官和十二名水兵。塔古力和另外五位酋长热情地伺候左右，没有一点搞鬼的迹象。

小艇离开大船，向陆地划去，很快便划出去很远了，两艘兵舰已经看不见了。

入夜，马利荣舰长仍未归来，但谁也没有想到会出什么事，都以为他留在伐木点过夜了。

第二天，清晨五点，卡特利号的大舢板像往日一样到毛突阿罗岛上去装淡水。它没遇到任何意外，平安地返回了。

九点时，马斯加兰号的值勤水兵发现海上有一个人，正拼尽最后的力气在游过来，便连忙放下救生艇，把他救了上来。

被救上来的是护卫马利荣舰长去钓鱼的水兵屠尔内。他腰部被铁矛扎了两处。在昨天陪着舰长钓鱼的十七人中，只有他一人幸免于难。

于是，他便将骇人听闻的惨剧一五一十地告诉了大家。

原来，马利荣舰长所乘坐的小艇于早晨七点时划到村边靠岸之后，十七个法国人都分别被土著人热情地迎到家中。有的还是被背下船来的，因为土著人怕他们把鞋子弄湿了。

突然间，情况骤变。许多毛利人手握长矛、木棒和铁锤等凶器奔来，十多个人围殴一个。只有屠尔内腰部被扎了两铁矛后逃脱，躲入丛林，后跳入海中，拼命向兵舰方向游来。

兵舰上的人闻此暴行，怒气顿生，报仇的呼喊声响彻云霄。但是，首先应想法把尚留在岸上做收尾工作的水兵救出来，然后再考虑报仇的问题。何况克劳采舰长昨晚在伐木场过夜，也没有回船。

舰上的最高临时代理代表舰长发布命令，派出一队水兵乘大舢板前去救援。他们发现马利荣舰长乘坐的小艇后，便立即上了岸。

下午两点，一直没有获知大屠杀惨案的克劳采舰长，看见自己的水兵后，恍然大悟。为了不引起其他人的惊恐慌乱，他让这队水兵们先别把这一噩耗传播开去。

他立刻下令把一些重要工具弄毁，把工棚烧掉，迅速撤离。毛利人早已占据了这一带的有利地形，一见法国人要撤，便一窝蜂地冲了过来。边冲边喊："塔古力干掉了马利荣了！"想让水兵们听到舰长已死，作鸟兽散。可水兵们闻听舰长被杀，怒火冲天，一个个都要冲上前去与这群野蛮人拼命，克劳采舰长好不容易才制止住他们。法国人总算撤到了岸边，上了留在那儿的几只大舢板。上千名毛利人也跟踪而至，石块像雨点似的向大舢板飞来。水兵中有四个神枪手，忍无可忍，举枪向岸上射去，把几个在岸上指挥土著人进攻的酋长给击毙了。土著人见火器如此了得，全都吓傻了，目瞪口呆地站着动弹不了。

克劳采舰长登上了马斯加兰号，立刻又派一队水兵到毛突阿罗岛救援，把伤病员救回到兵舰上来。

第二天，又派了一队水兵前去增援，并命令将水舱蓄满淡水。毛突阿罗岛上共有三百来个毛利人。他们开始骚扰起水兵来。法国人洗劫了毛突阿罗岛上的这个毛利人村落，打死了六个酋长，杀死了许多的毛利人，一把火把村子给烧了。克劳采舰长一面加紧储备淡水，一面让人把卡特利号的桅杆最后安装完备。

一个月过去了，土著人曾不止一次地企图夺回毛突阿罗岛，但都未能得逞，他们的独木舟经不起兵舰上的大炮的轰击。

现在，对法国人来说，重要的是必须弄清那十六个同胞中是否有人依然活着。有人活着就得去救，同时，也必须为死者报仇。于是，一只大舢板载着一队水兵划到塔古力的村落去了。可塔古力十分狡猾，听到风声，立刻穿上马利荣舰长的大衣，逃之夭夭。水兵们仔细地搜索了该村。在搜索到塔古力的屋子时，发现了一个刚烤熟的人头，上面还留有牙印！还有一条人腿用木签子穿着，另有一件硬领衬衫，满是血迹，一看便是马利荣舰长的衣物。另外，水兵们还发现了一些佛德利古的手枪、小艇上的盾形徽章、血衣和破布片。在附近的两个小村里，还发现了一些人的肠子，全都洗净煮熟了。

这种吃人的惨相令人发指！法国水兵怀着悲痛的心情，郑重其事地把同胞们的遗骨掩埋了，然后，一把火将塔古力及其帮凶皮吉·俄尔的村子给烧了，以祭奠亡灵。

1772 年 7 月 14 日，两艘兵舰驶离了这个令人发指的海岸。

以上便是这个吃人惨案的经过，凡是到新西兰海岸来的人都不该忘记。新西兰人的复仇心理、嗜杀成性，后来又被库克船长所证实。

1773 年，库克船长第二次前来新西兰。12 月 17 日，他麾下的由佛诺舰长指挥的冒险号，放下一只大舢板，准备到岸上去采集一些草药什么的。可是，大舢板去后一直未归；舢板上坐的是一名候补海军少尉和九名船员。佛诺舰长非常着急，立刻派博内中尉去寻找。博内带人登陆，发现了惨状，回来报告说："我们好几位同胞的脑袋、肠子、心肺都被胡乱地扔在沙滩上了，几只野狗在争抢着……"

这类屠杀事件可谓层出不穷：1815 年，兄弟号被新西兰人掳杀；1820 年，桑普生指挥的波伊德号上的船员全都惨遭毒手，无一幸免；1829 年 3 月 1 日，瓦吉他一带的一个酋长艾拉那罗洗劫了悉尼的英国双桅船霍斯号，土著人把好几个水手杀死，把尸体煮了吃了……

新西兰简直就是吃人的海岸。醉鬼威尔·哈莱的麦加利号正在驶向这个令人毛骨悚然的去处！

第四章

暗 礁

2月2日，麦加利号已经走了六天了，一路上，单调乏味，总也望不到奥克兰海岸，令人好生烦闷。海上刮的是西南风，倒是顺风，但海浪很大，又是逆着风向的，似乎故意在阻挠船往奥克兰驶去似的。风帆鼓鼓，整个骨架都在咯吱咯吱地响着，让人提心吊胆，生怕它散架。横桅索、后支索、牵桅索等全都没有绷紧，以致桅杆摇晃得厉害。

约翰·孟格尔心里非常紧张，不停地在默默祈祷，愿苍天保佑这船和船上的朋友们安然无恙。

雨仍在继续地下着。海伦夫人和玛丽小姐无法走出舱室，强忍着憋闷与颠簸，却从不叫苦。有时，雨小了点，她们便走到甲板上来透透气。便舱本是用来装货的，不宜住人，尤其是女人，更加觉得不便、难耐。

巴加内尔为了给大家消愁解闷，就没话找话地说点故事来逗乐，可众人心中愁云密布，无心去听。说实在的，这种血腥之地，如果不是为了寻找格兰特船长，谁会往这儿跑呀？格里那凡爵士当然也同样是愁眉紧锁，烦躁不安，不愿在便舱里憋着，无论雨大雨小，总喜欢待在甲板上，时而踱来踱去，时而止步沉思。只要雨一停，他便会举起望远镜搜索着大海。可海面上雾气笼罩，好像故意不让他看到什么似的。他只好满心不悦，挥动着拳头，以泄心头之愤！

约翰·孟格尔不顾风雨交加，时刻跟在他的身旁，寸步不离。这一天，大风吹走了一些云雾，天空清亮了一块。格里那凡爵士连忙举起望远镜观察。约翰走近他，悄声问道："阁下是在寻找陆地吗？"

格里那凡爵士摇了摇头。

"我了解您的心情，阁下，"年轻船长又说道，"船本该在一天半前就驶到奥克兰了。"

格里那凡爵士仍旧没有接茬，只是举着望远镜对准着左边上风口的海面。

"陆地不在左边，阁下，您请朝右舷看。"约翰说道。

"我不是在寻找陆地。"爵士回答道。

"那您在找什么呀？"

"找我的邓肯号！"格里那凡爵士没好气地说，"它可能就在那边，让海盗们驾驭着在干罪恶的勾当！我敢说，约翰，它就在澳大利亚和新西兰之间……"

"愿上帝保佑我们别碰上它！"

"您说什么呀，约翰！"

"要是碰上了它，阁下，您瞧瞧我们这条破船，还跑得了吗？"

"跑？为什么要跑？"

"不跑行吗？您想想看，那帮浑蛋能放过我们吗？彭·觉斯可是没有人性的畜生！我们倒是可以同他拼个你死我活，可海伦夫人怎么办？玛丽小姐怎么办？"

"唉，可怜的女人！"格里那凡爵士自言自语地叹息道，"约翰，我真的是心如刀绞啊！我总觉得有一种不祥的预感，真的担心得要命！"

"您可别这样，爵士。"

"我这并不是因为我自己，我是担心她们俩……"

"您敬请放心，爵士，"年轻船长宽慰他道，"麦加利号虽然行驶缓慢，但它仍旧在行驶着。只要我人在，我就保证不会让这船出事，顶多我让它在海面上漂着，绝不会让它撞上礁石的。至于邓肯号，我们还是不要看了吧，赶紧逃开它的好。"

约翰·孟格尔言之有理。在这一带海面上，流窜犯和海盗们活动猖獗，一旦遇上他们，就无望返回祖国了。还算好，这一天，无论白天还是夜晚，都没见到邓肯号出现。

但是，到了这一天的晚上七点时，老天突然变脸了。天空像是突然黑了下来，墨黑一片。连威尔·哈莱船长也从醉乡中惊醒了过来。他走出舱房，揉着醉眼，摇晃着他那肥大泛红的脑袋，强打起精神来，猛吸了半天海上空气，然后抬头看着桅杆。风力在加大，风向转为由西往东刮了，似乎故意要把麦加利号尽快地吹送到新西兰去似的。

威尔·哈莱连吆喝带骂地唤醒水手，叫他们落下顶帆，扯起夜航帆。约翰·孟格尔看着，不免心中暗暗称赞，此人还是颇有航海经验的，但他仍旧没有去搭理这个狗熊船长。格里那凡爵士也同约翰一样一直待在甲板上，心里很不踏实。两小时过后，风力更强更猛了。威尔·哈莱便命令赶快把前帆收小。麦加利号有两层帆架，只要把上层的落下来，前帆便缩小了，所以干起来挺方便的。

又过了两个小时，海浪越来越大。麦加利号船的底部震动得剧烈。海浪冲上甲板，船内积了不少的海水。突然间，左舷边杆上挂着的小艇不见了，被海浪给卷走了。

船在这巨浪中缓缓地浮动着，大有下沉之势，因为船上的水越积越多，无法排放。约翰·孟格尔此刻一颗心悬了起来。他十分着急，主张用斧砍破船舷板，把水放出去，可威尔·哈莱却坚决不同意。

此外，还有一个更大的危险在威胁着这条船，而且，这个危险已来不及预防了。

将近十一点三十分时，待在甲板上的约翰·孟格尔、威尔逊等人突然听到一种异样的声响，极其吓人。他们立即警觉起来，这是他们海上阅历所赋予他们的本能。约翰不由自主地抓住威尔逊的手说："是逆浪！"

"没错，是逆浪！是浪触礁石所发出来的声音！"威尔逊回答道。

"顶多也就四百米吧？"

"是的，离岸不远！"

约翰·孟格尔探身舷外，查看海浪，大声喊道："测水深！快！威尔逊，快测！"

威尔逊赶忙抓起测水锤，跑到前桅桅盘处，抛下铅锤。威尔·哈莱坐在船头，不以为然。绳子从威尔逊指缝中溜下去，但只溜下三节，便停住了。

"啊，只有九米！"威尔逊喊道。

约翰·孟格尔一听，立刻冲到威尔·哈莱面前，大声吼道：
"船长，船遇上礁石了！"

威尔·哈莱听了，无可奈何地耸了耸肩。约翰·孟格尔没有管他，径直奔向舵把处，伸手转舵；同时，威尔逊在拼命地拉着前桅的调帆索，让船凭借风力转向。

"尽量借用风力！放松扣帆索！放松扣帆索！"孟格尔船长边喊边转舵把儿，让麦加利号避开礁石。

约半分钟的工夫，船头扭转了方向，躲避开了右边的礁石。虽然夜里风大，孟格尔仍然看到离船右舷不远处的那道白浪。

这时候，威尔·哈莱船长才意识到情况不妙，着急起来。只听见他在吆喝来吆喝去的，也不知他想要干什么，而且他的水手们一个个酒还没有醒，根本听不明白他的意思。这头笨熊根本就没有想到离海岸只有八海里远了，还以为自己的船离岸至少有三百四十海里哩。近海暗礁多，再加上天黑风大，他的那点航海经验也帮不上他什么忙了。

幸亏有约翰·孟格尔船长在。只见我们的年轻船长连忙下令，果断地把船驶出险滩。但他摸不清情况，不知船的方位，不知船已陷入礁石圈中。此刻，西风正紧，船颠簸剧烈，很容易触礁，后果不堪设想。

不一会儿，船右舷也传来了逆浪声。约翰被迫再转动舵把儿，调整帆索。暗礁太多，必须赶快掉头。可这船的状况能允许来个急转弯吗？无奈之下，只好冒险一试了。

"舵把儿转向下风船舷！快！"约翰冲威尔逊大声嚷道。

可是，船又进入另一个礁石群了。只见浪打礁石，激起无数的白色泡沫来。情况真的是千钧一发、危险重重啊！威尔逊和穆拉迪把整个身子压在舵把儿上，但仍转不动它，舵把儿已经转到头了。

突然，砰的一声，船撞到礁石。触桅支索断了，前桅随即就摇晃起来。船虽然只受了这点轻伤，但仍旧掉不过来。突然，又一个大浪涌来，把船冲起，托送到礁石面上，然后，猛然放下，前桅连帆带索全都折倒下来。这么碰撞了两三次之后，船便动弹不了了，呈三十度倾斜在那儿。

舱壁玻璃震飞了，众乘客纷纷奔出舱外，跑向甲板，但海浪正猛冲甲板，待在上面也是相当危险的。约翰怕出意外，把大家都劝回到便舱里去。

"情况到底怎样，您说实话，约翰？"格里那凡爵士沉着地问道。

"沉倒是沉不了，爵士，"孟格尔船长回答道，"但船会不会被巨浪击散掉，这就说不准了。"

"现在是半夜了吧？"

"是的，爵士，只能等到天亮再说了。"

"能不能放小艇下海呀？"

"天太黑，浪又太大，不行！再说，方向也没搞清，往哪边靠岸呀？"

"那就在这儿等待天亮吧，约翰。"

这时候，威尔·哈莱船长像个疯子似的在甲板上跑来跑去。他的水手们惊慌了一阵之后，刚刚清醒了点儿，又喝起烧酒来。哈莱船长急得直跳脚，哭喊着："这一下我可全完了！船上的货物全都没上保险！我得赔光了！"

孟格尔见他那可怜相，并不想去劝慰他。他多了个心眼儿，嘱咐自己的同伴们武装起来，提高警觉，以免那笨熊及其水手走投无路，图财害命。

"这帮浑蛋，看谁敢闯进便舱来，我非一枪崩了他不可！"少校毫不在乎地说。

那帮穷凶极恶的水手起先还图谋不轨，见大家都有所准备，所以未敢造次，识趣地溜走了。约翰·孟格尔的一颗心总算放了下来，只等着东方发白了。

船已完全动弹不了了。风已止息。海渐渐平静下来。一时半会儿，船还不至于散架。约翰·孟格尔准备等太阳一出来，立刻探明情况，看什么地方可以上岸，好把人用救生艇送到岸上去。只是艇太小，一次只能坐四个人，来回得跑上三趟。这是船上唯一一只小艇了，左舷的那一只早就被海浪冲得不知去向了。

孟格尔伏在舱篷上，一面想着当前的处境，一面细听逆浪的声音。他在努力地分析情况，考虑对策。

便舱里的同伴们因为一夜的折腾，疲惫不堪，都已歇息了。格里那凡爵士和约翰也抽空打起盹儿来。

清晨四点时，东方泛白，霞光映出，海面晨雾弥漫，波浪在轻轻地涌动。

约翰第一个跑上甲板。渐渐地，天已大亮，东边天空泛起一片红云。晨雾渐渐消散，黑色礁石渐渐地露出峥嵘。白色泡沫和浪花间的黑色礁石水淋淋的，似一条黑线。稍远处，有一座灯塔在闪烁着红光。陆地就在眼前，顶多八九海里的样子。

"哈哈！看见陆地了！"约翰·孟格尔大声叫喊道。

同伴们猛一激灵，全都醒了，纷纷跑上甲板，静静地望着远处出现的陆地。不管上面的人是善良的还是凶恶的，反正他们一行人有了可以逃避之处了。

"那个船主呢？"格里那凡爵士突然想起，不禁问道。

"不知道，爵士。"约翰回答道。

"那他的那些水手呢？"

"也不清楚，没见着。"

"是不是和他一样，也都醉死了？"少校说道。

"还是去找一找吧，"格里那凡爵士说，"不能把他们扔在船上不管。"

于是，穆拉迪和威尔逊便四下里找寻，但找遍了整个船，也没见他们的人影。

"一个也不在？"格里那凡爵士惊诧地问。

"都跳海逃生了吧？"巴加内尔说。

"很有可能，"孟格尔心里好生疑惑地说着，便向船尾走去，"快去找小艇！"

威尔逊和穆拉迪跟着孟格尔向船尾走去，准备帮忙把小艇放到海里，但走去一看，小艇早就没了踪影了。

第五章

临时水手

哈莱船长及其水手趁格里那凡爵士等人安睡，摸黑放下小艇，逃命去了。船长本应最后一个离船，可他竟然头一个溜之大吉。

"那帮浑蛋全都溜了，"约翰·孟格尔向格里那凡爵士报告说，"这倒也不错，爵士，省了不少麻烦。"

"我也是这么想的，"格里那凡爵士回答道，"船总得有船长，您就当吧，约翰。我们几个技术不行，就权且当您的临时水手吧！"

众人听闻，都鼓掌赞成，立即跑到甲板上列好队，听候新船长指示。

"您就下命令吧。"格里那凡爵士对约翰新船长说。

约翰朝海面看了一眼，又看了看损毁的船桅，想了一下说道："要脱险，只有两个办法：一是把船弄下礁石，开到大海里去；二是做一木筏划到岸边去。"

"我看还是第一个办法好些，如果能行的话。"格里那凡爵士建议道。

"是的，就近着陆，没有交通工具，上岸后也麻烦。"约翰附和道。

"在荒僻的海岸上岸是很危险的，这可是新西兰呀！"巴加内尔也这么说了一句。

"尤其是我们的船位置已经有点偏南，已过了奥克兰了！都是那个酒鬼弄的！正午时，我们再测定一下，说不定还真的要往回行驶。"约翰说。

"船损坏成这个样，还能开吗？"海伦夫人焦急地问道。

"没问题，夫人，"约翰安慰道，"在船头安个临时桅杆，作为前桅，走得慢些，还是可以开到奥克兰的。真的不行，就就近上岸，从陆路前去奥克兰。"

"先检查一下船的损毁情况吧。"少校提议道。

格里那凡、约翰和穆拉迪忙把大舱盖掀起，下到货舱里去。货舱里装满了熟过的皮革，约有两百吨，胡乱地堆放着。约翰立刻下令将一部分皮革捆儿扔到海里去，以减轻船的重量。

就这样一连忙乎了三个小时，船底清理出来了，可以检查船底的情况了。船底左侧发现两个接缝口裂开来。幸好，船是向右倾斜的，左边翘起，露出水面，水没能涌进舱内。威尔逊连忙用麻丝塞进裂缝，再钉上一块铜片，修补好了。

底舱积水还没到两尺深，用抽水机一抽，船的重量还会减轻一些的。

至于船体外壳，经检查并无大碍。

最后，威尔逊又潜入水下，摸清船底陷下去的部位。船头触到了一片泥沙滩，滩边又陡，而船嘴的下部和将近三分之二的龙骨都深嵌在泥沙之中，但船身的大部分却浮在水上。水深有五米。舵没有嵌进去，尚可自由转动。因此，麦加利号很有可能开动得起来。

约翰本想利用涨潮把船开出去，但此时潮头并不大。船这时更加向右倾斜，用不着再支撑它了，所以约翰便想用船上的帆架和其他木料打造一个临时前桅杆，但这得花费一天的时间，得到明天中午方能完工。

"动手干吧。"孟格尔说干就干，下达命令道。

临时水手们听到命令，立即动起手来。有的卷帆，有的爬上桅盘，有的把主帆、顶帆给落了下来。小罗伯特也跟着忙乎，像只猴子似的蹿上跳下的，绝对不亚于一个见习水手。

为了让船涨潮时船头翘起，先得在船尾抛下两个锚。有小艇在，抛锚下海并不困难，现在却得另想高招儿。

"没有小艇怎么办呀？"格里那凡爵士问道。

"用断桅和酒桶扎个木筏，就行了。这船的锚不算大，抛起来困难要小些。只要锚吃上劲儿了，我自有办法。"约翰船长胸有成竹地说道。

"那好，现在就动手吧，别浪费时间了，约翰。"

于是，所有的人都上了甲板。大家齐动手，把残桅弄断，脱下桅盘，扎起空酒桶，安上船橹。

木筏刚完成一半，日已偏西。

为了赶着落潮放筏，约翰忙去测量方位，留下爵士指挥造筏。幸好，在威尔·哈莱的舱房里找到了一本格林尼治天文台的年鉴和一个脏兮兮的六分仪，开始测量方位。

约翰在甲板上进行测量，但北面的礁石把六分仪的望远镜的视线挡住了，只好用一只装满水银的平盘来代替，但又去哪儿找水银呢？约翰灵机一动，想到用柏油代替，因为柏油也能反射太阳光。

既然是在新西兰西岸，经度已知，不必再测。现在需要测定的是纬度。

约翰利用六分仪，先测出太阳在子午线上离地面的高度：六十八分三十秒，由此推算出太阳距天心为二十一分三十秒，因为两数相加正好是九十度。当天是 2 月 3 日，据格林尼治年鉴，日层为十六分三十秒，把它加到天心距离上，就是三十八度，也就等于纬度三十八度。

由此得出，麦加利号的方位为东经一百七十一度十三分，南纬三十八度，误差不会太大。

约翰拿来巴加内尔在艾登购买的地图一查，发现此处已是奥地湾口，卡法尖角北面，系奥克兰省的海边。奥克兰城位于南纬三十七度线上，麦加利号现已偏南了一纬度，必须往北行驶一纬度方能驶抵奥克兰。

"也就是再多走二十五海里嘛，没什么大不了的。"格里那凡爵士说道。

"海上走二十五海里不算什么，要在陆地上走这么远可就困难了。"巴加内尔说道。

"所以必须把麦加利号弄到海里才行。"孟格尔说道。

木筏仍然没有完工。已是十二点一刻了，海水正在涨潮。这次的潮水虽然无法利用，但约翰仍然十分关切地去查看了那条船，但见它一动不动地停在那儿。不知潮水能否把它冲得起来。不一会儿，船身倒是有点浮动，船底在颤抖，但船还是没能移动。只好等下次涨潮再看了。

下午两点，木筏终于造好。约翰和威尔逊把便锚搬上了木筏，在船尾系上一条细铁链拴着便锚，登了上去。木筏正顺潮而上，漂至一百米远处，二人连忙把便锚抛下，水深十米。

锚扒住了海底，木筏返回大船。

接下来得把主锚抛下去。于是，众人七手八脚地把主锚抬到木筏上，在便锚附近扔下主锚，那儿水深十五英寻。

二人随即沿着粗铁链返回麦加利号。

细铁链和粗铁链都卷在绞盘上，只等着下一次的涨潮了。下次涨潮在午夜一点半。此时刚刚傍晚六点。

约翰·孟格尔对他的临时水手们大加夸赞与鼓励，并特别称赞巴加内尔，说他再稍加努力，将来会是一名名副其实的水手长。

奥比内先生忙了半天修船的活儿之后，又进了厨房，为大家预备了一顿好饭菜。大家正感到饿得厉害，所以吃得就更加香，吃饱之后，疲劳顿消，干劲儿又上来了。

为了保证万无一失，孟格尔又督促大家减轻船上重量，并弄一些重物到船尾，使船头翘起来。威尔逊和穆拉迪还滚了许多空桶到船尾，把桶装满水，帮助船头翘起。

全部弄完之后，已是午夜十二点半了。人人都累得精疲力竭，但仍拼足力气在转动绞盘。

约翰见此时风向改变，便决定第二天再开船。威尔逊和穆拉迪也发现风向由西南转为西北了，所以也非常赞同约翰船长的意见。于是，他便把这一情况报告给了格里那凡爵士。

"现在，大家都累得不行，无力把船弄浮起来，"他对爵士解释道，"再说，即使船浮起来，险滩环绕，天又这么黑，根本无法驾船，还是等到白日里再干的好。而且，看起来，明天风向会变，我们就可以借助风力了。西北风刮起，风力压下船尾，潮水冲起船头，省时省力！把主桅上的帆一扯起来，风帆就会帮船增添很大的力量的。"

格里那凡爵士同巴加内尔一样，心里十分着急，但约翰船长的解释非常有理有力，所以便欣然同意了他的决定。

一夜无话。大家轮流值班，尤其是看护好船锚。

天色渐明，果然西北风起，而且越刮越大。真是天遂人愿！临时水手们立刻集合起来。小罗伯特、威尔逊、穆拉迪上了大桅，少校、爵士、巴加内尔留在甲板上。大家都在忙着做好准备。

主帆架子整个儿地扯了上去，大帆和主帆都上了升帆索。

此时已是上午九点，距离满潮还有四个小时，但大家都没有闲着。约翰·孟格尔在船头忙着装便桅；海伦夫人和格兰特小姐也不肯闲着，十分认真地在把一张备用帆换到小顶帆的帆架上。这样一来，桅和帆全都安装完毕，船可以行驶了。

潮水在不断地上涨。放眼望去，海面上波浪翻滚，一浪接一浪，大家心里甭提多么激动了。露出水面的礁石突然像是水怪似的，隐没不见了。海水层层叠叠地涌了过来。开船的时刻即将来临，人人喜形于色，激动得连话都说不出来了。大家只等着船长一声号令，马上动手，让大船离开海滩。约翰仍在仔细地探身观察着海潮。已经中午一点了，海潮已至最高点，随后便将落潮。其间隔也许只是一秒钟的事。机会难得啊！大帆、主帆飞快地拉起，兜住了强风，鼓鼓的。只听约翰一声大喊："转绞盘！"

格里那凡、穆拉迪、小罗伯特在一边，巴加内尔、麦克那布斯、奥比内在另一边，拼命地推动着杠杆，转动着绞盘；与此同时，约翰和威尔逊则在转动着侧杠杆，帮一把力。

"使劲儿！使劲儿！"约翰船长在喊，"大家一起使劲儿！"

两条铁链被拉得笔直，但锚却死死地扒住海底。这可是千钧一发之际，稍稍延误，满潮就将退去。大家都心知肚明，成功与失败就在此一举，所以都把吃奶的劲儿使上了。风越刮越猛，帆吹得鼓鼓的都贴住桅杆了，在倒推着大船。船身在晃动，似乎已经漂流起来。再稍加点力，便成功了！

"海伦！玛丽！快来帮一把！"爵士大声地呼唤道。

两个女子一听，便立即冲了过来，帮着推动杠杆。只听见绞盘咔吧一声，最后响了一下，就不再动了。

大船也没有再动。功败垂成！潮水已经开始回落。看来，即使有风吹潮推，光靠这几个人，船是浮不起来的。

第六章

吃人的习俗

第一个脱险办法不灵,应该立刻尝试第二个办法,绝不能有丝毫的耽搁。如果在这条浮不起来的船上干等着别人前来救援,那恐怕是在等死,坐以待毙,因为这条船迟早会被巨浪击碎的。

还是抓紧时间,赶快打造木筏,尽快地划到新西兰海岸上去。

这没什么可以讨论的。说干就干,大家立刻动起手来,干到傍晚,已经基本就绪,只因天色渐晚,天黑了下来,暂时停下休息。

晚上八点时,吃完晚饭之后,海伦夫人和玛丽小姐回到便舱休息。巴加内尔同朋友们一起在甲板上边踱着步边谈论着。小罗伯特不肯休息,也跟大人们在一起,聚精会神地听着他们谈论着一些严肃的问题,心想,说不定以后自己也能为大家做点什么的。

巴加内尔问约翰·孟格尔能否撑着木筏沿海岸行驶到奥克兰去,中途不在这附近靠岸。约翰回答他说,木筏简陋,一直撑到奥克兰是不可能的。

"木筏不成,用麦加利号上的小艇行不行呢?"巴加内尔又问道。

"那倒还成,不过只能晓行夜宿。"约翰回答道。

“这么说，那帮浑蛋故意撇下我们，去奥克兰了？”

“请您别提那帮浑蛋了，好不好？”约翰·孟格尔说，“没准儿那几个醉鬼在黑夜里早已掉进海里喂鱼了。”

“那是他们活该，”巴加内尔应答道，“不过，我们也活该倒霉。如果当心一点，不让他们偷走小艇就没事了。”

“您这不是马后炮吗，巴加内尔？好在有木筏了，我们是可以上岸的。”格里那凡爵士反驳他道。

“我想说的就是千万别上岸去。”巴加内尔强调一句。

“为什么呀？不就是二十英里的路程吗？潘帕斯大草原、澳大利亚，我们都闯过来了，什么苦头没吃过呀！二十英里算得了什么！”

“我不是在说二十英里的路！”巴加内尔着急地说，“路倒真的不算远，可这是在新西兰呀！我可不是胆小，走南美穿澳洲还是我提议的，但这儿可不同呀！”

“总比待在搁浅的船上等死强呀。”约翰·孟格尔说。

“新西兰有什么可怕的呀？”格里那凡爵士问道。

“土著人很可怕！”巴加内尔固执己见地说道。

“土著人？我们想法避开他们走不就得了吗？”格里那凡爵士反驳道，“再说，十个欧洲人，全副武器，还怕几个坏蛋不成？”

“那可不是几个坏蛋呀，”巴加内尔摇晃着脑袋更正道，“他们可是一个个可怕的部落，他们反抗英国人的统治，拼命抵抗，常常把入侵者杀了，吃掉！”

“那不是吃人的恶鬼吗？”小罗伯特紧张地说，接着便喊起来，“姐姐！海伦夫人！”

“别怕，别怕，孩子，”格里那凡爵士连忙安慰他道，“别听他的，他在吓唬人！”

“吓唬人？”巴加内尔说，“小罗伯特已经长大了，我吓唬他干吗？我说的都是真的。新西兰人可不是菩萨。就在去年，一个英国人，名叫瓦格纳的，就惨死在他们手下。惨案就发生在1864年呀！就在奥波基迪，离奥克兰只有几法里，光天化日之下！”

“得了吧，巴加内尔，”少校说道，“您说的都是旅行家们的传闻，他们就是专门喜欢编些耸人听闻的瞎话来吓唬人！”

“他们讲述的当然是会有水分的，”巴加内尔反驳道，“不过，有些人可是一向说话谨慎，从来不会撒谎的，比如牧师肯达尔、马德逊、船长狄龙、居威、拉普拉斯等人。据他们的讲述，毛利人的酋长死后，要杀人祭献，因为他们认为只有杀活人做供品，才能平息死者的怒火，否则死者会变成厉鬼要来拿活人泄愤的。此外，他们也认为这是在为死者送去仆人。可是，被杀的人当完供品之后，往往被他们吃了。由此可见，他们是假借祭献来吃人肉而已，是他们的喜好使然！”

巴加内尔说得有板有眼、有理有据，令众人信服。于是，他便继续说道：“说实在的，吃人的风俗在最文明的民族的祖先中也存在过。而且这还不是个别现象，是带有普遍性的，在苏格兰的祖先中尤甚！”

“真的呀？”少校惊讶地问。

“当然是真的，少校，”巴加内尔回答道，“您若不信，就读读圣·哲罗姆描写苏格兰阿提考利人的那些文章吧。在伊丽莎白女王时代就有，更不用说远古时期了。莎士比亚的《威尼斯商人》中不是有个匪徒名叫索内·宾的吗？他就是因吃人肉而被判处死刑的。他为什么吃人肉呀？并不是因为宗教信仰的缘故，而纯粹是肚子饿得受不了导致的。"

"确实是饿极了？"约翰·孟格尔追问道。

"是的，是饿极了，"巴加内尔重复道，"因为没有别的可吃的，什么动物都见不着。苏格兰人吃人肉的原因也在于此，这个荒僻之地，鸟儿都不飞，野兽都不来，只能是吃人肉了。而且，他们吃人肉还分季节，如同文明国家有打猎季一样。一到打猎季节，他们就大打一仗，战败的部落便成了战胜的部落的盘中餐了！"

"这么说，照您的意思，这吃人的习俗还很难改变，非得等到猪牛羊满圈才有希望了？"格里那凡爵士说道。

"正是，亲爱的爵士。"

"他们是怎么个吃人肉法？是生吃还是煮熟了再吃？"少校在刨根问底。

"哎呀，麦克那布斯先生，问这些干什么呀？"小罗伯特表示不满地说。

"孩子，应该问清楚呀，"少校故作正经地说，"万一我落到他们手里，我倒是愿意被煮熟了再吃，至少我还可以多活上一会儿，而不致被生吞活剥，那太难受了。"

"照您说的，少校，活煮也难受的。"巴加内尔一本正经地反驳他道。

"既然如此，反正都是死，那就随他们的便吧。"少校回答道。

"我实话告诉您吧，"巴加内尔又说道，"新西兰人吃人肉是煮熟了或烤熟了才吃的。他们很会收拾，烹调手艺很有一套。可我，说实在的，实在是不想被他们吃掉。一想到自己被吃进未开化的人的肚子里去，真不是个滋味呀！"

"说一千道一万，您的意思很清楚，就是不能落入这些人的手中。"约翰·孟格尔像是做总结似的说道。

第七章

一行人到了本该避开的地方

巴加内尔所说的，确有其事。新西兰土著人的残忍是人尽皆知的，所以绝不能就近上岸。可是，风大浪急，麦加利号坚持不了多久了，不上岸又怎么办？约翰觉得上岸是唯一有希望得救的出路。

想等人搭救，那纯属痴心妄想。他们目前并不在航道上，正处于船只往来频繁的奥克兰和新普利默斯的上面一点和下面一点，在伊卡那马威海岸最荒凉的地带。这儿暗礁众多，波涛汹涌，是土著人活动猖獗的地方，避之犹恐不及，还敢来找死吗？

"我们什么时候可以走？"格里那凡爵士问道。

"明天上午十点，"约翰·孟格尔回答，"潮水一涨，就能把我们送上岸去的。"

第二天，2月5日，上午八点，木筏终于做好了。桅盘太小，所以木筏是用桅杆捆扎而成的。大桅被砍倒之后，分成三截，然后把每截剖开作为木筏主干，再安上前桅、支桅等，木筏就结结实实的了，航行九海里不成问题。为了保险起见，木筏上又加了六只空桶，还把舱口格子框绑在木筏底部，以减少木筏上的水。同时，挡水板也钉在了木筏周边，以防浪涛打到木筏上来。

后来，约翰在观察了风向之后，又让人把小顶帆的架子拆下来当作木筏的临时桅杆。用支帆索把桅杆绷牢后，把帆给扯了上去。最后，在尾部又安装了一个宽舵把儿，以控制方向。木筏可以说是打造得既结实又完美。是否好使？那就得接受风浪的考验了。

九点时，大家齐动手，把食物先装上去。有些罐头肉、粗制饼干、咸鱼、粗粮等，已装进木箱中密封起来。随后，把枪支弹药也装了上去。

此外，木筏上还备了一个小便锚，因为说不定凭借一次涨潮还靠不上岸，就必须抛锚，等待下一次涨潮。

十点时，潮水开始上涨，风儿轻轻地从西北方吹拂而来，浪涛轻拍着木筏。

"准备好了吗？"约翰·孟格尔喊着问道。

"准备好了，船长。"威尔逊回答道。

"上筏！"约翰命令道。

海伦夫人和玛丽小姐打头，从一道软梯下去，众人随后依次上筏。威尔逊掌管舵把儿；穆拉迪砍断系在木筏上的绳索；约翰站在帆索旁指挥着。

木筏张起了船帆。九海里并不远，若是一只小船，再有几支好桨，不用三个小时便可划到岸边。可是，木筏就慢得多了！如果风一停，海潮再一回落，说不定木筏还会倒退回来哩。遇此情况，只好停泊，等待下一次涨潮。想到此，约翰心里真的是毛焦火辣的。他当然是希望一次成功了。

潮水是十点钟开始上涨的，应在下午三点前靠岸，否则就必须抛锚停泊，说不定还会随落潮回到海里去。

风在渐渐加大。木筏一开始很顺利。尽管险象环生，但凭借经验与毅力，再加上技术的娴熟，倒是没出现什么问题。

时近晌午，距海岸只剩下五海里了。天气晴朗，能见度好，极目远望，可以看到岸上的山峰树木影影绰绰的。仔细观察，可以发现南纬三十八度线上的比龙甲山的主峰，状若抬颌张嘴的猴头。

十二点三十分。巴加内尔指着海面告诉大家，潮水已经完全盖过了礁石。

"还露着一块礁石！"海伦夫人说。

"哪儿？"巴加内尔忙问。

"那儿！"海伦夫人指着前方一海里远处的一个黑点说。

"真的是！看清楚它点儿，免得撞上去。"

"它正对着那座山北边的尖棱儿，"约翰观察一番后发布命令，"威尔逊，小心点，绕开它去！"

"是，船长！"威尔逊边压紧舵把儿边回答道。

半小时过去了，木筏前行了半海里。可是，奇怪得很，前方那黑点仍旧浮在浪涛上。

约翰颇觉蹊跷，忙拿过巴加内尔的望远镜，对准那黑点望去。

"那不是礁石，是个什么东西在漂流着。"约翰说道。

"会不会是麦加利号的一截断桅呀？"海伦夫人问道。

"不可能，断桅漂不了这么远。"格里那凡爵士回答道。

"啊，我看出来了，是只小船！"约翰喊叫着。

"是麦加利号上的那只吗？"格里那凡爵士忙问。

"是，正是！是那只小船，扣过来了。"约翰大声回答道。

"唉！他们都淹死了？真可怜！"海伦夫人叹息道。

"肯定是淹死了，夫人，"约翰回答道，"天又黑，暗礁又多，浪涛又大，不死才怪哩！简直就是找死！"

"愿上帝可怜他们吧。"玛丽·格兰特唏嘘不已。

一时间，众人缄默不语。只见那小船越漂越近。显然，它是在距离岸边四海里处翻掉的，上面的人一个也逃不脱死亡的命运。

"我们可不可以利用这只小船？"格里那凡爵士突然问道。

"对呀，好主意！"约翰高兴地说，"威尔逊，朝小船驶过去。"

于是，本筏调整方向，朝着小船驶过去，但风在减弱，两小时后，木筏才驶近小船。

穆拉迪小心翼翼地迎头把小船挡住，不让它撞上木筏。那翻扣着的小船漂流到木筏旁边来。

"空的？"约翰问道。

"是的，船长，"穆拉迪回答道，"但船帮裂开了，没法用了。"

"凑合着用也不行吗？"少校问道。

"不行，没用了，只能当柴烧。"约翰·孟格尔说。

"真可惜，"巴加内尔说，"不然的话，我们就可以划上小船直奔奥克兰了。"

"别做梦了，巴加内尔先生，"约翰回答他道，"浪这么大，还是坐我们的木筏算了。爵士，我们不必在此耽误时间了吧？"

"听您指挥，约翰。"格里那凡爵士说。

"继续前进，威尔逊！"约翰船长命令道，"对着海岸直行。"

穆拉迪小心翼翼地迎头把小船挡住，不让它撞上木筏。那翻扣着的小船漂流到木筏旁边来。

涨潮还将持续一小时。木筏趁势又向前行驶了两海里。此时，风已几近完全停息，眼见落潮就要开始了。木筏几乎一动不动。

"抛锚！"约翰果断地命令着。

穆拉迪立即执行了船长的停船令，把锚抛了下去，落入海底五英寻处。木筏倒退了将近四米后，被锚紧紧地拉住。便帆随即卷好。大家只好等待下一次涨潮的到来。

其实，陆地已经看得到了，顶多也就是三海里远。

海水掀起浪头，冲向海岸。格里那凡爵士不明白，为何不趁着这海潮划向海岸？

"阁下是被一种光学幻象迷惑住了，"不敢在黑夜冒险行船的约翰船长解释道，"海浪看着是在走，但却一点也没往前去。您不妨扔一块小木头试一试，它一定是漂来漂去，就是不往前走的。现在，只有耐心地等待了。"

"先吃晚饭再说。"少校接茬说。

奥比内便从箱子里取出几块干肉和十几块粗大饼干分发给众人。这么粗劣的食物，真让当司务长的奥比内满面羞红，可大家却吃得有滋有味。

木筏在海浪中摇晃剧烈，锚链绷得很紧，发出吓人的声响。约翰担心锚链被拉断，便命令每隔半小时放长一英寻锚链。这一决定十分英明，否则锚链一断，木筏必然漂回大海中去。

天色已晚，夜已渐近。日已落入海中，把大海染成血红色。浩瀚的大海，碧波万顷，金光闪烁。抬头远望，水天相连处，可见苍茫之中显露着一个小黑点，那是搁浅的麦加利号的可怜的影子。

转瞬之间，夜色漫了上来，环绕在东面和北面的陆地随即消失在茫茫黑夜之中。

落难的人们挤在狭小的木筏上，真是苦不堪言。有的实在是困得不行，迷迷糊糊地睡着了，但尽做噩梦；有的则心急如焚，尽管眼睛闭着，却怎么也睡不着。

天渐渐地亮了。海潮开始回涨，海风又吹了过来。清晨六点，约翰下令立即起锚，但锚爪在海底抓得很深，绞动半天也绞不上来。半个小时过去了，约翰急了，立即果断地命令砍断锚链。这可是孤注一掷啊！如果趁这次涨潮仍到不了岸边，那就没锚可抛了。但是，事已至此，别无他法。

九点时，木筏离岸边只有一海里了。但如何靠岸？海岸附近沙滩很多，而且滩边很陡，很难靠近。这时，风渐渐地停下来了，帆不再鼓起，反而成了累赘，因此约翰叫水手把帆取下来。除此而外，海岸边有许多海藻，牵扯住木筏，使之动弹不得。

十点时，本筏完全停止不动了。此时，离岸尚有三链的距离，进又进不了，停泊又没有锚，万一落潮，木筏就会被带回海里去。约翰这下子真的急得没辙了，双手不由自主地哆嗦起来。

突然，木筏不知怎么撞了一下，稳稳地停在了一块沙滩上，离岸只有两百米。真是天无绝人之路啊！

格里那凡、小罗伯特、威尔逊、穆拉迪立即跳进水里，用缆绳把木筏牢牢地拴在旁边的礁石上。大家随即把海伦夫人和玛丽小姐抱着搂着，一个一个接力似的把她们送到岸上，连衣服都没沾湿。然后，男人们又忙着把武器弹药和干粮食物搬到岸上。

一行人总算是脚踏着陆地了，尽管这是新西兰最可怕的地带。

第八章

所在之处的现状

将近十一点钟了。乌云密布的天空突然大雨倾盆，无法上路，一行人只好找地方先避避雨再说。

威尔逊很快便在岸边找到一个被海水冲刷出来的石洞。洞内有不少干海藻，是先前海水冲上来的，正好可以将这些海藻拿来当作床铺用；还有几块木柴堆在洞口，可以生火烤干衣物。

雨连续下了好几个小时，没有一点停下来的意思。而且刮起了南风，一阵紧似一阵。约翰自然是焦躁不安，却又无可奈何。到奥克兰得走上好几天，这么大的雨，怎么能走，只有等雨停了再说。只是土著人可千万别闯进石洞中来啊！

在洞中，闲来无事，大家便随便地聊天，谈起了眼下正在进行着的新西兰的战事。

自 1642 年 12 月 16 日塔斯曼驶抵库克海峡以来，虽然新西兰人也常与欧洲人有接触，但欧洲没有任何一个国家想要霸占这块土地。其间，有一些传教士，尤其是英国传教士，引诱新西兰酋长们臣服于英国。有些上当受骗的酋长便写信表示愿意受到维多利亚女王的保护。但也有个别的酋长觉得其中有诈，表示说："我们的土地保不住了，外国人要抢走了，要让我们变成奴隶了。"

果然，1840年1月29日，名为"先驱号"的军舰便开进了伊卡那马威岛北部的群岛湾里来了。舰长霍伯逊来到了科罗拉勒卡村，把村民们召集到耶稣教堂，宣读了英国女王对他的委任状。

第二年的1月5日，新西兰的一些主要的酋长都被召集到派亚村英国外交官员官邸。霍伯逊舰长单刀直入，要他们臣服于女王，并说女王已派来了军队和战舰，以保护他们的自由和安全。他提出条件说，他们的土地必须归属于英国女王。

许多酋长觉得这种条件太苛刻，不愿接受。但那些头脑简单的人禁不起诱惑，轻而易举就被收买了。

自1840年起，到邓肯号离开克莱德湾那一天为止的这一时期的情况，巴加内尔了如指掌，他也准备讲给大伙儿听。

"夫人，"他回答海伦夫人所提问题说，"我曾说过，新西兰人勇猛剽悍，他们是不会甘心臣服于英国的。毛利族人同古代的苏格兰人一样，都是部落制，以酋长为其首领。部落里所有的人全都唯酋长之命是从。毛利族人人高马大，有的像马耳他人或巴格达的犹太人。其中也有矮个儿的，他们就像黑白混血儿一般，但都骁勇善战。他们曾经有过一位著名的酋长，名叫奚昔，不亚于法兰西古代的魏森杰托利[1]。就是这位奚昔酋长，带领自己部落的人英勇反抗，誓死不降。因此，新西兰的战事总也打不完，也就不奇怪了，因为现在岛上还有一个有名的部落，名为隈卡陀，酋长名为威廉·桑普逊，一直在为保护自己的土地英勇奋战。"

---

[1] 公元前1世纪初的法国著名将领，曾率领法兰克人英勇抵抗罗马人的入侵。

"英国人不是已经把新西兰的各主要据点都控制住了吗？"约翰·孟格尔说。

　　"控制当然是控制了，"巴加内尔回答他道，"霍伯逊来了之后，便当上了岛上的总督了。从 1840 年到 1862 年间，九个殖民区建立起来了，后来又变成了九个省：四个省在北岛，即奥克兰、塔腊纳基、惠灵顿和霍克湾；五个省在南岛，即纳尔逊、马尔巴勒、坎特伯里、奥塔戈和索斯兰。据 1864 年 6 月 30 日的统计，总人口为十八万零三百四十六人。许多重要商业城市在各地涌现出来。我们到了奥克兰之后，就会感觉到该城地理位置极佳，控制着狭长的地峡。现在，那里有居民一万两千人。西边的新普利默斯，东边的阿呼昔利，南边的惠灵顿，都很繁荣，舰舶往来频繁。南岛上的纳尔逊，号称新西兰的大花园。库克海峡上的皮克敦、淘金者云集的奥塔戈省、都内丁城、英佛加尔及尔城、克赖斯特彻奇城等，都各具特点。上述城市却已繁荣起来，早已不是茅屋陋舍，这些城市拥有车站、码头、教堂、银行、公园、博物馆、报社、医院、哲学院、研究会所、慈善机构、行会组织、俱乐部、大剧院、展览馆等，与巴黎、伦敦不相上下！我记得，1865 年，也就是今年，世界各国的工业产品都将送到这个吃人的国度来展览，也许就这几天就要开幕了！"

　　"什么？与土著人打仗的时候还开博览会？"海伦夫人不解地问。

　　"夫人，英国人向来就不在乎打仗不打仗的，"巴加内尔回答道，"他们甚至在新西兰人的枪口之下，从容不迫地修筑铁路哩！奥克兰省的德鲁里铁路和朱尔米尔铁路就是这么修筑的，铁路工人经常会从火车头里开枪射击土著人的。"

"这没完没了的仗现在怎么样了？"约翰关切地问。

"这可说不好，"巴加内尔回答着，"我们离开欧洲都已经六个月了。我还是在澳大利亚时从马尔巴勒和塞木尔报纸上看到的一些消息。看来，此刻北岛上的仗打得一定十分激烈。"

"这仗是什么时候打起来的？"玛丽·格兰特小姐问道。

"您是问什么时候'又打起来的'吧，亲爱的小姐？"巴加内尔较真儿地纠正道，"早在1845年土著人就揭竿而起了。此次又打起来是在1863年底，但是在这之前，毛利人就想摆脱掉英国人的统治枷锁。他们的民族党四处活动，积极宣传，要选举自己的领袖。据说，把那个老巴塔陀选作国王，把他的那个村子定为京都。不过，这个巴塔陀只是个刁猾之徒，胆小怕事，远不如他手下的那个'首相'精明干练。早在新西兰被占领之前，奥克兰当地就居住着一个名为爱提哈华的部落，这位首相就是该部落的后代，名叫威廉·桑普逊。现在，他已成为这场战争的灵魂了。他组建了毛利人军队，进行训练，还联合了许多部落，一起反对英国人的统治。"

"是如何一触即发的呢？"格里那凡爵士问道。

"那是1860年的事，"巴加内尔回答道，"北岛西南岸的塔腊纳基有个土著人把六百英亩的土地卖给了英国政府。但是，派人来丈量时，酋长金吉却跑出来加以干预，并派人安营扎寨，围起高栅栏，圈起这六百英亩土地。几天后，英国派高尔德上校率兵占领了这块地方，因此引发了一场民族保卫战。"

"毛利人多吗？"约翰问道。

"不多了，近一百年来，他们的人口锐减，"巴加内尔说道，"1769年，据库克估计，大约有四十万毛利人。1845年，据

《土著人保护国》公布的调查报告，只有十万九千人了。这是因为文明人的屠杀，再加上疾病和烈酒所导致的。现在，两座岛合在一起，有九万左右的毛利人。但其中有三万人都是战士，足以与欧洲军队周旋几年的。"

"他们如此激烈地抵抗，今天是否成功了呢？"海伦夫人问。

"成功了，夫人。就连英国人也不得不佩服他们的骁勇善战。他们是打游击战，机动灵活，神出鬼没，卡莫龙将军被他们弄得晕头转向，束手无策。1862年，毛利人经过长期残酷的斗争，占领了隈卡陀江上游的一个大要塞，并矢志不渝，一定要打败白人。英军也杀红了眼，尤其是在他们的斯普伦团长惨遭杀害之后，英军将士一个个怒火中烧，恨不得要将毛利人斩尽杀绝。因此，双方激战不止，有好几次，一打起来，竟然连续不停地交战了十二个多小时。毛利战士由威廉·桑普逊率领着，人人奋勇当先，面对英军的炮火毫无惧色。他的队伍人数未减反增，由两千五百人增至八千多人。连毛利女人也参加了战斗。只不过，吃亏的是他们没有精锐武器。后来，卡莫龙将军终于又占领了隈卡陀县……"

"占领了隈卡陀县之后，战争就算告一段落了吧？"约翰问道。

"没有，没有，我的朋友，"巴加内尔回答道，"英国人并未就此罢手，他们意欲挺进塔腊纳基省，攻占威廉·桑普逊的马太塔瓦堡垒。为此，英国人付出了惨痛的代价。这次，我在离开巴黎时，听说总督和将军接受了塔兰伽各部落的投诚，允许他们保留四分之三的土地。又有人传，威廉·桑普逊也想投降，但澳大利亚的报纸上，未见有此报道。说不定情况恰恰相反，他正率领着毛利兵与英国军队决一死战哩。"

"据您分析，巴加内尔，战争将从塔腊纳基打到奥克兰来了？"格里那凡爵士焦急不安地问道。

"我看是的。"

"都是这麦加利号惹的祸，把我们给弄到这奥克兰来。"

"就是呀。我们正处在科依亚港以上几英里处。科依亚那儿肯定是毛利人一统天下。"

"那我们何不往北走，这样更稳妥点。"格里那凡爵士提议。

"有道理，"巴加内尔赞同道，"新西兰人恨死欧洲人了，尤其是英国人，咱们可千万别落到他们手里。"

"也许我们能碰上欧洲军队吧？那我们就有救了。"海伦夫人说。

"也许能碰上，夫人，但我却宁愿碰不上更好。碰上他们，也就必然会碰上毛利战士。乡下树林子很多，就连最小的小树丛、小草稞儿都会藏着毛利游击战士……不过，这西海岸倒有教堂，咱们走走歇歇，眼观六路，最后总能平安地走到奥克兰的。我还真想沿着郝支特脱先生沿着隈卡陀江走的那条路走哩。"

"啊，就是那位大旅行家吧？"小罗伯特问道。

"对，没错，孩子。他还是位科学家。1858 年，他在做环球旅行时到过这儿。"

"巴加内尔先生，"小罗伯特一想到那位大旅行家，佩服得两眼放光，"新西兰有没有像柏克、斯图亚特那样了不起的大旅行家呀？"

"也有这么几位，比如胡克博士、伯利萨尔教授、博物学家狄芬巴和哈斯特。只不过他们的名气没有澳洲和非洲的旅行家们那么大罢了……"

"您给细细地说说，好吗？"

"好呀，孩子。你小小年纪却很爱学习，我就讲给你听听吧。"

"谢谢您，巴加内尔先生，我一定专心地听您讲。"

"我们也想听的。这种鬼天气，正好听您讲讲，巴加内尔先生。"海伦夫人说。

"好吧，夫人，"巴加内尔高兴地回答道，"我就来讲一讲吧。不过，我的故事没有什么太突出的地方。这儿不像在澳洲，没有什么同牛头人身怪物搏斗的故事。新西兰地方不大，也没什么可探险的地方，因此，那些人算不上探险家、旅行家，只是些游览者而已，虽然送了命，也只是在事故中出的事，并不是壮烈牺牲……"

"都是谁？"海伦夫人问。

"有几何学家卫公伯和霍维特。这霍维特，就是我跟你们讲过的那个在维迈拉河发现柏克遗骸的那个人。卫公伯和霍维特在这南岛分别领导过两次探险活动。二人都是1863年上半年从克赖斯特彻奇出发的，准备穿越坎特伯里省北部的群山。霍维特翻过山，到了伯伦纳湖，在那儿建立了大本营。卫公伯则沿着拉卡亚河谷到达亭达尔山的东面。他有个旅伴叫鲁普，曾在《里特尔顿时报》上写过报道文章，记述的是1863年4月22日，二人走到拉卡亚河发源地的那座冰山脚下的经过。他们爬上冰山，想寻找过山的路。第二天，二人又冷又累，无法前进，便去海拔四千英尺高处的雪地上宿营。在山里转了七天之后，才找到了下山的路。这些天他们可没少受罪！四周峭壁环绕，无物生还，没有吃食。所带的糖都变成糖膏了，饼干也化成了粉团。再加上虫子叮咬！二人一天顶多也只能走上三英里路，少的时候，连两百码都走不了。最后，4月9日，他俩终于发现了一个毛利人草屋，在其菜园子里挖了点土豆，凑合着吃了最后一顿饭。晚上，二人来到海边，靠近塔拉马考河入海的地方。必须渡到河右岸去，才能向北走到格莱河。塔拉马考河既深且宽。鲁普四下里寻找，一连找了一个多小时，才找到两只破小船，简单地修理了一下，把两只小船捆绑在了一起。傍晚时分，二人便上了小船。可是，未承想，刚到河中心，小船已经灌满了水。卫公伯连忙跳下河去，游回了左岸来，可鲁普却不懂水性，只好拼命地扒住小船不放。呛了不少的水，吓得要命，最后总算是死里逃生了。他被水浪冲到礁石上，随即又被一股较大的浪头给冲到了岸边，但已是不省人事了。直到第二天，他才苏醒过来，尚能辨别出自己所在的位置离他俩渡河处只有一英里左右。于是，他便挣扎着站起来，举步维艰地往前挪着。不久，便发现了同伴的尸体。卫公伯身子深陷在泥潭中，鲁普把他扒拉出来，掩埋在沙滩上。两天后，一路艰难地走着的鲁普，差点儿饿死，幸好，碰上了一个毛利人——毛利人中也有好心人的！——救了他。后来，他便回到了伯伦纳湖，进了霍维特的据点。六个星期之后，这个霍维特不幸死去了。"

"唉，这两个人真惨！一个死了，一个走投无路！"约翰感叹道。

"是啊，约翰朋友，"巴加内尔继续说道，"真的是这样呀！似乎命运之神在牵着人们似的，霍维特受政府工程局主管卫德的委派，要从胡奴尼平原到塔拉马考河口探出一条路来，可以骑马通过。他是带着五个人，于 1863 年元旦出发的，凭借自己的聪明才智，已经探出了四十英里的路了，一直到达塔拉马考河，过不去了，只好返回克赖斯特彻奇。此人十分坚强，冬天已至，他仍旧要继续干下去。卫德也没有加以劝阻。霍维特便第二次来到受阻之地，并带上了足够的吃的用的，以便过冬。这正是鲁普来到这儿的时候。6 月 27 日，霍维特又带上自己手下的两个人离开了营地，但却一去未返。后来，有人发现他们的小船漂在伯伦纳湖边。派人去找寻他们的尸体，但一连找了九个星期也没找见。这三个人都不会水，必是淹没在湖中无疑。"

"为什么就不能假设他们仍安全无恙地待在某个新西兰村落里呢？至少未见尸体，仍算是下落不明，算是失踪呀。"海伦夫人说。

"夫人，这不太可能的呀，"巴加内尔说道，"他们是 1864 年 8 月出的事，至今已一年了，音信全无。在新西兰这种地方，一年没有消息，那已是凶多吉少，没有指望了！"

第九章

往北三十英里

2月7日，清晨六点，格里那凡爵士让大家出发。雨在夜里已停了，只是天空中仍旧满是灰蒙蒙的云霭，太阳被遮挡住了。趁着太阳不露脸，天气凉爽好赶路。

巴加内尔在地图上测算了一下，卡花尖角到奥克兰距离是八十英里。每天二十四小时连续走十英里，得八天的时间。因此，他建议，不必沿着曲曲弯弯的海岸走，而先去离此三十英里的隈帕河与隈卡陀江的汇合处——加那瓦夏村。那儿是驿车的必经之路，有专门驶往奥克兰的车。他说从加那瓦夏村上车，到德鲁里稍事休息，因为那儿有博物学家郝支特脱所推崇的一家上等旅社。

一行人各自背着自己的干粮和枪支，顺着奥地湾岸边向北走去。为了谨慎起见，彼此之间保持一定的距离，相互间离得不能太远，而且每人都紧握着手中的枪，提防着东面的丘陵地带。巴加内尔手里拿着地图，不时地称赞地图之精确。

脚下踩着满是贝壳的沙滩，沙里还掺杂着一些天然氧化铁渣。还可见一些海生动物在海岸嬉戏，胆子挺大，见人来也不逃跑。许多海豹躺在海岸上,脑袋圆乎乎的,甚是可爱。新西兰海岸海豹数量很多,它们的皮和油价格不菲,所以引来不少的猎杀海豹者。

有三四只海象夹杂在海豹中间,身长在二十五英尺到三十英尺之间,皮呈蓝灰色,长鼻子可硬可软,长而卷的髭毛很像花花公子的头发。它们都懒洋洋地躺着,憨态可掬,颇惹人喜爱。

小罗伯特正边走边看,突然惊呼道:"怎么!海豹还吃石子!"

果然,有几只海豹真的在那儿大口吞吃岸边的石子。

"真无法相信,它们还真的是在吃石子。"巴加内尔说道。

"它们能消化得了吗?"小罗伯特不解地问道。

"它们这不是为了吃饱肚子,孩子。我想,它们是为了保持身体的平衡,增加比重,可以潜入水底。等到回到岸上来,再把石子吐出来。你看,吃了石子的那几只海豹,正要往水下潜!"

果然,吃了石子的那几只海豹,真的在往水里潜去。大家正想看看它们是否回到岸上时会把吃进的石子吐出来,可格里那凡爵士担心延误行程,便下令继续前进。巴加内尔对此颇觉遗憾。

十点时,一行人在遍地的雪花岩上停下来吃早饭。奥比内在海滩上捡了许多海淡菜,照着巴加内尔提供的方法,放在火堆上烤熟,味道还真的不错。

饭后,稍事休息,一行人继续赶路。他们沿着海湾行进。只见岩石与沙滩间有数不清的鸟儿飞来飞去,有军舰鸟、塘鹅、海鸥,而短粗胖大的信天翁则立于悬崖峭壁之上,一动不动。下午四点的时候,他们已经走了有十英里了,而且不觉得累。两位女士要求继续往前,走到夜幕降临。于是,他们绕过北面的山脚，来到了限帕河流域。

这儿，远看碧草连天，近前一看，方知是一片片灌木丛，上面开着小白花，下面长着又粗又长的凤尾草。走在里面，才知什么叫行路难。一行人费了九牛二虎之力，终于走出了这一带，越过了哈卡利华塔连山的几道坡。

时间已是晚上八点。一行人便准备露宿，把毯子铺在松树下，盖上点东西，凑合着睡下了。

为了防止意外，格里那凡爵士要求二人一组，轮流值夜，并要荷枪实弹。他们还点上了篝火，以防野兽袭击。幸好，新西兰山区无老虎、狮子、狗熊出没。顶多也就是几只土著人称之为"嘎姆"的沙蝇和一些胆大的野鼠前来捣乱而已。

第二天，2月8日，巴加内尔醒来之后，心里踏实多了。他所担心的毛利人并未出现，甚至梦里都没有梦见他们，自己真的是睡了个安稳觉。他甚至心情十分愉快地对格里那凡爵士说道："这次远行如同轻松的散步，不会有什么意外发生，今天晚上我们就可以走到通往奥克兰的大路。这之后，遇上土著人的机会几乎就不存在了。"

"离那两条河汇合的地方还有多远？"格里那凡爵士问道。

"还有十五英里，跟我们昨天走的路程差不多。"

"不过，再遇上这些灌木丛，那我们还是走不快呀。"

"放心吧，我们沿着限帕河走，就没有那些树丛了，路很好走的。"

"那么，咱们就动身吧。"格里那凡爵士见大家都已整装待发，便命令道。

这一天头几小时里，还有点灌木丛，到中午之前，他们便走出来了，到了隈帕河畔，一路往北，再没什么障碍了。

这里景色别具一格，港汊纵横，河水清澈，水草繁茂。据植物学家胡克的调查，新西兰至今已发现的植物品种达两千多种，而其中近五百种系本地独有的，但花卉种类不多，色彩也单调。一年生植物极其罕见，多是羊齿类、禾本类和伞形类植物。

在新西兰青翠的大地上，乔木品种繁多，有开红花的"美特罗西得罗"树、枝条密集向上伸直的罗汉柏、一种被称作"利木柏"的柏树。

树木间，鸟儿翻飞，喧噪一片。其中有一些珍禽类鸟儿。单单大鹦鹉就有三种：一种叫作"卡卡利吉"，羽毛青绿，项下有一道红羽；另有一种称作"托波"，面部两侧带有漂亮的黑色鬓毛；还有一种被博物学家称之为"南国老人"的大鹦鹉，如鸭子般大小，一身棕红色羽毛，翅膀张开后更加美丽。

少校和小罗伯特没有费劲儿就随手打到几只鹬鸟和竹鸡。奥比内便提着它们，边走边拔毛，很高兴有野味可以让大家解解馋了。

巴加内尔倒并不怎么关心野味的食用价值，他想的是提几只做标本，带回欧洲去。特别是土著人称之为"突衣"的怪鸟，长得奇形怪状，鸣叫声也怪得出奇，颇像是在笑，因而被人称作"哈哈鸟"，有时也被称作"司铎鸟"，因为它全身黑色，却有一条白领子，活脱脱一个司铎的衣装。

"'突衣'一到冬天，就长得非常肥胖，"巴加内尔对少校说，"胖得都飞不动了，因此，它会自己开膛破肚，啄掉体内的脂肪。您觉得怪不怪，麦克那布斯？"

"怪得没边儿，我才不信哩！"少校摇着头说。

巴加内尔恨不得马上捉到一只来让少校看，让他验证一下它是否胸前满是血痕。可眼下却没法捉到这种鸟。

但是，他们却意外地碰到了另一种怪鸟，也属珍禽，名为"几维"鸟，也叫"鹬鸵"。这种鸟现已濒临绝迹。此鸟无翅膀也无尾巴，每只爪子有四个指头，白羽毛披散着，嘴又长又尖，如鹬鸟喙。小罗伯特寻来觅去，终于在一个树根搭的鸟窝里发现了几只，令人惊喜非常。巴加内尔如获至宝，把它们抓住，捆在一起，小心翼翼地提着，以便将来带回法国，送给巴黎植物园[1]，并挂上一块牌子，写上"雅克·巴加内尔先生赠"。

一行人此刻正沿着隈帕河往下游走去。这一带可以说是十分安全，寂静，没有人烟，连土著人的踪迹都没见到。河水在静静地流淌，水草茂盛，郁郁葱葱，河边沙滩平坦。走在此处，人人精神焕发，神清气爽。

现在已是下午四点，已经走了九英里路了。巴加内尔从地图上查看，离隈帕河与隈卡陀江交汇处只有五英里了。到了那儿，就可以踏上通往奥克兰的大路；那儿距离奥克兰五十英里，步行需要两三天，如果有邮车可以搭乘的话，七八个小时就可以抵达。

"看来，今晚我们仍得露宿了。"格里那凡爵士说道。

"是呀，但愿这是最后一次露宿了。"巴加内尔回答道。

"那就太好了，对海伦夫人和玛丽小姐来说，露宿实在是太不方便了。"

"但她俩真不简单，从不叫苦，从不抱怨，"孟格尔说道，

---

1 巴黎植物园位于巴黎市内，面积很大，园内不仅有植物，还有一个小小的动物园。

然后又转向巴加内尔问道，"对了，巴加内尔先生，你不是说两江汇合处有个村子吗？"

"是啊，您看地图，图上标着哪，名叫加那瓦夏村，离两江交汇处约有两英里。"巴加内尔指着地图回答道。

"那太好了！今天晚上咱们何不走到那村子去！为了找到一个舒服点的旅店，海伦夫人和玛丽小姐一定不在乎再走两英里路的。"

"旅店？"巴加内尔惊问道，"到毛利人的村子里去找旅店？别说旅店，恐怕连个小酒馆、小客栈都没有的。那儿全都是茅草棚子！我看，我们还是绕开走吧，别自投罗网了。"

"您快成惊弓之鸟了，巴加内尔。"格里那凡爵士嘲讽道。

"亲爱的爵士，我可不是胆小，还是多加小心为是，不怕一万，只怕万一呀。这可是新西兰海岸！谁知道现在战争进行到什么程度了，也许毛利人正想捉几个欧洲人去呢！我可不想送上门去让人家吃了，"巴加内尔振振有词地说道，"咱们还是到了德鲁里再找舒适的旅店吧。到了德鲁里，不仅海伦夫人和玛丽小姐，而且男士们也都可以美美地睡上一觉了。"

大家听从了巴加内尔的意见。特别是海伦夫人和玛丽·格兰特，更是宁愿睡在露天地里，也不愿去自找麻烦。于是，一行人沿着河岸又走了两个小时。已是日暮黄昏了，夕阳西下，给西边的天空抹上了最后的一道红晕，东边的山峦渐渐地变得一片紫红，仿佛在向旅行者们最后致敬。

一行人十分清楚，此处为高纬度地带，黄昏只是瞬间的事，黑幕随即就会漫上来。于是，大家便加快了脚步。

夜雾已经率先漫了过来，挡住了大家的视线，只能听到河水在哗哗地流淌，而且声响越来越大，没错，他们已经到了两江交汇处了。只听见江水与河水汇流，相互撞击，发出巨响，众人为之振奋。

"到了，到隈卡陀江了！"巴加内尔高兴地嚷叫道，"到奥克兰的路就沿这条江的右岸一直往上！"

"咱们明天就能踏上这条大路了！"少校也兴奋不已地说，"今晚就先在这儿凑合一宿吧。前边那儿挺黑的，你们看，是不是小树丛呀？如果是的话，正好露宿，吃了饭，就去那儿。"

"那就吃吧，"巴加内尔说，"不过，只能吃饼干和干肉，绝对不能生火。还是谨慎点好。夜雾弥漫，正好把我们隐蔽起来。"

大家走到了那小树丛中。大家听从巴加内尔的劝告，只吃了干肉和饼干，然后便躺下睡了。走了十五英里了，都累得不行了，不一会儿，全都进入了梦乡。

第十章

民族之江

天亮了。江面上浓雾弥漫，雾锁隈卡陀江。太阳出来了，浓雾渐渐散去。隈卡陀江在晨曦中尤显其妩媚。

一条狭长的半岛，长满青翠的灌木，伸在两江之间，越往前越尖细，远远地隐没在水流之中。隈帕河河水湍急，在这半岛的一侧，汹涌澎湃，挡住了隈卡陀江的去路，但是，江水最终还是制服了猖狂的河水，带着它稳稳当当地流向太平洋。

雾气全部消散，只见一条船在隈卡陀江上逆流而上。那是一条小船，长七十英尺，宽五英尺，深三英尺。船头翘得老高，宛如威尼斯的平底游船。此船是用一棵"卡希卡提"杉的树干刳出来的。船底上似乎铺了一层干凤尾草。前面安着八支桨，划起来似贴着水面在飞，船尾坐着一个人，握着一支长桨，掌握着船的前进方向。

此人一看便知是个土著人，身材高大，四十岁上下，胸脯宽厚，肢体筋肉暴突，强壮有力。他长得一脸凶相，令人生畏。

此人是毛利族的一位酋长，一看其全身刺满了细而密的红纹便可得知。他额头上爬满粗大的皱纹，鹰钩鼻子，眼睛泛黄，射出凶光。

新西兰人把文身称作"墨刻"，是尊贵荣耀的标志，只有多次英勇地参加过战斗的勇士才配享有此殊荣。奴隶和平民自然就没有份儿了。有的酋长不知忍着疼痛在身上墨刻了多少次了。墨刻过五六次者更不在少数。

据居蒙居威尔介绍，新西兰人的这种墨刻有点类似于欧洲贵族们引以为豪的族徽。但二者有一点不同，即贵族的徽记是世代沿袭的，而墨刻只是标志个人的英勇顽强，不是世代相传的。

此外，文身对毛利人来说，还有一个大优点：墨刻处皮肤变厚，可防寒又可防蚊虫叮咬。

眼前这位掌舵的毛利酋长身上，一看便知已被文身师用信天翁的尖骨扎刺过不下五次，难怪他不可一世的架势。

他身上披着一件萧密翁麻织的披风，上面缀着狗皮，腰里围着一条短裙，裙上还沾有最近战斗中留下的血迹。他耳朵上坠着绿玉环，把耳垂拉得很长；脖子上套着几圈"普那木"珠项圈。普那木是一种圣洁的玉石，新西兰人把它视作护身石。他身佩一支英国造长枪，还佩挂着一柄"巴土巴土"斧头，那是双面刃斧子，长约两英尺，翠绿翠绿的。

前面坐着他的九名战士，一个个荷枪实弹，杀气腾腾，其中有几个身上有伤，披着萧密翁麻披风，老老实实地坐着。有三条恶犬躺在他们的脚下。船前的那八名桨手仿佛是酋长的仆役，正在拼命地划着船。江水不算很急，逆水而上的长形小船在飞快地向前飞驰。

小船上还有八个欧洲俘虏，他们挤在一起，一动不动，看上去似乎手脚全都被死死地捆住了。这八个俘虏并非别人，正是格里那凡爵士一行八人。

原来，昨夜，大雾弥漫，天黑漆漆的，一行人误入毛利人的草棚之中，他们原以为是一丛灌木的地方，其实是土著人的草棚子。将近午夜时分，大家正在酣睡，全都被捉住了。但毛利人并未虐待他们；他们也没有抵抗，他们的枪支已先被土著人搜走，挣扎反抗也只是做无谓的牺牲。

土著人说话中夹杂着英语词汇，所以俘虏们很快便猜到他们是被英国人击退下来的。战斗中，大部分毛利战士都被英国四十二旅的士兵杀掉了，现在正往回返，准备纠集沿江一带的部落，再去与威廉·桑普逊决一死战。这位酋长有一个可怕的绰号——"啃骨魔"，也就是说，他专喜啃吃敌人的四肢。他勇猛胆大，且残酷无情。他的名字在英国士兵中，无人不知，无人不晓。最近，新西兰总督已悬赏捉拿他。

格里那凡爵士盼望已久的奥克兰近在咫尺，本指望从那儿可以搭上船，返回欧洲，未承想却落入土著人手中，不禁懊恼万分，但他脸上仍旧不露声色，冷静而坚定，一副临危不惧、视死如归的大将风度。他觉得自己对于同伴们肩负重责，他既是海伦的丈夫，又是同伴们的主心骨。他必须给予大家以勇敢和力量。

他的同伴们也以他为榜样，面对土著人，一副大义凛然的样子。毛利土著人也同世界上其他的土著人一样，崇尚英勇顽强，视死如归，而格里那凡爵士一行的镇定自若令他们由衷地感到震慑与钦佩。

这帮新西兰土著人也同其他的土著人一样，生性不多言多语，从宿营地开始到现在，几乎没有一个土著人说过什么话。不过，在他们的夹杂着英语的只言片语中，格里那凡爵士还是明白了他们是听得懂英语的，于是，他便以沉着冷静的语调问那个"啃骨魔"："您究竟要把我们带到哪儿呀，酋长？"

"啃骨魔"狠狠地瞪了他一眼，嘴皮子都没有动一下。

"您想如何处置我们呀？"格里那凡爵士未被那凶恶的目光吓到，又问道。

"啃骨魔"眼露凶光，恶狠狠地答道："如果你们的人要你们，就拿你们去交换；如果不要你们，就杀了你们！"

格里那凡爵士一听，心里顿觉释然，觉得并非必死无疑。毛利人有几个首领落到英军手中，"啃骨魔"是想用他们去换回自己的人。所以说，生的希望还是存在着的。

小船如离弦之箭一般在江面上飞驰。巴加内尔的心情如同这小船一样，飞快地变化着，常常从一个极端跳到另一个极端，忽而充满希望，忽而沮丧绝望。

他一边若无其事地看着地图，一边观看着江水。此刻，他仿佛心里十分笃定，认为生还完全有望。而海伦夫人和玛丽·格兰特小姐却在压着心里的慌乱，不时地交换一下眼色。有时，海伦夫人还同丈夫悄悄地谈上几句，都是没话找话，随便说说，以掩饰心中的焦灼。

隈卡陀江是新西兰的民族之江。毛利人对它非常自豪，十分爱护。它就如同莱茵河在德国人的眼里，多瑙河在斯拉夫人眼里一样，是民族的骄傲。它纵贯惠灵顿省和奥克兰省，全长两百英里，使北岛沿江一带土地肥美。沿江两岸的部落都以该江为名，称作"隈卡陀部落"，他们是不屈不挠的民族，从不屈服，决不允许敌人侵略这片土地。

这条江几乎无外国船和外国人来穿行，江面上穿梭往来的都是毛利人的独木长形小船。即使有个别胆大的冒险家前来，也只是稍加游览即走。

巴加内尔知道土著人视这条江为神江。通常，一些博物学家来到这条江上，也只是到达它与隈帕河交汇处便驻足不前了。此刻，他正在寻思，"啃骨魔"将把他们几个人带到什么地方去呢？他想来想去总也猜测不出来。但是，他从酋长与其手下们的只言片语中，却听到了"道波"这个名字，于是，他便从兜里把地图掏了出来。原来，他们只是被捆住了双脚，手却并没有捆着，所以手仍然可以自由活动。他这么一查，才知道"道波"者，道波湖也。这是新西兰的一个相当有名的湖泊，位于北岛奥克兰南端的多山地带，隈卡陀江的水道上，距两江交汇处约一百二十海里。

为了不让毛利人听懂，他便用法语与约翰·孟格尔交谈起来。

"这小船的速度是多少？"他问约翰·孟格尔道。

"大约每小时三海里。"对方回答。

"如果昼行夜停的话，得走四天才能到道波湖了。"巴加内尔计算了一下说。

"也不知英军在哪儿驻防。"格里那凡爵士闻言也参加了交谈。

"有可能打到塔腊纳基省了，很可能已经驻扎在那些山峦后边的湖边，那儿正是毛利人的老巢。"巴加内尔推测道。

"但愿您推测得正确。"海伦夫人也开口说话了。

格里那凡爵士想到自己年轻的妻子以及玛丽·格兰特小姐眼看就要被押送到一处荒野之中，任由土著人摆布，心中好不懊恼，闷闷不乐地看着她俩。可他突然发现"啃骨魔"正在盯着他时，他立即振作起来，不再看妻子她们，免得被对方发现她是他的妻子。

在两江交汇处上游半海里处，有巴塔陀王的故居，但小船轻快地一闪而过，未做停留。江面上没有其他船只，岸上也未见人影。大地一片沉寂。偶尔有几只水鸟飞起，在空中飞了几下，又在前边落下来。有一种黑翅白腹红嘴的涉水鸟，名为"塔巴伦加"，正拖着两条长腿在奔逃。有时，三种不同的鹭鸶——灰色的"麻突姑"、呆头呆脑的和白毛黄嘴黑脚的大"可突姑"——安然地望着小船划过。在倾斜的江岸旁，水很深处，可见毛利人称作"可塔勒"的翡翠鸟去捕食鳗鱼。新西兰的河流中有许多这种鳗鱼，成群结队地在游。有时，江岸边可见一丛小树，无数的田凫、秧鸡和苏丹鸡落于其间，在明媚的阳光下，梳理着自己的羽毛。鸟儿们好不自在，像是即将参加快乐的聚会似的正在梳妆打扮，并不知战火已烧到这里，恐怕会生灵涂炭。

陨卡陀江开始时江面宽阔，越往上游去，丘陵多起来，接着山峦连绵，江面也逐渐地由宽变窄。随后，小船划到了几利罗亚高岸，但"啃骨魔"仍未停船。他命令手下人将从俘虏的身上缴获的食物分发给俘虏们吃，而他们自己则吃烤过的凤尾草根和新西兰土豆，而且吃得还津津有味，似乎对俘虏们手中的干肉毫无兴趣。

下午三点，右岸有高高的山峰突兀着，好似一排森严的壁垒。这就是波卡罗亚连山，上面还残留有一些破损了的碉堡，这是当年毛利人不畏艰险，登高修筑的防御工事。远远望去，它们就像是一些巨大的鹰巢。

太阳即将西下，长长的小船停靠在岸边的一堆鹅卵石上。其实，这是一种火山岩石，轻巧而多孔，因为陨卡陀江发源于火山地带。河岸边有几棵树，可以借此宿营。"啃骨魔"命令把俘虏们赶下小船，又绑上男俘虏们的双手，而女俘虏们的双手仍未被捆绑住。于是，俘虏们被带到了宿营地的正中间，在前边点上一堆火，烧得很旺，作为防线。

在未听到交换俘虏的事之前，格里那凡爵士曾与约翰·孟格尔商量过趁宿营时逃跑的事。但此刻，他们觉得还是耐心等待为上策。不言而喻，交换俘虏要讨价还价，几经商讨，交涉，必然需要时间，生还的希望就大；而趁着黑夜逃跑，人生地不熟，毛利人持长枪追来，凶多吉少。十来个手无寸铁的人如何对付得了三十来个全副武装的土著人？

第二天，小船继续逆流而上，而且划得更快。十点左右，在波海文那河口停船，稍事休息。波海文那河是条小河，在右岸的平原里蜿蜒地流淌着。

这时，从波海文那河划来一条小船，由十个土著人划着，是来接应"啃骨魔"的。两条小船上的土著人相见，互相问候了一番："阿依勒—梅拉。"意思是"祝你们平安归来"。随后，两条小船便继续向上游划去。接应船上的土著人衣衫褴褛，身上的枪支沾满了鲜血，有的身上还在流血，看来是刚同英军交战过退下来的战士。土著人默然无语地划着船，根本没有去理会船上的欧洲俘虏。

时近晌午，江两边蒙加塔利山的许多山峰突现。江面变得更加狭窄。江水在峡谷中更加湍急。土著人这时突然唱起了歌，歌曲节拍与桨的节拍呼应着。船在急流中奋力向前。过了这段湍急的水流之后，小船轻巧地拐了几道弯。江面随即又开阔了，水流也平缓下来。

傍晚时分，船停在一道峭壁下。"啃骨魔"命令手下收拾宿营。立即点起一大堆篝火，火苗直往上蹿，火光映红了周围的几棵树木。这时，走来了一位看上去与"啃骨魔"同一级别的毛利族首领。二人相见，相互碰擦鼻子，亲热地道一声"兄吉"。十名欧洲俘虏仍旧被押在营地中央，周围有持枪的土著人把守着。

　　第二天早晨，小船继续沿江而上。这时，从支流中又钻出了许多小船来。船上一共得有六十多个毛利族战士，显然是刚从战斗中撤下来的，到山中去休息，其中有不少的伤员。

　　突然间，毛利战士中有个土著人唱起了他们那神秘的高亢的歌曲：

　　　　巴巴—拉—提—瓦提—提敌依—东伽—内……

　　这是一首毛利民歌，是号召土著人挺身而起为独立奋勇作战。这爱国主义的歌词内容使之成为新西兰的国歌了。

　　歌声嘹亮，在江水山岩间回荡，土著人边听边拍打着胸膛，齐声和着那首战歌。在歌声的激励下，桨手们更加奋力地在划桨，小船冲破急流，破浪而上。

　　四点左右，小船进入一条非常狭窄的水道。江中出现一座座的小岛，浪花激起很高。这是一段危险的水道，一不小心，船必将撞得粉碎。这儿就是奇特的沸泉滩。

　　江水正好流经这个沸水滚滚的热泉。这儿吸引着无数的探险家来观察这地质史上的一大奇观。因为含有铁元素，所以两岸的淤泥被染得鲜红，一块白色的土块都看不见。空气中弥漫着刺鼻的硫黄味，与泥土中散发出的臭味混合在一起，难闻至极。土著人倒是习以为常，可俘虏们却被熏得难以忍受。

小船在这白色的蒸汽云雾中穿行着。这浓浓迷雾重重叠叠，在江面上形成一个大穹隆。沸泉有成百上千，有的冒着团团蒸汽，有的则喷出一根根水柱，高高低低，错落有致，仿佛人工布置的喷泉装置。阳光射来，江面上出现一条条彩虹，五彩缤纷，分外妖娆。

由于是地热散发使然，不仅这儿成片地出现热泉，而且附近的托鲁阿湖的东边还出现一些沸水的瀑布，令一些胆大的探险家叹为观止。新西兰现存两座活火山：东加里罗火山和瓦卡利火山。地下蕴藏着巨大的热量，因而便从地里往上蹿出，形成无数的热泉眼。

土著人的小船轻快地穿行于这长达两英里的热雾腾升的江面之中。不一会儿，这硫黄气味在渐渐散去，清风送爽，清新的空气滋润着众人的心肺，使人呼吸畅快，神清气顺，热泉总算是被抛在了后面。

小船又划过了两道湍急的峡谷：希巴巴士阿峡和塔玛特阿峡。傍晚时分，"啃骨魔"命令在隈卡陀江离交汇处一百英里处宿营。江水到了这儿，向东转去然后再转向南，流入道波湖。

第二天早晨，巴加内尔查看了地图，又看了看右岸的高山，知道那是托巴拉山，海拔三千英尺。

中午时分，小船进入了道波湖。湖边有一座茅屋，屋顶上飘扬着一块布。毛利人全都毕恭毕敬地向着那块布致敬：那是他们的国旗。

第十一章

道波湖

道波湖形成于史前时代，长二十五英里，宽二十英里，深不见底。史前时代，由于火山喷发，致使岛屿中央全部塌陷，形成一个巨大的天坑，周围的水流全部流入其中，便汇聚了一个大湖，后人取名为"道波湖"。

道波湖海拔一千两百五十英尺，周围群山环绕，山峰都高达八百米以上。西面是高耸着的悬崖峭壁；北面是几座山峦，上面是一片片的小树林；东面是一溜儿的湖滨平原，灌木遍布，其间有一条路，浮石闪光；南面是成片的森林，林后是一座座圆锥状火山。道波湖在周围景色的映衬下，显得分外壮丽，分外妖娆，风雨交加时，湖面上狂风劲吹，呼啸不止，犹如太平洋上的飓风一般。

这片地区由于地热的缘故，几乎像是一口巨大无比的锅在沸腾。热雾腾升，酷热难耐。所幸，东加里罗火山距此十二英里，热气总算找到了散发处，否则，这儿便会成为一座大熔炉了。

东加里罗火山鹤立鸡群，突兀在周围的一些小火山之中。它成年喷着火苗和烟雾，远远望去，像是人的脑袋上插着红色羽饰，令周围的小火山自叹弗如。在它的背后，还有一座鲁阿巴胡峰，孤零零地兀立于平原上，峰顶高达九千英尺，直插云霄，无人攀登过。由于云雾缭绕，锁住山峰，无法探测它的喷火口的秘密。二十年来，有许多人登上过东加里罗火山，比如比维尔、狄逊和最近的一位郝支特脱，都上去测量过。

这些火山各有其美丽的传说。如若在平常情况之下，巴加内尔肯定会讲给同伴们听的。其中有传说称，当年，为了争夺一位窈窕淑女，东加里罗山与塔腊纳基山翻了脸。当时，两山相邻，关系密切，可这一下，双方大打出手。东加里罗山脾气暴躁，出手太快，塔腊纳基山被打，羞愧无颜，从旺嘎尼河谷逃走，边逃便抛下两座山来。它逃到海边，更名换姓，改叫厄格蒙山，孤立地耸立在那儿。

可此时此刻，巴加内尔哪有心情讲这些，即使讲了，同伴们也无心情去听的。唉！命运多舛，竟落到这种地步，真叫人黯然神伤。

此时，"啃骨魔"让小船驶出隈卡陀江，钻入一条小河；出了小河，又绕过一个尖岬，驶向六百米高的芒伽山脚下。这儿莩密翁草遍地。毛利人称之为"哈拉克基"，也就是新西兰麻。它浑身都是宝：花里含有一种绝佳的蜜；茎含胶质，可替代蜡或浆粉；叶子又大又结实，新叶可当纸用，干叶可作火绒，撕开来可以搓绳、制缆、编网、织布、做衣、编席，或染成红色或黑色，制成毛利人中高贵的衣裳。

这种宝贵的莩密翁草，在新西兰两座岛上，无论是海边、江边、河边，还是湖边，到处都有。俘虏们眼前就是一大片野生莩密翁草。棕红色的花朵点缀于碧绿的叶子中间，颇像龙舌兰。其叶又长又大，似宝剑一般，无数蜜蜂在花和叶间飞来飞去，忙着采蜜。

湖边有一大群鸭子浮游，羽毛颜色斑斓，光亮闪闪，已从野鸭变为家鸭了。

离此四分之一英里处，有一座"堡"，立于峻峭的山岩上，那是毛利人的山寨。俘虏们被绑着的双脚已被松了开来，沿小路押往山寨去。小路两旁是一片片的莠密翁草田和茂密的森林。林间有各种树，有结红果实的"秸卡茶"树、鲜嫩可爱的澳洲千年蕉树、产黑色染料的胡柚树，等等。一行人走过时，惊飞了树上的鸟儿。那些漂亮的大鹈鸪、满身灰羽毛的圆喙鹊以及红冠椋鸟等，十分惹人喜爱。

格里那凡爵士一行被押送着，绕过一个大弯之后，终于来到"堡"的内部。

这座毛利人山寨，周围筑有一道结实牢固的栅栏，高约十五英尺。栅栏内又围着一道木桩。接着便是一道柳条墙，上面留有枪眼，算作内城的防御工事。内城里地面平坦，建有许多毛利式建筑，以及四十多个整齐划一的小棚屋。

俘虏们一进内城，便看到木桩上挂满了人头，不禁为之悚然。海伦夫人和玛丽小姐立刻扭转头去，闭上眼睛，不敢去看这瘆人的景象。无疑，这些都是战败者的头颅，至于他们的身子，早已下了战胜者的肚子。

"啃骨魔"的住所位于山寨的尽头，夹在一些简陋茅屋中间，身后便是欧洲人所谓的"演兵场"。他的住宅并不大，长二十英尺，宽十五英尺，高十英尺，是用树枝和木桩编排起来当作墙壁的，墙内面蒙着莠密翁草席。住所只开了一个缺口，当作屋门，挂着厚厚的草帘。屋檐向前伸出很长，如同古罗马人的飞檐。檐下的椽头上雕有图案。门外的"影壁"上也雕有奇禽异兽、花草人物，是毛利工匠的佳作。屋内地面是压实的黏土，高出外面平地五英寸。地上铺着几张芦席和一些干凤尾草，并有一香蒲叶编织的大垫子，这就是主人的床了。屋内尚有一个石洞似的炉子，屋顶也有一洞，充作烟囱口，浓烟滚滚时，自会从屋顶洞口涌出，但冒出之前，先已把屋内四壁熏黑了。

屋旁有一仓房，贮存食物和用品，其中有收获的莆密翁草、山芋、水芋、凤尾草根等，还存有常用的石头烤炉。稍远一点还有几个不大的小院，养着猪和羊，是当年库克船长带来的种羊和种猪的后代。几条狗没有固定狗舍，四下里跑来蹿去的。

格里那凡爵士一行人无心去留意酋长的"府邸"，一个个心里打着鼓地待在空屋子里，等待酋长的发落，可这时却有一些老妪在挥拳扬手地边叫边骂着，情绪异常激动，俘虏们只好忍气吞声地听着。从她们的骂声中夹杂的几个英文字来看，她们是在叫嚷"报仇雪恨"。

面对这群毛利老妇的咒骂，海伦夫人表现得十分高贵，不动声色，但内心里十分痛苦、委屈，为了不影响丈夫的情绪，她在竭力地克制着自己。玛丽·格兰特小姐却受不了这种气氛，几乎晕厥，幸亏有约翰·孟格尔在一旁搀扶着，决心誓死保护她。至于其他的俘虏，反应各有不同，有的与少校一样，一脸不屑，听任泼妇骂街，有的则像巴加内尔，恨得咬牙切齿。

格里那凡爵士并不为自己担忧，他倒是担心自己的妻子，生怕那群恶老太婆向海伦夫人冲上来。为了避免这种情况的发生，他走到"啃骨魔"面前，指着那群泼妇，理直气壮地大声说道："把她们赶走！"

毛利酋长盯了格里那凡爵士一眼，没说什么，把手一挥，那群婆娘便不吭声了。爵士礼貌地点点头，算是向毛利酋长致谢，然后，走回同伴们的身边。

这时，"演兵场"上来了上百个新西兰人，有老有少，有男有女，有的在哭在骂，有的一声不响，等待着"啃骨魔"的命令。

原来，"啃骨魔"是唯一一位撤回来的酋长。回到滨湖地区后，他便把战败的消息告诉了大家。他带着出征的两百名战士，有一百五十人未能归来，其中只有少数被英军俘获，大部分都战死在沙场，永远回不了家乡。

"啃骨魔"这一回来，整个部落得知消息，当然是痛不欲生。

按照毛利土著人的习俗，要用肉体的痛苦来表达内心的苦痛，因此，许多阵亡将士的亲属，尤其是妇女，便用锋利的贝壳划破面部和肩头。痛哭的人身上血迹斑斑，血与泪混在了一起。有些女子，面孔鲜血淋淋，模糊不清，像疯子似的又号又喊，实在吓人。

尤其让亲人们伤心悲痛的是，这些战士死在沙场，尸骨未还，无法归入祖坟。毛利人生来迷信，认为这关乎转世投胎，非同小可，没有死者尸骨，转世无望，岂不伤悲。他们通常要把死者尸骨收集起来，清洗，刮净，刷漆，放入所谓灵堂的"乌斗巴"。毛利人的"乌斗巴"中，立着死者的木头像，死者生前身上的文身也雕在木头像上。可现在，亲人的遗骨留在荒郊野外，肯定让野狗啃光了，亲人当然是哀伤痛心的，不拿这几个欧洲俘虏出气，又拿谁出气呀？所以，老太婆们的骂声停止了，可男人们的大嗓门儿却叫嚷开来。其凶蛮样儿不亚于野兽，仿佛非把这些欧洲俘虏生吞活剥了，方解心头之恨。

毛利酋长"啃骨魔"担心这些人愤怒到极点，会不管不顾，出现意外，连忙让人把格里那凡爵士一行押往神庙。神庙位于城寨的另一头，一片高高的悬崖上。整座神庙只是一座大棚屋，背靠高出其一百英尺的山崖，前面是一个陡峭的斜坡，城寨到此为止。毛利人称神庙为"华勒"，意为"供奉神灵之地"。祭师们——土著人称作"阿理吉"——常在这儿给新西兰人讲圣父、圣子、圣灵三位一体的道理。

俘虏们来到这神圣之地，避开了土著人的怒骂，感到心里踏实了许多，便在弗密翁草席上躺下了。海伦夫人已经被折腾得疲惫不堪，有点支持不住，倒在了丈夫的怀里。

格里那凡爵士搂住妻子，不住地安慰她："别怕，坚强点，亲爱的海伦！"

小罗伯特则一点也不觉得累，一关进来，便马上站到威尔逊的肩膀上去，把头从一条缝隙中伸出去，向外张望。这条缝隙位于墙头与屋檐之间，上面还挂着一串串的念珠，驱魔避邪。他看到了整个寨子，甚至看到了"啃骨魔"的那间矮屋。

"他们正围着酋长在开会……"他细声细气地向同伴们报告说，"他们在挥动拳头……在叫骂……'啃骨魔'要说话了……"

小罗伯特停了片刻，然后又报告说："'啃骨魔'正在讲话……闹着叫着的人不闹了……"

"很显然，"少校说道，"'啃骨魔'是想拿我们去交换他们的头领，但那些毛利人却在反对。"

"没错……他们已经听他的了……"小罗伯特说，"他们都散去了……有的回家去了……有的离开了寨子……"

"是吗？"少校忙问。

"是的，没错，"小罗伯特回答道，"现在就剩'啃骨魔'同他小船上的那几个人在那儿了。啊，有个战士在往我们这边走来！"

"赶紧下来，罗伯特。"格里那凡爵士赶忙催促他道。

海伦夫人也连忙站起来，紧紧地攥住丈夫的手臂，坚决地说道："爱德华，玛丽·格兰特和我，绝不许让土著人带走。"

她说着便拿出一支装上子弹的手枪递给丈夫。

"您怎么还有枪？"格里那凡爵士惊喜地说道，眼睛里闪着喜悦的光芒。

"怎么，您忘了？毛利人是不搜女俘的身的。不过，这枪不是用来打他们的……是留着给我们自己用的，爱德华……"

"别傻啦！快藏好！现在还用不着！"少校忙说。

于是，格里那凡爵士赶快把手枪藏于衣服里面。正在这时，棚屋草帘掀起，一个毛利战士出现。他以手示意大家跟他走。一行人相互依靠着，走出棚屋，穿过寨院，来到了"啃骨魔"面前。

毛利酋长身边除了他的那几个战士以外，还有那个在波海文那河口驾船接应他的酋长。

这后一位酋长年纪四十上下，虎背熊腰，面带凶相。他名叫卡拉特特，新西兰语中，意为"脾气暴躁者"。从他脸上的刺青可以看出，其地位也相当高。仔细地观察，可见这两位酋长似乎相互间关系并不融洽。二人交谈时不紧不慢，"啃骨魔"脸色不太好看，虽面带微笑，但眼中却流露着忌恨。少校推测，一山不容二虎，二人互不服气。

"你是英国人？""啃骨魔"审问格里那凡爵士。

"是英国人！"爵士毫不迟疑地回答道，他心里在想，只有英国人才更有利于俘虏的交换。

"那你的同伴们呢？""啃骨魔"又问。

"也都是英国人。我们是旅行者，中途船只沉没，遇了难。我可以直截了当地对您说，我们中间谁都没有参加战斗。"

"管你参加战斗不参加战斗！英国人就没有一个好东西！"卡拉特特粗暴地说，"你们侵占了我们的岛，烧了我们的村子！你们是我们的死敌！"

"那是他们干的，我并不赞同，"格里那凡爵士义正词严地回敬道，"我之所以这么说，是因为我正是这么想的，并不是因为落入你们手中，想讨好你们。"

"你听着，""啃骨魔"又说道，"我们的'脱洪伽'——努依·阿头[1]的大祭师，落到你们的人的手里了。我们的大神让我们把他换回来，不然的话，我早就把你们的心给剜出来！把你们的脑袋挂在栅栏上了！"

"啃骨魔"原本十分镇静自若，一说这话，立即两眼冒火，像要吃人，然后，才克制住了自己，冷静地说："你说说看，英国军队愿意用我们的'脱洪伽'换回你吗？"

格里那凡爵士沉吟片刻，没有立即回答，因为他尚未摸清对方这话是什么意思。

"我不知道。"然后，爵士考虑了一下，这么回答道。

"怎么！你的命比我们的'脱洪伽'的命更值钱？"

1　新西兰人的大神。——作者注

"我不是这个意思。我在我们这几个中间，既不是首领，也不是祭师。"

巴加内尔听到格里那凡爵士这么回答，颇为惊讶，不禁怔住了，眼睛惊愕地看看他。"啃骨魔"也不无惊讶地在看他，说道："这么说，你认为换不成了？"

"这我不知道。"

"你不知道他们是不是愿意拿我们的'脱洪伽'换你？"

"我只知道换我一人，他们不肯，换我们这几个人，他们会肯的。"格里那凡爵士语气坚定地说。

"我们毛利人只讲一个换一个。""啃骨魔"说。

"那您就先拿我们的两位妇女去换您的祭师吧。"格里那凡爵士指着海伦夫人和玛丽·格兰特说。

海伦夫人一听，马上就想走到丈夫身边去；少校看到，便一把把她拉住了。

"这两位女士，"格里那凡爵士向着海伦夫人和格兰特小姐尊敬而优雅地鞠了一躬说，"在她们国家是有很高的地位的。"

"啃骨魔"一声不吭地看着爵士，嘴角浮起一丝邪恶的笑，随即把笑声敛起，恶狠狠地厉声喝道："你这该死的英国人，竟敢拿谎言哄骗老子！你以为我很蠢是不是？"

说到这里，他便用手一指海伦夫人大声吼道："她是你老婆！"

"不是他的老婆，是我的老婆。"卡拉特特邪恶地叫道。

卡拉特特说着便一把把格里那凡爵士推开，用手搂住海伦夫人的肩头，把海伦夫人吓得脸色发白。

"爱德华！"她惶恐地喊道。

格里那凡爵士不急不忙，一抬胳膊，只听见砰的一声，卡拉特特应声倒地。

　　听见枪响，土著人纷纷从各自的棚屋里冲了出来，把门前场地挤得满满的。许多人举起武器对着俘虏们。格里那凡爵士手里的枪很快便被夺下了。

　　"啃骨魔"突然之间也给镇住了。然后，他回过神来，一手护着格里那凡爵士的身体，另一只手挡住冲向俘虏的毛利人。

　　最后，他终于提高嗓门儿大声叫道："神禁！神禁！"

　　这猛地一喝，叫嚷成一片的土著人立即站住不动了，俘虏们总算逃过一劫。

　　随即，他们便被押回神庙。可是，却不见了小罗伯特和巴加内尔。

第十二章

酋长的葬礼

　　"啃骨魔"既是部落的酋长，又是"阿理吉"，也拥有大祭师的权威，可以用"神禁"来保护某人或某物。

　　所谓"神禁"，是波里内西亚[1]土著人中的一种风俗，但凡一个人或物被"神禁"，就不许任何人去碰。谁若是触犯了"神禁"，就犯了神怒，会被神处死。当然，执行死刑的是祭师们。在毛利族部落中，"神禁"有固定的时间和场合，由酋长根据需要随时宣布。一个土著人一年之中要受到好多天的"神禁"，比如剪发、文身、造船、盖屋、生病、死亡等，都得"神禁"。有时，为了保护河里的鱼苗或地里的甜芋，也可以宣布"神禁"。酋长想要避免闲杂人等上门搅扰，也可对其住宅宣布"神禁"；为了垄断船只水上交易，他也可以对船只宣布"神禁"；有时甚至对一个惹恼他的欧洲商人宣布"神禁"。

　　一个物件被"神禁"后，任何人不得触摸，否则将受重罚。一个人被"神禁"后，他就不许吃东西，即使过了禁食期，一段

1　太平洋中部全部岛屿的名称，居住的均为棕色人种，毛利人是其中一支。

时间内，他也不许触摸食物。如果是富有者，则可让奴隶喂食；如果是穷人，则只能用嘴直接吃，不许用手去抓，如同猪狗一般。

总之，这种"神禁"风俗对新西兰人生活的各种细节加以约束。它具有强大的力量，起着法律的作用，使人人都得无条件地绝对服从。

对那几个俘虏来说，"神禁"倒是帮了大忙，使他们逃脱了那些疯狂的土著人的暴打痛殴，免于一死。

但格里那凡爵士心里清楚，尽管如此，他终将难免一死，因为他打死了一个酋长，必然会被土著人折磨致死的，只是他希望愤怒全都发泄在他一人身上，而别迁怒于他的同伴们。

这一夜真是度日如年。大家都在提心吊胆，不知命运到底如何。生离死别的阴影在笼罩着大家。小罗伯特在哪儿？巴加内尔怎么也不见了？是不是被土著人杀害了？少校认为，他俩可能凶多吉少，说不定已踏上黄泉路了。玛丽·格兰特因弟弟的失踪而备感悲伤，手足之情，怎能让她割舍？约翰·孟格尔见她如此悲伤，自己的心都快要碎了。格里那凡爵士一想到海伦夫人要求他先将她杀了，更是心酸不已。他哪儿有这么大的勇气，亲手杀死自己的爱妻呀！尽管这是她的要求，以免遭到土著人的凌辱。

"玛丽呢？我有勇气亲手把她打死吗？"约翰·孟格尔心里也在受着煎熬。

看来，想逃出这个寨子是没有可能的。门外有十名全副武装的毛利壮汉看守着，插翅难逃。

就这么熬了一夜。天亮了，已是 2 月 13 日的早晨。因为受到"神禁"，这一天，没有土著人来侵扰。棚子里倒是有一些食物，但大家都没有去动。他们因悲伤过度，已忘了饥饿，滴水未进。寂寥笼罩着这个神庙。看来，死者的葬礼和处死凶手将同时进行。

格里那凡爵士已确信，交换俘虏的计划已不复存在，但少校对此仍抱有一线希望。

"这可说不定，"他总在这么说，还让爵士回想一下卡拉特特被打死时"啃骨魔"的面部表情，"没准儿他打心眼儿里还在感激您哩。"

但是，无论少校怎么说，反正爵士已不再抱希望了。第二天又这么在煎熬之中度过了，仍然未见作行刑前的准备。为什么迟迟不动手呢？

原来，毛利人有个迷信的说法，人死之后，灵魂三日内才会出窍，所以必须在三日后方可下葬。直到 3 月 15 日，寨子里还是静静的，空无一人。约翰·孟格尔常立在威尔逊肩头，伸头张望外面动静，但都未见土著人露面，只有看守他们的战士在持枪把守着。

到了第三天，"啃骨魔"终于走出自己的屋子，身后跟着一些部落里的主要头领。他们走到寨子中央，上了一个几英尺高的土台子。先于他们出来的土著人，男女老少都有，在土台子后面几米处围成一个半圆。场上一片寂静，鸦雀无声。

"啃骨魔"把手一挥，一名毛利战士便向神庙走来。

"别忘了我的请求！"海伦夫人急忙对丈夫说道。

格里那凡爵士把妻子紧搂在怀里。与此同时，玛丽·格兰特也走到约翰身边。

"海伦夫人认为，为了免受凌辱，一个妻子可以要求丈夫把她打死，"玛丽小姐真切地对约翰说道，"而一个未婚妻也可以因同样的理由向她的未婚夫提出这种要求的。约翰，现在已是生死关头，我想告诉您，我内心深处早已把您看作我的未婚夫了。我可不可以，亲爱的约翰，也这么要求您呀？"

"玛丽！"约翰激动地呼唤道，"我亲爱的玛丽！"

还没等他说完，门上的草帘已经掀开。俘虏们被押到土台子去了。两位女子已决定让自己心爱的人处死自己，所以现在反而心里非常踏实，显得坚贞不屈，神态坚毅。

俘虏们来到"啃骨魔"面前，只听见他审问道："是你把卡拉特特杀死的，对吧？"

"是我！"格里那凡爵士大义凛然地回答道。

"明天，太阳升起，你就得死。"

"就我一个人死？"爵士语气铿锵有力，但心却在猛烈地跳动着。

"嗯，如果不是我们的'脱洪伽'比你们的命值钱的话……""啃骨魔"叫嚷道，眼里冒着颇为懊恼的凶光。

正在这时候，土著人圈内突然骚动起来。格里那凡爵士迅速地扫视一下四周，只见一个毛利战士跑了进来，满头大汗，气喘吁吁。

"啃骨魔"立即用英语问他，像是故意要让俘虏们明白似的："你是从阵地上下来的吗？"

"是的。"

"你看见我们的那位'脱洪伽'了吗？"

"看见了。"

"他还活着？"

"不，他死了，被英国人枪毙了。"

俘虏们一听，知道生还的希望已化作泡影了。

"统统处死，""啃骨魔"对俘虏们做出终审判决，"明天太阳一出，统统处死！"

大家一起死，这对海伦夫人和玛丽小姐倒不失为一种慰藉。

俘虏们没被押回神庙，而是被押去参加死者的葬礼。一队土著人把他们押到一棵巨大的"苦楝"树下。看守们眼睛死死地盯着他们。其他的毛利人全都黯然无声地哀悼着。

卡拉特特已经死了三天。灵魂已经离开躯体。

他的尸体被放置在那个土台子上，身着华丽的寿衣，外面裹着一层编织精美的茀密翁草席。头上插有羽饰，戴着一圈绿叶。面部、胳膊和胸脯上都涂抹了油，看上去不像僵尸。

他的亲友们走到土台子前。突然间，像是有人在指挥似的，场上一片哭号声，响彻山寨。死者的近亲连哭带喊，捶胸顿足，拍打脑袋；远亲们则用手抓破面颊，以示为死者流出的血比泪还要多。女人们的态度更加虔诚，感情更加真挚，不过，她们这么虔诚、真挚是为了不让死者的灵魂来折腾族中人。死者的战士们认为他的妻子应该陪葬，他的妻子自己也很愿意为夫陪葬，不想一个人独自活在世上。

卡拉特特的妻子走了出来。她人挺年轻，颇有几分姿色。只见她披头散发，边哭边号，断断续续地哭诉着自己的哀伤，哭到痛不欲生处，便以头撞地。

这时，"啃骨魔"走上前来。那可怜的妻子突然想爬起来，但只见"啃骨魔"挥起大木棒——土著人称之为"木擂"——猛地砸下去，那女子一下子便气绝身亡了。

土著人圈中突然响起一片震耳欲聋的叫骂声，朝着吓得魂飞魄散的俘虏们挥动着拳头，但无一人向他们走来，因为葬礼尚未结束。

卡拉特特及其妻子的两具尸体并排放着，但酋长在阴间光有妻子相伴还不够，还得有奴隶为他们服务。于是，有六个可怜的奴隶被拉到土台子前。他们是被俘虏的敌方部落的土著人，酋长生前让他们做牛做马，吃尽了苦，受尽了罪，死后又要让他们到阴间去继续为酋长当奴隶。

其实，他们对此无动于衷，反而觉得死是一种解脱。可俘虏们从未见过活人祭，哪还敢抬头去看这种骇人听闻的场面。

只见六名身强力壮的毛利战士手举"木擂"，同时砸下，六名奴隶顿时倒在血泊之中。这等于是在发出一声号令，吃人肉的一幕上演了。

奴隶们的尸体与酋长的尸体不能相提并论，它们并没被"神禁"，所以土著人不分男女老幼，噏的一下，争先恐后地向那六个奴隶尸体冲了过来，开始抢肉吃。

格里那凡爵士等人吓得差点背过气去。特别是海伦夫人和玛丽小姐，几乎要昏厥晕倒。是啊，明天太阳一出，他们也将是同样下场。而且，死前说不定还将受尽凌辱、折磨……

这时候，丧仪舞蹈跳了起来。土著人在发狂似的舞动着身子，一边还在狂饮一种用"极品椒"酿造的烈性酒，那简直如同是辣椒精了，喝得土著人更加疯狂。处于这种疯癫状态中的土著人，还能记住什么"神禁"不"神禁"的吗？会不会冲过来把俘虏们活活地啃吃掉？幸好，"啃骨魔"还没有醉。他恩赐众人一个钟头的狂饮时间，让他们吃饱喝足之后，举行葬礼。

卡拉特特夫妇二人的尸体被抬了起来，依照新西兰风俗，手脚被蜷曲着，弯近肚皮。入土仪式开始。尸体并不永远埋于土中，只是埋到皮消肉烂时为止，然后，让尸骨重见天日。

墓地——土著人称之为"乌斗巴"——位于寨子两英里外的一个小山冈上。那山名为蒙加那木山，在道波湖的右岸。

四名毛利战士抬着尸体，部落中的人在前前后后大放悲声。半小时过后，送殡的行列隐没进山谷之中了。又过了一会儿，送殡队伍又出现在远处的一条山路上，扭扭曲曲地蠕动着。

蒙加那木山海拔八百英尺，山顶上为卡拉特特建造了一座大墓。

按照习俗，一个普通的毛利人死后，挖个坑，再堆上点石头，一埋了之，但酋长却不同，将来会成为神的，必须有一座豪华大墓才能相匹配。

卡拉特特的"乌斗巴"外围有一道栅栏，墓穴旁还竖着许多的木桩，上面雕刻着一些人物。木桩是用赭石涂红的。为了不让亡者在阴间受冻挨饿，墓穴中还放了许多吃穿用的东西，甚至还放有武器。

一切物品放好之后，卡拉特特夫妇的尸体被并排地放了下去；同时，哭声四起，草和土纷纷地抛撒在尸体上。

仪式结束，送殡者开始返回。自此，这座蒙加那木山也"神禁"了，不许任何人上去。

第十三章

最后关头

太阳落山了，格里那凡爵士一行又被押回神庙。看来，他们将在这座神庙里度过人生的最后一夜了。

面对死亡，他们心情沉重，但仍然一起吃了"最后的晚餐"。

"大家振作起来，不能垂头丧气，别让这帮土著人把我们看扁了。"格里那凡爵士在鼓励大家。

饭后，海伦夫人悲壮地唱起晚祷，众人默默地脱下帽子，同她一起祈祷。

是啊，这是最后的一刻，怎能忘掉上帝？

晚祷结束，大家互相拥抱着，仿佛是在做最后的祝福。

海伦夫人和玛丽小姐退至神庙一角，在一张草席上躺下。二人相拥着，不一会儿便睡着了，因为折腾了这么一天，实在是疲惫不堪，支持不住了。

这时，格里那凡爵士把同伴们叫到一边，对他们说道："伙伴们，我们大家的生命全都系于上帝一身了。如果明天上帝真的要我们去的话，我们是会勇敢地去接受上帝的最后审判的。不过，在这种地方死，恐怕并非一死了之，可能还得受凌辱、酷刑，尤其是两位女士……"

语气一直铿锵有力的格里那凡爵士，说到此处，不禁声音发颤，说不下去了。但是，稍停片刻，他继续说道："约翰，您答应了玛丽小姐的要求了，那您将怎么做？"

"我这儿还有一把刀，"约翰·孟格尔说着便拿出一把短刀来，"这是那浑蛋卡拉特特栽倒在地时，我从他手中夺过来的。爵士，咱俩谁后死，谁就满足海伦夫人和玛丽小姐的要求吧……"

没人再吭声，棚子里一片寂静。最后，少校打破了沉默，开言道："朋友们，不到万不得已先别这么干。我不相信我们已经穷途末路，一点希望也没有了。"

"我不是说我们男人们，"格里那凡爵士急忙解释道，"说实在的，就我们几个来说，反正都是个死，怎么也得豁出去，拼上几个够本！可还有她俩呀！"

约翰稍稍掀起点门帘，往外瞧了瞧，数了一下，把守的毛利战士一共是二十五个人。他们点着一堆篝火，有的躺在火堆旁，有的则站在离火堆稍远点的地方，但是，站着的也好，躺着的也好，都不时地用眼睛看着这座俘虏们待着的棚子。

一般来说，看守与犯人之间，尽管一个是防逃跑者，一个是想逃跑者，但总是逃跑者成功的机会大些，看守者总有防不胜防的时候。可是，这些毛利看守，却是一些满怀仇恨、一心报仇雪恨的人，他们的警惕性因而更高。尽管俘虏们未被五花大绑，但二十五个人守着唯一的一个门，哪儿有机会逃脱？

再说，神庙三面环山，山势陡峭，无处可逃，前面这条唯一的下山之路，又有毛利战士死死地把守着。看到这种情况，格里那凡爵士已经死了心了，不愿痴心妄想。

夜在一分一秒地过去，焦虑与无奈重压在大家心头。整座山笼罩在沉沉的夜幕之中，看不到月亮也见不着星星。狂风阵阵袭来，棚子的木桩呜呜作响，篝火烧得更旺。火光映照着俘虏们的面孔，黯然无神，死亡的阴影在笼罩着大家。

大约是凌晨四点时，一个轻微的声音引起了少校的警觉。他侧耳细听，仿佛声响来自木桩后面，在山岩矗立的地方。会不会是风吹动什么发出的声响？少校又仔细听了听，不像，那声响老也不停，像是有人在扒土，在挖墙洞。

少校心中有数了，立刻溜到格里那凡爵士和约翰·孟格尔身边来，把他俩叫了过去。

"你们听。"他压低嗓门儿说，并示意两位同伴趴下去听。

确实是扒土的声音！可以辨别出小石子被一种尖锐的东西刮擦发出的声响，并听出小石子滚掉下去的声音。

"会不会是什么动物在窝里扒拉呀？"约翰·说道。

格里那凡爵士拍拍脑门儿说："说不定是个人在……"

"一会儿就能见分晓！"少校激动地说。

威尔逊、奥比内也溜过来了。几个人一起动手挖起墙壁来。约翰使用那把短刀，其他人或找到了一块石片，或干脆用手抠。穆拉迪站在门帘后面放风，注视着毛利战士们的一举一动。

毛利人看守围在火堆旁，没有动静。火堆离棚屋有二十多步远，他们压根儿就没有想到这儿会搞什么鬼。

俘虏们又抠又挖的那处地方是矽化凝灰岩，酥软易碎。尽管没有工具，但洞却挖得挺快。不一会儿，大家已经可以肯定，外面的并非动物，而是人。是在挖洞营救他们，还是另有企图呀？

管他呢！继续挖了再说。人人手指都挖出血来，但无人叫疼，希望在激励着大家。又挖了有半个钟头，洞已挖出有一米深了。可以听见外面的声音已经很响了。

又过了几分钟，少校的手指碰着了一把刀尖。他本能地一缩，差点儿叫出声来。

约翰·孟格尔把自己的那把短刀伸出去，挡住外面往里挖的刀尖。他用手一摸，摸到拿刀的手，是只小手，是女人的或是孩子的，总之，是一只欧洲人的手！

双方十分激动，但都没有出声，怕惊动土著看守。

"会不会是小罗伯特呀？"格里那凡爵士喃喃地自言自语，没人听见。

但玛丽小姐却听见了他发出的那极低的"小罗伯特"几个字，一下子便蹿了过来，抓住那沾满泥土的小手，狂吻不止。

"是你吗？是罗伯特吗？准是你，罗伯特！"玛丽悲切地低声哭喊道。

"是我，姐姐，我来救你们了！但千万别出声呀！"小罗伯特在外面说道。

"啊！真是个好孩子！"格里那凡爵士赞叹不已。

"注意看守们的动静。"小罗伯特叮嘱着棚内的人。

穆拉迪听见动静，本已跑了过来，现在赶忙又跑到门帘后面，注意地观察着。

"没有什么问题。"他说道，"只有四个人在看守，其他人全都睡了。"

"咱们把洞再掏大些。"威尔逊说着又干了起来。

洞扒大了，小罗伯特钻了进来，身上还系着一条薄荷翁草的长绳子。他先扑到姐姐的怀里，然后又去拥抱海伦夫人。

"我的孩子，你真棒！"海伦夫人在夸赞他，"我们还以为你遭土著人杀害了哩。"

"没有，夫人，"小罗伯特悄声回答道，"当时，我趁乱劲儿钻出了棚栏，在树丛里躲了两天。当毛利人在忙丧葬事时，我便溜出来，到寨子边来侦察。我发现可以爬到你们这儿来。于是我就溜到一间棚屋里去偷了一把刀和一根长绳，借着草丛和树枝，往上攀爬。无意之中，发现这神庙背后的岩质疏松，就动手挖起来，挖着挖着就挖通了。真太巧了！"

大家听小罗伯特说完，都搂住他吻个不停。

"咱们快离开这儿！"他果敢地说。

"巴加内尔在下边吗？"格里那凡爵士急切地问道。

"巴加内尔在下边？"小罗伯特惊讶地反问道。

"他没在下边等着我们？"

"没有呀！怎么，他没同你们在一起呀？"

"没有，罗伯特。"姐姐玛丽回答他说。

"这么说，他没跟你一起逃跑？"格里那凡爵士焦急地说，"我还以为你们两个趁乱一块逃走了哩。"

"没有呀，爵士。"小罗伯特也着急了。

"咱们还是赶快走吧，一刻也不能耽搁，"少校催促道，"反正巴加内尔也不在这儿，等也没用。"

时间紧迫，大家准备逃走。神庙下面是一段峭壁，高约二十英尺。往下就是一道斜坡，一直通往山脚下，然后便可钻入山谷之中。

为了确保万无一失，大家便跟在小罗伯特身后往外爬。掏出的洞外恰巧是个山洞。滑下那段二十英尺高的峭壁之前，众人便在这山洞中先躲藏起来。约翰是最后一个爬出洞来的，离开之前，他随手扯出棚内草席，把洞口掩盖好。

现在，开始下峭壁了。多亏了细心的小罗伯特带的一条长绳，否则那峭壁简直下不去。

大家赶忙将长绳的一头拴牢在岩石上，让它顺岩滑下去。

约翰先抻了抻这条绳子，看看结实与否，生怕绳子吃不住劲儿，把人摔个粉身碎骨。

"这绳子只能经得住两个人，"约翰说，"下的时候间隔大点。先让格里那凡爵士和海伦夫人下。你们下去之后，晃动三下绳子，通知我们。"

"让我先下，我发现坡下有个大坑，可以藏人。我来带路……"小罗伯特说。

"那好，你就先下，孩子。"格里那凡爵士握了握孩子的手说。

小罗伯特一会儿就溜下去了。一分钟之后，长绳摇动了三下，表明他已安全地到了下面。

接着，爵士夫妇也抓起长绳，顺绳下滑。夜仍旧漆黑，但东边兀立着的山峰已经变成淡灰色了。

清晨，凉气袭人，海伦夫人感到神清气爽，精神倍增。夫妇二人到达峭壁下面之后，爵士在前，抵着海伦夫人，倒退着下坡。几只栖息宿夜的鸟儿受惊，叫了起来，清脆的鸟鸣在夜空中回荡。

爵士一步一挪地倒退着，几乎是在托着自己的夫人。他用脚试着有无草棵儿或树根什么的，可以让夫人做落脚点。有时，一不小心踩掉一块活动的岩石，发出轰隆的声响，惊出他一身的冷汗。

突然间，听见约翰在上面轻声地喊："停下别动！"

格里那凡爵士立刻站下，一手搂抱着妻子，一手攥住一把草茎。二人屏声敛息，不敢出声，不知是怎么回事。

原来，威尔逊听到神庙外边有异样响动，赶忙回到神庙边，掀开草席，进入棚内，撩起点门帘，看见有个毛利战士在往神庙走来，便连忙发出"警报"。约翰于是便冲下面叫停。

那毛利战士似乎是听到点什么动静，十分警惕地朝这边走来，在离神庙门口两步远处站下了，又仔细地听了听，大约有一分钟的时间，然后摇了摇头，放心地走回去了。这一分钟，对逃亡的这个人来说，简直是过了一个小时。

"没事了。"威尔逊发出"解除警报"信号。约翰便又发出信号，让爵士夫妇继续往下走去。不一会儿，二人便走到了小罗伯特正在接应他们的那条窄小的小径上。

接着，约翰便带着玛丽小姐往下滑。十分顺利。不多一会儿，二人便到了那个深坑，与前面的三个人会合了。

五六分钟的样子，所有的人全都逃下来了，会合在一起，开始往山谷里钻。

大家快速地走着，简直可以说是连走带跑。他们专挑隐蔽的小径走，跌跌撞撞的，只顾逃命。

清晨五点时，东方开始泛白。云堆的高处，渐显出了淡淡的蓝色。朦胧的山峰开始崭露峥嵘。不一会儿，太阳便冉冉升起。这时，大家心情开始轻松些了。太阳出来了，行刑的时刻陡然变成了他们逃亡的时刻。

但现在就说平安无事，还为时尚早。无人知晓此刻是否已经逃出了土著人的魔掌，必须尽快地继续逃跑。海伦夫人有爵士的搀扶，玛丽·格兰特有约翰·孟格尔的呵护，小罗伯特则是欢天喜地，大家浑身是劲儿，奔走在逃亡的小路上。一行人由小罗伯特打头，由威尔逊和穆拉迪断后，一口气又跑了半个钟头。日出东方，朝霞满天。如果巴加内尔也同大家在一起，那该多好啊！大家都在为他担忧。

他们一直在向东边跑，也就是在往高处跑，一心想着离这帮毛利人越远越好。此刻，他们已经到了高出道波湖有五百多英尺的地方了。清晨，寒气逼人，人人瑟瑟发抖，他们已经进到了山中。太阳正在慢慢升起，不一会儿，射出了万道光芒，群山透亮，逃命人精神倍增，不再觉得寒冷了。

突然间，传来一阵阵的狂呼乱叫声，是成百上千的人发出的怒吼，混合成一片咆哮，从山寨中传了上来，但逃亡者们因雾气笼罩，只闻其声，不见其人。

毫无疑问，土著人已经发觉他们逃跑了，所以绝不可掉以轻心。

太阳继续往上爬，雾气逐渐散去。又过了一会儿，他们便看清了脚下三百英尺的山寨里的情景：毛利人全都追了出来，边追边喊边骂，显然，他们也看到逃跑的俘虏们了。追捕的人中还有不少的狗；犬吠声与人叫声混在一起，更加瘆人。不知老天是否有眼，让这些人逃脱厄运？

第十四章

禁 山

　　一行人离山顶还有一百英尺。要逃出魔掌，就必顺翻过山去。巴加内尔要是在就好了，他可以为大家指点迷津，因为这儿层峦叠嶂，爬过山后不知去往何方。

　　此刻，毛利人已追到山脚下了。不能再有任何的犹豫。于是，格里那凡爵士大手一挥，大声说道："朋友们，鼓起勇气来，先爬上山顶！"

　　五分钟工夫，他们便爬到了山顶！然后，回首看去，想知道毛利人追到了哪里。

　　站在山顶上，西边伸展开去的道波湖一览无遗。群山环抱道波湖，湖光山色，赏心悦目。北有比龙甲山群峰；南有东加里罗山的那个火山口，正在冒着黑烟和火焰；东边华希提连山脉峰峰相连，难有逃路。如果想逃出去，必须先翻过山去。

　　格里那凡爵士放眼四周，一筹莫展。雾气散尽，已可清晰地看到在下边的一个小山坳里土著人疯狂地在追着他们。追捕者与逃跑者的直线距离仅有五百英尺。

　　格里那凡爵士意识到，必须加快逃跑的步伐，不管多累，不得有片刻的停留，否则必将落入包围圈。

"趁他们尚未包抄过来，赶快下山！"他命令道。海伦夫人和玛丽小姐正要振作精神，准备奔逃，突然，少校叫住了她俩："先别急，你们看。"

大家扭头看去，只见追击的毛利人不知何故，停下了脚步，一动不动。脚步倒是停下了，但怒火并未止息，叫骂声没有停止，挥舞的拳头也未放下。那些狗也跟着狂吠不止。

究竟发生了什么事？突然，约翰哦了一声，用手指给大家看。小罗伯特一眼便看到了，惊呼道："卡拉特特的坟！"

"真的？你没看错？"爵士还不相信地问道。

"没错！绝对没错，我认得的，爵士！"小罗伯特把握很大地回答道。

小罗伯特确实没看错。离他们五十英尺高处，围着许多木桩，红红的颜色也很清晰。原来，慌急慌忙地奔逃，无意之中，竟然逃到了蒙加那木山的山顶上了。

于是，格里那凡爵士打头，一行人继续往那边爬去，一直爬到那座新坟前。坟墓前有一个挺大的豁口儿，用草席盖着，从那儿可以走进墓室。格里那凡爵士壮起胆子，正要掀起草席进去看看，突然退了出来。

"里面有个大活人！"他惊呼道。

"怎么会有大活人？"少校不信地说。

"是真的，是个土著人。"

"我们进去看看。"

于是，麦克那布斯、格里那凡、小罗伯特和约翰一起钻进了墓室。真的是个土著人！他身披一件莉密翁草披风，由于墓室太暗，看不清他的脸，但可以感觉得出，他并不凶蛮，正在安安静静地吃早饭。格里那凡爵士正待开口对他说点什么，对方却先开了口，而且说的是流利的英语。

"请坐，亲爱的爵士，已经为您准备好早餐了。"

原来是巴加内尔！大家欣喜若狂地奔上前来，你拥我抱的，激动不已。太好了，巴加内尔还在！有了他，就有了活地图了！大家七嘴八舌地问这问那，他也不知道该先回答谁的好。倒是格里那凡爵士的一句话提醒了大家。

"山下还围着大群大群的土著人！"

"哼！土著人！有什么了不得的？"巴加内尔不屑地耸耸肩说。

"他们会……"

"会怎么样？那群蠢货，怕他们干吗？"

说着，巴加内尔便带着大家走出了"乌斗巴"。而那些土著人仍在原地，围着那座山峰，叫骂不止，咆哮之声震天动地。

"叫吧，喊吧，蠢货们！"巴加内尔说，"看谁敢上这座山！"

"为什么不敢？"爵士问道。

"那该死的酋长就埋葬在那儿！这山被'神禁'了，我们不必害怕了。"

"被'神禁'了？"

"是呀，朋友们，所以我才逃到这儿来嘛。这就如同中世纪时，不幸的人逃到圣地去一样呀。"

"感谢上帝！"海伦夫人双臂举向苍天，祷告道。

"那帮蠢货想把我们困死，真是痴心妄想。不用两天，我们便能逃出他们的势力范围。"巴加内尔宽慰大家道。

"可我们如何才能摆脱掉他们呢？"爵士仍心中没底儿地问道。

"现在还说不好，不过，绝对是没有问题的。"巴加内尔似乎成竹在胸地说。

这时候，大家便想到要了解巴加内尔到底是如何逃出山寨，然后又经历了些什么。可是，这一次，一向滔滔不绝的他，却三言两语便支吾了过去，也不知他葫芦里到底卖的是什么药。

"这人怎么像是变了个人似的？"少校挺纳闷儿地想。

既然他不愿意多说，大家也不便多问。然后，大家又说起了别的，他又有说有笑的，话又多了起来。

不过，仅从他支支吾吾说的一些情况，大家也能猜出个大概来。原来，他同小罗伯特一样，趁着那酋长被打死、一片纷乱之际，逃出了寨子。可是，却偏偏又落入另一个毛利部落的手中。那个部落的酋长身材魁梧，看着便是个聪明机智的人，而且能讲一口流利的英语。他还友善地用鼻尖触碰了一下巴加内尔的鼻尖。

巴加内尔心里仍旧非常担心，不知自己是否又成了俘虏，将受虐待了。但那酋长却对他十分热情，老陪在他的左右，他这才稍许把心放宽了一些。

这位酋长名叫"希夷"，意为"太阳之光"，看上去并非凶蛮之人。他见巴加内尔戴着眼镜，还有大望远镜，便对他刮目相看。不过，他白天让巴加内尔自由自在，晚上仍旧要把他捆绑起来。

就这样，三天过去了，到了夜里，他便咬断捆绑着自己的绳子，悄悄地逃到了蒙加那木山山顶。他先已看到了这座山，知道它已被"神禁",所以逃到此处暂避,等待自己的同伴们的消息。碰巧,老天帮忙,在这儿真的等到了格里那凡爵士一行。至于在毛利人那儿的三天是怎么度过的,他却只字不提。

目前的处境并非安然无恙,大家心里十分着急。爵士十分清楚,毛利人绝不肯善罢甘休,一定会把他们围得无处可逃,饿死渴死。爵士决定先把这一带的地形摸清楚,特别是这座"乌斗巴"及其周边的路径。

于是,他便同少校、约翰、小罗伯特、巴加内尔走出墓室,查看地形去了。他们发现蒙加那木山和华希提连山之间有一条山脊,只有一英里,向平原缓缓而下,但山脊很狭窄,且起伏不定,坡上也怪石林立,颇难行走,可是,这却是唯一一条下山之路。最危险的路段是坡下,敌人的子弹可以打得到,真要是排枪齐鸣,绝对逃不出火网。

格里那凡爵士一行冒险试着走了走,立即便引来了枪声,子弹像雨点般地袭来。而子弹上包火药的碎纸也随之飘落一地,上面好像还写着字。巴加内尔出于好奇,随手捡起一张,突然惊呼道:"好啊!这帮家伙用的是什么纸包火药呀!"

"什么纸?"爵士问。

"是从《圣经》上撕下来的纸!让传教士们看见会伤心死的呀!唉,他们还想在毛利人这儿盖图书馆哩!"

然后,他们又一起查看了墓地的位置及其构造。正在这时,脚下的山头在颤动,在震荡,在摇晃,把他们吓得够呛。这儿可是火山地带,地下蕴藏着大量的热能,这些山可都是地下能量的释放口,如同限卡陀江的沸泉一样。

巴加内尔早已观察到了这一点。他对朋友们说,这山的内壳是白色矽化凝灰岩，地下蓄积的能量太大时，岩浆就将冒出来，于是这山便变成了活火山了。

"您说得也许对，可是，我们待在这儿并不比靠近邓肯号的锅炉危险。这儿的地壳是一层坚硬的钢铁！"格里那凡爵士说。

"我倒也同意您的说法，不过，一个锅炉再结实，用久了也有坏的时候。"少校说道。

"少校，您就放宽心吧，我们又不老在这山顶上待着。机会一来，我们就远走高飞了。"巴加内尔回答道。

"唉，这山要能像邓肯号那样把我们载着多好呀，"约翰接茬说，"它的肚子里气那么多，却用不上，真可惜呀！"

他这么一提，倒勾起了爵士的伤心事来。他想起了邓肯号，想起了自己的船员们。他心事重重地与大家一起回到了墓室门口。

海伦夫人一见到他，便立时迎了上去说："亲爱的爱德华，都查看清楚了吗？有希望逃脱吗？"

"大有希望，我亲爱的海伦。您放心吧，毛利人不敢越雷池一步，我们有充足的时间考虑如何逃脱的。"

"现在，还是先回到'乌斗巴'里来吧，"巴加内尔笑嘻嘻地说，"这儿是我们的堡垒，我们的宅第，我们的餐厅，我们的研究室！没人会来打搅我们的！请允许我在此招待大家！"

大家随巴加内尔进入墓室。山下的土著人见他们竟敢亵渎圣地，简直是气急败坏，又号叫又放枪的，但子弹却没有咆哮声飞得远，全都落在了半山腰了。

海伦夫人、玛丽小姐及其同伴们见状，知道毛利人只能干着急，奈何不了他们，心里也就踏实多了。

墓室周围是一些涂红了的木桩组成的栅栏，木桩上刻有图案还刺了花纹，表示死者地位显赫。另外，木桩之间还挂着成串的贝壳和石子，作避邪之用。墓穴上面铺了一层绿叶，厚厚的，如地毯一般。正中央隆起部分，是新盖上的土层，掩埋着死者的尸体。

陪葬武器也摆在那儿，有装着子弹的枪、长矛、精美的绿玉斧头，还有不少的弹药，供死者在阴间打猎用。

"这简直像是军械库了，"巴加内尔说道，"我们正可以利用它们的，这倒像是事先为我们准备好了似的。"

"啊！这枪还是英国制造！"少校说。

"是呀，是英国人送给毛利人当礼物的，真是愚蠢透顶！"格里那凡爵士说，"他们拿枪打入侵者！好吧，我们也拿起枪来打敌人吧！"

"不过，更实惠的是食物，你们瞧瞧替死者准备的这些食粮和水吧。"巴加内尔说。

果然，准备的东西真不少，够十个人吃上半个月的了。有凤尾草根、甘薯、土豆等，还有几个大缸的清水。此外，还有十几只精巧的篮子，放了不少的绿树胶做成的长方块，不知是干什么用的。

这么一来，这群逃亡者有几天可以不为吃喝犯愁了。

格里那凡爵士拿了不少食物让奥比内去拾掇，给大家美餐一顿。可奥比内凡事都不马虎，总想把活儿干得尽善尽美，可现在又没有火，如何把这些凤尾草根弄熟？这可让他犯愁了。幸好，巴加内尔给他出了个主意，让他把凤尾草根和甘薯埋到土里去。

山上的土里温度达到六十多摄氏度，奥比内差点烫着了手。他去扒坑埋草根和甘薯时，一股热气扑哧一声冒了出来，喷出有两米高，把他吓了个大跟头。

"快堵上！"少校忙叫道，两个水手赶紧跑过来用碎石块将坑给填起来了。巴加内尔去一旁看着，自言自语道："咦！怪了！怎么就不行呢？"

"没烫着吧？"少校关切地问奥比内。

"没有，麦克那布斯先生，我没料到……"奥比内尴尬地回答道。

"没有料到上帝这么眷顾我们，"巴加内尔插言道，"有吃有喝还有火！这么宛如天堂一般，干脆，咱们就在这儿建个殖民地算了，耕田种地，不愁吃不愁穿，过上一辈子，在蒙加那木山上当鲁滨孙！我看不出我们还会缺少什么。"

"缺倒是不缺什么，只是这地壳似乎不太坚实。"约翰说道。

"这您就不必担心了，它也不是昨天刚形成的！都这么久远了，它承受地火的能力还是有的，至少在我们离开之前，是不会出问题的。"巴加内尔回答道。

"早餐准备好了。"奥比内像在玛考姆府中一样严肃认真地说。

大家立刻在栅栏边坐下，开始吃起早饭来。

东西只有两样，无可挑选。对凤尾草根的味道，见仁见智，有的称赞，有的不以为然。但对烤甘薯，大家却异口同声地赞不绝口。吃饱喝足之后，格里那凡爵士让大家赶紧商量一下如何逃走。

"干吗这么着急呀？"巴加内尔说道，"这么好的地方，干吗不多待些日子呀？"

"可这地方再好，也非久留之地呀，巴加内尔先生，"海伦夫人反对道，"总不能学汉尼拔迷恋卡布而惨遭失败吧？"

"夫人说得对，我的想法错了，赶快商议逃走的事吧。"

"我觉得，得赶紧走，不可久留，"格里那凡爵士说，"趁大家吃饱喝足，情绪又十分高涨，我们今夜里就走。先想法跑到东边的山谷里去，偷偷溜出毛利人的包围圈。"

"这办法好，如果毛利人睁只眼闭只眼的话。"巴加内尔说。

"那要是他们两只眼睛都大睁着呢？"约翰着急地问道。

"那我另有锦囊妙计。"巴加内尔在卖关子。

"这早已成竹在胸了吧？"少校问。

"那当然。"巴加内尔没有往下说。

大家也没有再追问他，只等着天快点黑下来。

毛利人没有撤离，仍聚集在原地，而且看上去人数在渐渐增多。山脚下燃着一堆堆的篝火。

夜幕终于降临。山顶上已被夜幕笼罩住了。山脚下的篝火仍在燃烧着，闪着红红的火光，把蒙加那木山团团围住。毛利人的叫骂喧嚣声仍然在回荡着。

九点时分，夜已完全黑透了。格里那凡爵士和约翰决定先侦察一下，然后再走。他俩悄悄地溜到那条山脊。这山脊正穿过毛利人的包围圈。只是在他们的上方五十英尺处。可以看见毛利人躺在火堆旁，仿佛没有发现任何动静。突然之间，山脊两侧，枪声大作，让他俩惊出一身冷汗。

"快撤！"爵士赶忙说道，"这帮浑蛋的眼睛跟猫的一样，而且枪法极准。"

二人立刻爬回到山顶。大家见他俩安全归来，悬着的心也放下来了。仔细一看，爵士发觉帽子上有两个弹洞，差点儿要了他的命。但侦察还是颇有收获，知道毛利人警惕性很高，山脊两侧布有流动哨，绝对不可掉以轻心。

"明天再说吧，"巴加内尔说，"既然把守得这么严，那明天就看我怎么对付他们吧。"

夜里很冷。幸好，卡拉特特把最好的睡衣、厚厚的茀密翁草被褥也带进了坟墓中，大家便毫不客气地各取所需，拿来裹在身上，不一会儿就睡着了。

身上暖和了，地面是温热的，外面还有栅栏挡着，又是一座被"神禁"的山，毫无危险可言！

第十五章

锦囊妙计

第二天，2月17日，旭日东升，蒙加那木山苏醒了。四周山谷深处，晨雾弥漫。道波湖上，晨风吹起一道道涟漪。

格里那凡爵士等人已经醒来，走出了墓室，引起山下毛利人一阵疯狂咆哮。大家赶忙催问巴加内尔有何高招儿。

"朋友们，"巴加内尔说道，"我的办法有一大好处，即使不能成功，我们处境也不致变坏，何况我的计划必然会成功的。"

"您到底是怎么计划的吗？"少校着急地追问道。

"是这样，毛利人的'神禁'让我们在此山中安然无恙。那么，我们再设法让他们相信，我们因亵渎了神山而遭到天谴，死于一场灾祸。这么一来，'啃骨魔'就会撤围了。"

"有道理。"爵士说道。

"您想让我们怎么身遭惨祸呀？"海伦夫人追问道。

"像触犯天威的人，遭天火烧死一样，也让天火烧死！天火就在我们脚下，我们只要把它释放出来就行了。"

"什么？你要让火山爆发？"约翰惊异地嚷道。

"对，借用地火，临时地来表演一下'火山爆发'。我们可以控制火势，想让它喷就喷，不想让它喷就不喷。"

"真不愧是高招儿，巴加内尔。"少校称赞道。

"我们装着是被天火烧死了，其实，我们是藏到了卡拉特特的墓室里了……我们在墓室里躲上三四天，顶多五天，肯定是毛利人都认为我们已经死了。等他们撤围之后，我们再出去，那就平安无事了。"

"那要是他们上来验尸呢？"玛丽小姐疑惑地问道。

"那不可能的，亲爱的玛丽小姐。这山是神山，已被'神禁'，天火已把犯禁的人烧死了，还有谁敢爬的呀？"

"这办法很好，"爵士说道，"就怕他们老待在山下不撤走，那怎么办呀？这儿粮食毕竟有限。不过，我这也是多虑，他们不会不相信我们已经被烧死了的。"

"这也是没办法的办法了。那什么时候进行呢？"海伦夫人问道。

"今晚就动手，"巴加内尔回答道，"趁黑夜深沉的时候。"

"巴加内尔，您真了不起，我一向不盲目乐观，可这一次我却坚信这办法一定能成功，"少校支持道，"那帮浑蛋，我们来给他们表演一幕奇迹。让他们去迷信吧，活该！谁叫他们不信奉基督教的！我们这也是不得已而为之，请上帝宽恕我们。"

巴加内尔的计划一致通过了。现在就是如何实行的问题了。主意确实不错，但做起来却有一定的难度。会不会出现危险？能控制得住岩浆和火焰吗？火一旦喷出，会不会使整座山烧起来？人能抵抗住这大自然的力量吗？凡此种种，大家心存疑虑。

其实，这些问题都曾萦绕在巴加内尔的脑海里，他也迟疑踌躇过，但他最后坚信，只要多加小心，不要做得过火，能达到骗住毛利人就适可而止，那还是可以办到的。

大家焦急地在等待着夜的到来，真可谓是"望眼欲穿"，一个个都在焦急地计算着时间。出逃的准备工作已经做好，吃的东西被分成三份，用包袱包好。武器弹药也全都准备停当。

傍晚六点，奥比内为大伙儿准备好了一顿实实在在的晚餐。是呀，大家必须吃饱喝足，深山之中，还不知下一顿在哪儿"埋锅做饭"呢！晚餐还备有一道新西兰特色菜，名为"蒸田鼠"，是威尔逊捉到的田鼠，交由奥比内烹制的，味道极佳。

日暮黄昏，太阳隐去。乌云翻滚，看来暴风雨将至。天边，有电光闪烁；云里，有雷声闷响。

巴加内尔欣喜若狂，直是天遂人愿。毛利人的迷信认为，雷鸣是大神努依·阿头在怒吼；闪电是大神在怒目而视，雷电交加则是火神要惩治犯禁的人。

已是晚上八点。蒙加那木山尖已经隐没在阴森森的黑暗之中。此刻正是动手的时候，毛利人看不见逃亡者们的身影。

说干就干！格里那凡爵士等男士们一齐动手干了起来。

喷火选在离墓室三十步远处。这么做是有所考虑的，决不能离墓室太近，墓室烧起来的话，整座山也就解除了"神禁"了。

于是，众人在墓室外拔出几根大木桩作为杠杆，作撬起大石块之用。大家来到选定的地点，岩石被撬动了，然后，又为这块大岩石挖出一条浅沟，让它可以顺沟滚到山下去。地面似乎在颤动，而且越颤越厉害。喷薄欲出的热气声响已可听见。

这时，地火的蹿动声和热气的扑哧声已清晰可辨。逃亡者们在继续不慌不忙地撬动着。突然间，好几股热气冲天而出，声响巨大。最后时刻已到，大家铆足了劲儿，全力猛地一撬，大岩石终于顺着浅沟往下滚去，发出巨大的轰声。

倏忽间，那层薄薄的地壳迸裂开来，一股炽热的气柱冲向云霄。紧接着涌出的沸泉水和红红的岩浆向山下哗哗地流去，向毛利人的营地冲了过来。

山在颤抖，像是要向一座无底深渊陷落而去似的。逃亡者们赶忙躲进墓室。几滴热水珠溅到他们身上，烫得灼人，得有九十摄氏度以上。这股沸水，不一会儿便充满了浓浓的硫黄气味。

一看那山坡，泥土、熔岩、碎石混成一团炽热的岩流，滚滚而下，如同一条火龙在往山下飞去。山坳中，山谷里，一片通红。

只听见毛利人营地里，鬼哭狼嚎，乱成一片，四散奔逃。人人心惊胆战，慌不择路。胆子稍为大一点的毛利人，边跑边扭头往后看，看着那骇人的"大自然"景象，看着那张开大嘴的火山，看着他们毛利人的大神在大发神威，狂暴地在把那些亵渎神山的逃亡者给吞噬掉。

当火焰喷射时的突突声微弱了点的时候，躲在墓室里的格里那凡爵士他们能够听到毛利人在边逃边发出咒语："神禁！神禁！"

此刻，岩浆、石块和热气在继续往外喷发，似乎地下的所有热能全都涌到了这个缺口处了。

炽热在灼烧着一切。老鼠都忍受不住了，纷纷钻出洞来，四散奔逃。

狂风呼啸，暴雨如注，山在喷火，真是十分壮观。

俘虏们躲在栅栏后面注意观察着，望着那火势，不见有减小的架势。

天亮了。火山仍在怒吼着。大股的浓浓的淡黄色蒸汽与火焰混杂在一起，岩浆在奔向山谷。

格里那凡爵士眼看着这一切，心中不免有点焦急。

土著人已经逃到周围的高地上去了。山下横七竖八地躺着一些尸体。山寨边上，有二十来座棚屋被化为了灰烬，仍在冒着烟。

面对眼前的景象，大部分毛利人非常惊慌，天神的大怒令他们面对神山不敢造次。这时候，"啃骨魔"出现了，格里那凡爵士清清楚楚地看见了他。他张开双臂，对着山顶坟墓念念有词，同时还在做些鬼脸，意在再次对这座神山进行"神禁"。

随后，毛利人便排成一行行的，沿着下山的小径回到寨子中去。格里那凡爵士一见，立即兴奋地告诉同伴们说："他们撤走了，回寨子里去了！谢天谢地！计划成功了！亲爱的海伦！亲爱的同伴们！咱们成功了！咱们也算是死过一回，现在复活了！快离开这个鬼地方吧！"

众人闻言，喜不自胜。逃过这难逃的一劫，让人怎能不高兴呢？少校和巴加内尔在谩骂毛利人的可恶，在嘲笑他们的愚蠢。

不过，要逃出这座神山也不是容易的事情。还得在这墓室之中躲上一天。正好，也可以利用这一天的时间，好好地商议一下逃跑的计划。巴加内尔又拿出他那张怎么也不肯丢弃的地图，在图上寻找最佳的逃跑路线。

最后，大家一致决定往东边巴伦特湾逃。途中将经过一些荒无人烟的地带，路虽不熟，但却不会遇上毛利人，这就没什么可怕的了。另外，到了东海岸，就有传教站，而且，北岛的那一带至今尚未遭受过战火的蹂躏，毛利人也不会到那儿去骚扰的。

前去巴伦特湾，约行一百英里，按每天走十英里算，得走十天。好在大家现在已经习惯于奔波，不怕走路了，再说，一到传教站，就可以好好地歇息一番，再寻找机会前往他们矢志不渝的目的地——奥克兰。

为了安全起见，决定逃走路线之后，大家便密切注视着毛利人的一举一动。可山下已不见一个毛利人了。当夜色浓重时，原先点着旺旺的篝火处，也寂然一片，没有火光，没有人声。看来，逃跑的路敞开来了。

九点时，格里那凡爵士下令出发。大家背上早已准备好的行装，拿上枪支。约翰和威尔逊打头，注意观察。大家一路小心，尽量不弄出声响来。

走到离山顶两百英尺处，约翰和威尔逊便走到土著人先前派了流动哨把守的那最危险的山脊了。大家加倍地提高了警惕，生怕毛利人多一个心眼，在此设伏，那就糟了。这段山脊得走上十分钟，这是生死攸关的十分钟。海伦夫人不由自主地紧攥着丈夫的胳膊，后者的心也在怦怦直跳。

但是，在这关键时刻，没人想到退回去。突然，不知谁一不小心，踩掉下一块石头。石头滚落下去的声音在夜空中响得更加瘆人。大家立刻止步，屏声敛息，但并没有听到枪声，没有任何动静，整座山一片死寂。

还剩二十五英尺要走了。然后便出现一片树林，可借以遮挡，行路就更加安全些了。

这道山脊终于闯过来了，但与此同时，也就出了"神禁"的范围，危险也就相应加大，没准儿什么时候会突然冒出些毛利人，举刀冲上前来，切莫掉以轻心。

一行人又走了十分钟，向着那片树林潜去。夜色浓重，两百英尺处已无法看清。突然，约翰像是听到了点什么动静，连忙向后退了几步，示意后面的人停止前进。空气立即又紧张了起来。

　　静听一会儿，并未发现异常。约翰继续往前走。片刻之后，一行人便钻进了树林。树林很矮，大家全都弓着身子在走。

第十六章

腹背受敌

趁着天黑，必须赶紧往前走。巴加内尔此时站出来为一行人带路。他这人不愧为地理学家，方向感很强，而且眼力极好，即使在黑夜里，也能辨清东西。有这么一位向导，大家心里还是非常踏实的。

一行人在山的东边那漫漫斜坡上一口气走了三个小时。巴加内尔领着众人稍稍折向东南方，以便走到开马那瓦山与华希提连山之间的峡谷，那是奥克兰到霍克湾之间的一条大路所经过的地方。到了那儿之后，可抄近道，穿过荒无人烟地带，直奔巴伦特湾。

早上九点时，一行人已经走了十二个小时了，走出了约十二英里。这已经是很大的成绩了，不能再快了，两位女士已尽了自己的最大努力。必须歇歇脚！此时，他们已在峡谷谷口，在前便是通往奥克兰的大路。巴加内尔查看了一下地图，休息之后，便领着大家拐到东边，继续前行了约一小时。十点时，大家选择了一个尖尖的小山，在其山脚下，取出干粮来吃。因为疲劳和饥饿的缘故，一向不爱吃干粮的麦克那布斯和玛丽·格兰特也吃得津津有味。吃饱喝足之后，又休息了一阵，直到下午两点，才继续向东走去。当晚，他们在离山八英里处宿营。

一宿无话。第二天，他们开始穿越华希提连山以东的那片奇异之地。这里遍布着火山湖、沸泉和硫气坑。这倒是可以大饱眼福，但却苦了两条腿了，因为没有一条直路，必须绕来绕去，多走许多的冤枉路。

这片土地约有二十平方英里，泉眼数以万计，大小不等。有咸水泉、沸泉、冷泉等。咸水泉隐于茶树林里，泉水闪闪发亮，招引着许多飞虫。这种泉水散发出浓浓的火药味，闻着让人头晕。泉眼周围一边白碱，晶莹剔透。沸泉，顾名思义，泉水很烫，无法靠近。冷泉则流着冰冷的泉水，清澈而寒冷。真的是大自然的奇观异景。

泉眼边长满了高大粗壮的凤尾草。泉眼都在以自己的节奏或快或慢、或高或低地喷涌着，有时汩汩滔滔，有时则断断续续。泉水从高处往低处流，所以向着四面漫了开去，久而久之，便形成了一些小小的瀑布和一片片的湖泊。瀑布上和湖面上，雾气缭绕，朦胧轻盈，恍若人间仙境。除了喷泉而外，那些硫气坑和半灭半喷的小的喷火口也是一道风景线。地面上仿佛长了许多的大脓包，是一个个硫黄结晶体。其实，这是宝贵的能源，取之不尽，用之不竭，只可惜无人问津。如果将来有这么一天，西西里岛上的硫黄矿开采完了，人们就会关注新西兰这块能源宝地了。

一行人在这片美丽但不好走的地方绕来绕去。而且，这儿不见飞禽走兽，有枪却打不了猎物，想调剂一下伙食已不可能。又累又乏，路难行，食不佳，因此大家都盼着早点走出这地方。

但是，因为没有直路，必须绕行，想通过此处，少说也得花上四天时间。2月23日,离开蒙加那木山已经有五十英里了。这一天,一行人来到了一处小山下。巴加内尔查看地图,小山倒是标在上面,但却没有山名。小山对面是一大片灌木丛,远处影影绰绰地可以望到一片森林。

这个地方很不错,没有毛利人,可以安安稳稳地睡上一个踏实觉。少校和小罗伯特还为大家打了三只几维鸟,解了大家的馋。在晚饭后吃"甜食"——甘薯和土豆——时,巴加内尔突发奇想,提出一个建议,顿时受到大家的鼓掌欢迎。

他提议将这座没有起名的山命名为"格里那凡峰"。众人一致同意后,他便在自己的那张地图上把我们那位苏格兰爵士的大名给写了上去。

一行人继续朝着太平洋走去。这一天,他们穿越着树林和平原。约翰根据太阳和星辰的位置测准了方向。天倒不算热,又没有雨,但是,毕竟是长途跋涉,还是越走越累。脚步在逐渐地慢下来。为了消除旅途的单调寂寞,大家东拉西扯地聊开了,三三两两的,不再排成一条直线。

格里那凡爵士大部分时间都是独自一人走着。越靠近海岸,他就越是思念自己的邓肯号及其船员们。尽管沿途仍危机四伏,尽管在走到奥克兰之前还有诸多的事情要考虑,但邓肯号遭劫的场面总是萦绕在他的脑海之中,怎么也驱赶不去。

大家也没再提哈利·格兰特船长。既然已无法营救,还多谈有何益?但是,约翰和玛丽却仍在悄声地谈论着他。

约翰是个诚实忠厚的青年,没有再提神庙里的那番话,他不愿将危难之时的诺言当作乘人之危的要挟。不过,他对玛丽保证说,信件的真实性是毋庸置疑的,营救工作仍将进行。玛丽·格兰特闻言，当然心里暖融融的，对面前这个青年更加倾心。海伦夫人也不时地与他俩聊上几句。她非常同情玛丽，但却并不抱什么希望，也不多说什么，免得给这对青年男女泼冷水，让他们悲观绝望。

少校、小罗伯特、威尔逊和穆拉迪四人则边走边打猎，而且都颇有不小的收获。巴加内尔则总是披着那件茅密翁草披风，独自走着，一声不吭，若有所思。

不过，必须提出，一行人虽然或三两一组，或独自一人，但他们的心却是紧紧地联系在一起的。灾难、疲劳、困乏和不测，都无法使他们分离，热忱与友爱倾注于每个人的心中。

2月25日，隈卡利河挡在了一行人的前面。大家终于找到了一处浅滩，涉水而过。

随后的两天中，他们走在了一片接一片的灌木平原上。行程已经走完了一半。虽然很累，但毕竟平平安安。

现在，眼前出现一大片森林，颇似澳洲的桉树林，但其实是新西兰所独有的"高立"松。这种松学名为"脂胶松"，光树干就高达一百多英尺。顶上撑着一把硕大无比的绿色"大伞"，也有近百英尺高。它们很像欧洲某些地方的红松。树冠呈锥形，树叶呈墨绿色，都是些五六百年的古树了。有的树干有五十英尺粗，十个人都抱不过来。

一行人在这高立松森林中走了三天。这儿像是从来没有人走过，许多树根处仍积满了松脂。

森林里有大群大群的几维鸟。在毛利人经常去的地方是很少见到它们的，面对毛利人及其猎犬，它们无法生存，高立松森林才是它们真正的家园。少校等几个猎人打了几只几维鸟供大伙儿解馋。

突然，巴加内尔叫住少校和小罗伯特，说他发现了一对很大的飞禽——莫滑鸟。

这种鸟属于恐禽类，长相奇特，没有翅膀，据说早已绝迹。

巴加内尔意外地发现被误认为已绝迹了的鸟，他怎能不兴奋呢？于是，三个人便忘记了疲劳，追踪而去。

这对莫滑鸟足有十八英尺高，颇像鸵鸟，跑得比鸵鸟还要快，且胆子很小，跑起来再不敢回头，但一枪接一枪也没能打中，可能大树帮了它们的忙，挡住了猎手们的视线。

3月1日，一行人终于走出了这片森林。当晚便来到了高五千五百英尺的伊基兰吉山脚下，歇息，宿营。此刻，他们已经走出了一百英里。再走三十英里，就到海岸了。约翰没想到路不好走，绕来绕去，多走了有五分之一的路程。一个个全累得快散架了。还得走两天！真的有点吃不消了。但又不能掉以轻心，这一带常有毛利人活动。

第二天，拂晓时分，大家只好匆匆地又踏上了征途。

过了伊基兰吉山之后，前面是哈代山，海拔三千七百英尺。两山之间是十来英里的熊柳林。熊柳枝条又软又长，如同藤条一般，绰号"缠人藤"，常常缠住人的胳膊腿儿，让你无法逃脱，只有死路一条。大家边走边砍，艰难地走了两天，累得个人困马乏，干粮也吃光了，也无猎可打，又无泉水可解渴，真是到了山穷水尽的地步了。但为了求生，一行人咬着牙挺着，最后总算是挨到了乐亭尖角，看到了太平洋海岸了。

远远望去，那有几个空着的草棚子，像是刚遭到战火蹂躏的小村子，村子周围还有一些田地，已经抛荒了。看来，一行人又有困难摆在面前了。

正在这时，突然发现一帮毛利人出现在一英里之外。他们手拿武器，号叫着冲了过来。这可如何是好？无路可逃，只有以死相拼。但约翰却突然叫一声："小船！那儿有条小船！"

果不其然，二十步远处，有一只小独木船靠在沙滩上，上面还有六支桨。大家赶忙跑了过去，七手八脚地把船推入水中，跳了上去。约翰、少校、威尔逊、穆拉迪连忙抄起桨来，爵士掌好舵，其他人都躺伏在爵士身边。

小船飞快地划了出去。没十分钟工夫，已划出了四分之一海里。大海十分平静，船上人也静默无言。

突然，有三只独木舟从乐亭尖角划了过来，明显是在追逐他们！

"往深海划！往深海划！宁可淹死也别落到他们手中！"约翰在喊。

四名桨手一齐用力，不一会儿就到了深海上了。后面的三只独木舟紧追不放，足足追了有半个钟头，始终是开始的间隔距离。但是，渐渐地，约翰等四人有点体力不支，又累又渴，速度便慢了下来。可追上来的三只独木舟却越划越快。距离在缩短，只差两海里了。毛利人都带着枪，现在已进入他们的射程里了，形势严峻。

格里那凡爵士站在小船尾部，左顾右盼，不知想干什么。

突然，他眼睛一亮，伸手指着大海前方，大声喊叫道："一只大船！朋友们，那里有只大船！快往那里划！使劲儿划呀！"

四名桨手一听，连忙加大力量，奋力划桨。巴加内尔立即坐起，举起望远镜，对着远处黑点望着，大声说道："是的，是一条大船。还是一条大汽船！它像是还在开足马力，朝着我们开过来。再加把力呀，朋友们！"

四支桨加速划着，小船如离弦之箭，飞速向前。追逐的三只独木舟被甩开了一些，但仍在穷追不舍。你追我跑地又延长了半个小时。前方的大船已清晰可见。

格里那凡爵士此刻神经绷紧，心跳不已，把船舵交给小罗伯特，夺过巴加内尔的望远镜，举镜望着前方的大船。

突然间，爵士脸色变得煞白，神情极度地紧张，望远镜都从手中掉了下来。同伴们都不知他缘何如此，心也都一下子提到了嗓子眼儿上来了。

"是邓肯号！"爵士大声嚷道，"是邓肯号和那帮流窜犯！"

"什么？是邓肯号！"约翰也同其他人一样十分惊讶，大声重复道。

"是的，没错！糟了，我们腹背受敌，只有死路一条了！"爵士焦急无奈地自叹道。

果然，大船越来越清晰了，的确是邓肯号。后有追兵，前有海盗，哪儿有逃路？四个桨手也没有再划了。划也没用，无处可逃！

突然，砰的一声枪响。是后边独木舟上射过来的，正打在威尔逊的桨上。威尔逊不由自主地又猛划了几下，小船又靠近了点大船。

邓肯号正开足马力向这边驶来，相距只有半海里的样子。勇敢的约翰此刻也没了主意，不知是进还是退好。海伦夫人和玛丽小姐更是失魂落魄，跪在船上，连连祈祷。

毛利追兵的子弹似雨点般飞来，但都落在了小船周围的水中。在这千钧一发之际，突然听见一声炮响，一发炮弹从小船上方飞过，是邓肯号上发射的炮弹。前面有炮，后面有子弹，往哪儿躲？往哪儿藏？约翰举起利斧要砍坏小船，让人和船一起沉入海底，免得受辱。然而，正在这时，却听见小罗伯特大声喊道："汤姆·奥斯丁！是汤姆·奥斯丁！他就在大船上！我看清楚了，他也看见我们了，正在向我们挥动帽子，他知道我们是谁了！"

约翰的利斧在头顶，定在了那儿。

这时，邓肯号上又飞出一颗炮弹，越过小船上方，击中了那三只独木舟最前头的一只，把它击成两段。邓肯号上响起一片欢呼声。追逐的毛利人吓得掉转船头，逃向海岸。

"快来呀，快来救我们，汤姆！"又惊又喜的约翰大声呼喊道。

就这么片刻的工夫，格里那凡爵士一行便化险为夷，绝处逢生了。他们回到了邓肯号上，都还没弄明白到底是怎么回事，觉得仿佛是在做梦似的。

第十七章

邓肯号缘何出现

邓肯号上，风笛吹响，苏格兰歌曲声唱起，人们像是身在玛考姆府中欢庆节日一般。船员们以热烈的欢呼声欢迎船主登船。

格里那凡爵士及其同伴们激动得热泪盈眶。人们相互拥抱，兴奋不已。巴加内尔乐得手舞足蹈，不知如何表达自己那大难不死、绝处逢生的高兴劲儿了。他还举起大望远镜对着逃跑的那两只独木舟望去，心中有说不出的高兴。

船上的人一见格里那凡爵士一行衣衫褴褛，面带菜色，知道他们吃尽了苦，受尽了难，便停止了欢呼。他们与三个月前简直是天壤之别，几乎让人都要认不出来了。

但此时此刻，格里那凡爵士已把饥饿与困乏忘到了脑后，只想知道为什么邓肯号会开到这儿来了。

说实在的，他实在是搞不懂它怎么会出现在新西兰的东海岸的？怎么没有落入彭·觉斯的手中？难道真的是苍天有眼，上帝庇佑？凡此种种，一行人全都在七嘴八舌地争相问着，弄得汤姆·奥斯丁也不知道该先回答谁的好。最后，他还是先回答起格里那凡爵士的问题来。

"那么，您把那帮流窜犯都弄哪儿去了呢？"格里那凡爵士问道。

"流窜犯？"汤姆·奥斯丁被问得莫名其妙，不知如何回答是好。

"是啊，就是劫船的那帮浑蛋！"

"劫船？劫什么船？劫阁下的船？"奥斯丁越发糊涂了。

"对呀，劫我的船，劫邓肯号。上船的那个彭·觉斯呢？"

"哪个彭·觉斯啊？我从没见过。"

"从没见过？"奥斯丁的回答让格里那凡爵士大惑不解，也把其他人给弄糊涂了，"那好，汤姆，您告诉我，为何邓肯号会开到新西兰东海岸来了？"

"是遵照阁下的命令呀！"奥斯丁不解地回答道。

"遵照我的命令？"格里那凡爵士被说糊涂了。

"是呀，爵士，您不是给我写了一封信吗？是 1 月 14 日写的，命令我照信中所说的做呀！"

"把信拿来我看看！快点！"

深觉莫名其妙的一行人全都呆住了，眼睛直勾勾地盯着汤姆·奥斯丁。在斯诺威河写的那封信到了邓肯号上了！

"到底是怎么回事？"爵士越来越惊讶地说，"您快说，汤姆，您真的收到我的信了？"

"是的，收到了。"

"在墨尔本收到的？"

"是的，在墨尔本收到的，当时，我们的船正好修好了。"

"信呢？"

"信不是您亲笔写的，但有您的亲笔签名，爵士。"

"对的，对的。那封信是我让一个名叫彭·觉斯的流放犯送来的。"

"不，是个水手送来的，他叫艾尔通，还在不列颠尼亚号上当过水手长。"

"对，是艾尔通，他和彭·觉斯是同一个人。先别说这个，先说说我信上都写了什么？"

"您命令我立即离开墨尔本，把船开出来，在……"

"去澳大利亚东岸！"格里那凡爵士着急地说，把汤姆给弄糊涂了。

"怎么是去澳大利亚东岸呢？"汤姆发愣地说，"不是说在新西兰东海岸吗！"

"是澳大利亚东海岸呀，汤姆！真的是叫您去澳大利亚东海岸呀！"大家也异口同声地对汤姆说道。

汤姆一听，心里一惊，差点晕了过去。大家都这么说，难道是自己看错了？怎么会出这么大的错呢？

"您也别着急，汤姆，也许是上帝的意旨，要您……"海伦夫人好言劝慰。

"不是的，夫人，这不可能的呀！我不会把信看错了！艾尔通也看了信，同我看的一样，而且他本想把我领到澳大利亚东海岸去的！"

"艾尔通？"爵士简直不敢相信自己的耳朵。

"是呀，而且，他硬说信上的地点写错了，说您在杜福湾等着我驾船前去。"

"那封信还在不，汤姆？"少校觉得甚是蹊跷，连忙问道。

"在，在，麦克那布斯先生，我这就去拿。"汤姆边说边往舱房跑去。

大家面面相觑，不知说什么好。只有少校搂抱着双臂，冲着巴加内尔说："我看呀，巴加内尔，您这次可是犯了大错了。"

"犯了大错了。"巴加内尔心里发虚地低下了头。

汤姆拿着巴加内尔代笔的那封信回来了。

"阁下请看。"他气喘吁吁地说。

格里那凡爵士展开信来读道：

兹命汤姆·奥斯丁速
将邓肯号开到南纬三十七
度的新西兰东海岸！

"新西兰东海岸？"巴加内尔惊跳起来。

他一把夺过那封信，使劲儿地眨了几下眼睛，把眼镜架到鼻梁上，仔细看了看。

"哎呀！真的是写了新西兰！"他怅然若失地说着，信从手上滑落。

这时，他觉得有只手搭在自己肩头，猛一抬头，看到了少校。

"行了，我的好巴加内尔，您没把邓肯号写到印度支那去就算是万幸了！"少校那调侃语气让巴加内尔无地自容。

大家闻言，哈哈大笑，巴加内尔更是狼狈不堪，真想找个地缝儿往里钻。他真的像是疯了似的，又揪头发又抠脸，走来踱去，不知想干什么，从这儿跑到那儿，最后，又跑回前甲板，一不小心，差点被一捆缆索绊倒。

突然，轰的一声巨响，吓了大家一跳，以为又出什么事了。原来，是前甲板上的大炮无意中被拉响了，是巴加内尔绊了一下，正好抓住了炮上的拉炮绳。炮是装了炮弹的，绳子一拉，炮弹便飞了出去，炸到海面上。巴加内尔被炮声这么一震，从上面滚落，经中舱护板，滚到水手大舱房。十几名水手连忙奔了过来，七手八脚地把他抬了上来。只见他身子软塌塌的，像是折成了两段。大家连忙呼唤他，但不见他答应。于是，大家便把他抬到楼舱里。

少校见状，像个有经验的外科医生似的要给他脱去衣服，检查伤势。本已半死不活一样的巴加内尔像是触了电似的，一屁股坐了起来。

"不能脱！不能脱！"巴加内尔叫嚷道，紧紧地护住自己的那破衣裳，像个精神病患者似的。

"应该脱呀，巴加内尔。"少校坚持着。

"不脱，我不脱！"

"我得替您检查一下……"

"不用检查！"

"要是摔断了骨头……"

"摔不断！"巴加内尔说着便蹦跳起来了，"摔断了，让木匠接一接就行了。"

"让木匠接一接？接什么呀？"

"接中舱的支柱！我摔下去时，可能把那根支柱撞断了。"

大家听他这么一说，又哈哈大笑起来，比刚才笑得更厉害。大家知道，他虽这么摔下去，但却毫发无损，于是也就放心了。

　　格里那凡爵士见他安然无恙，悬着的心也就放下了，但仍急切地要问个究竟。

　　"现在，巴加内尔，您实话告诉我，究竟是怎么回事？您怎么粗心大意到把'澳大利亚'写成了'新西兰'了呢？不过，说实在的，还真的得谢谢您的粗心，否则，邓肯号就落到那帮浑蛋手中了，咱们就又落入毛利人的魔掌之中了！"

　　"这很简单嘛，"巴加内尔像没事人似的说道，"那不是……"

　　刚这么一说，他就打住了，看了看小罗伯特和玛丽。停了片刻之后，他又说道："怎么说呢，我亲爱的格里那凡爵士，都怪我太粗心大意了！我这辈子看来是改不掉这个坏毛病了，真是到死也改不了了……"

　　"除非把您那张皮给扒了。"少校打趣地打断他道。

　　"扒我的皮？您这是什么意思呀？"巴加内尔有点恼怒了。

　　"什么意思？我能有什么意思呀，巴加内尔？"少校仍旧语气平静地反诘道。

　　这之后，谁也没再说话。

　　邓肯号缘何跑到新西兰东海岸的谜算是揭开了。这时，大家才感觉到肚子饿得直叫唤，想着吃饭和休息。

　　等海伦夫人、玛丽小姐、少校、巴加内尔、小罗伯特回到楼舱之后，格里那凡爵士和约翰·孟格尔又回到甲板上，把汤姆·奥斯丁叫了过来。

　　"现在，我的好汤姆，"格里那凡爵士问道，"请您说说看，您见到我的信，让您到新西兰海岸附近来，就没觉得蹊跷吗？"

"当然觉得很奇怪了，阁下。我当时就在犯嘀咕，怎么跑新西兰去了呀？可我一向以服从命令为天职，因此就毫不耽搁地把船开了过来。我生怕自己不服从命令，自作主张，捅下娄子，那还得了！换了您，不也得这么做吗，船长？"

"那当然，那当然！"约翰·孟格尔船长见汤姆冲他这么说，连忙点头称是。

"那您当时是怎么个犯嘀咕法？"格里那凡爵士又问道。

"我当时想的是，一定是为了寻找哈利·格兰特船长的缘故。我想您已另有新的安排，搭船来了新西兰，所以让我来此接您。而且，在离开墨尔本时，我对驶往的目的地严加保密，一直到船已驶入大海，看不到澳洲陆地了，我才向水手们宣布。当时，船上还引起了一阵骚动，我也挺犯难的。"

"什么小骚动，汤姆？"

"开船的第二天，那个艾尔通一听说邓肯号要驶向新西兰，便……"

"艾尔通？他还在船上？"

"还在船上，阁下。"

"艾尔通还在船上！"格里那凡爵士边说边看了看约翰·孟格尔。

"老天有眼啊！"约翰应声道。

一时，关于艾尔通的前前后后一连串的情景又浮现在爵士和年轻船长的眼前：格里那凡爵士的受伤，穆拉迪的不测，一行人在斯诺威河沼泽地的艰难困苦……这个坏蛋！这个恶棍！今天又落到我们手中了！

"他人呢？"格里那凡爵士急不可待地问汤姆道。

"被关在甲板下面的一个舱房里，有人严密地看守着。"

"当时为什么把他关了起来？"

"因为他一看船往新西兰开，就大发雷霆，冲上前来，逼迫我改变航向。他先是威胁我，见我不从，便策动船员们暴动。这怎么行！所以我就把他给关押起来了。"

"然后呢？"

"然后就一直这么关押着呀。他倒也老实，也不敢出来。"

"太好了，汤姆！"

这时，格里那凡爵士和约翰船长被请到楼舱，进到方形厅，只字未提艾尔通的事。大家美美地饱餐了一顿之后，精神焕发，都来到了甲板上。于是，格里那凡爵士便把大好消息向众人宣布，并下令把那浑蛋押上甲板来。

"我不想参加审问了，亲爱的爱德华。我一见到那家伙就恶心，就会勾起对往事的回忆来。"海伦夫人说道。

"这是一场质问，海伦，您还是留下来看看吧，让这浑蛋瞧清楚了，我们仍旧活得好好的，他的阴谋未能得逞。"爵士在劝慰夫人。

海伦夫人点头称是，她也想亲眼看看这个浑蛋的下场。她同玛丽·格兰特便在格里那凡爵士身边坐了下来。少校、巴加内尔、约翰、小罗伯特、穆拉迪、威尔逊、奥比内等分别坐在爵士两旁。这些差点被这流窜犯害死的人以坚定而神圣的表情在等待着这个恶棍的出现。邓肯号上的船员都不知道会发生什么事情，所以全都不敢出声。

"把艾尔通给我押上来！"格里那凡爵士大声命令道。

第十八章

审 问

艾尔通被带了上来，他脚步平稳，双目无光，嘴唇紧闭，紧握着拳头，不卑不亢，满不在乎的架势。来到爵士等人面前，双臂搂抱着，一声不响地站着。

"艾尔通，咱们又见面了！"格里那凡爵士不无讥讽地说道，"这邓肯号就是您想要送给彭·觉斯那帮浑蛋的那艘邓肯号，没想到咱们会在这儿重新相见吧？"

艾尔通闻言，毫无表情的面孔上不觉变得通红，他的拳头抖动了一下，嘴角也撇了撇。他是因为忏悔还是因阴谋未能得逞感到屈辱，才脸红的？

艾尔通一声不吭，格里那凡爵士在等着他回答。

"说话呀，艾尔通，您难道就没什么好说的吗？"爵士催促道。

艾尔通皱了皱眉头。他没想到自己原想成为这条船的主人的，现在却在这条船上当了阶下囚了，除了悔恨，还有什么可说的？

不过，稍停片刻，他便像是若无其事、毫不在乎似的说道：

"我没什么可说的。都怪我自己办事不周密，落在了你们手里，您爱怎么处置就怎么处置好了！"

他说完这话之后，便转过脸去看看西边的那一带海岸，毫不在乎的样子。但格里那凡爵士决定耐着性子等待着，因为有一个利害相关的事在促使他必须详细了解艾尔通的过去，特别是有关哈利·格兰特和不列颠尼亚号的那段情况。因此，他强忍住怒火，极其温和地继续问道："艾尔通，我想我有几个问题要问问您，您不可能不知道的。您最好还是不要拒绝回答。首先，您到底叫什么名字？是叫艾尔通呢还是叫彭·觉斯？您到底是不是不列颠尼亚号上的水手？"

艾尔通只当作没听见，仍旧凝视着远方的那一带海岸。

格里那凡爵士开始有点冒火了，眼睛在放光，他继续问道："您老实告诉我，您是怎么离开不列颠尼亚号的？为什么跑到了澳洲来？"

对方依然闷不作声，面无表情。

格里那凡爵士真的有点忍耐不住了，随即又问道："您还是老老实实地说的好，艾尔通。说了对您有好处，不说是没您的好处的。我最后再问您一句，您愿不愿意回答我的问题？"

艾尔通猛地扭过头来，眼睛盯着爵士，二人四目相对。

"我没什么好回答的，爵士，"艾尔通说道，"我有罪无罪就由法院审判，我说了也没用。"

"判您有罪简直太容易了！"

"太容易了？是吗，爵士？"艾尔通气焰嚣张地说，"阁下结论下得太早了！我老实告诉您吧，就是伦敦最精明最厉害的法官也拿我没辙儿。格兰特船长不在，有谁可以指证我呀？有谁知道我的底细？警方没有抓到我，我的弟兄们也没落网，有谁能证明我就是警方所通缉的要犯彭·觉斯呀？除了爵士您而外，有谁看到我或抓到我干犯罪的事了？有谁能指证我想劫持这条船，把它交给流放犯的？没有，一个也没有！您听清楚了吗？一个也没有！至于您嘛，也只是怀疑我而已。但是，光凭怀疑就可以定罪吗？得凭确凿的证据！您有证据证明我不是艾尔通吗？不是不列颠尼亚号上的水手吗？"

艾尔通一副得意忘形的样子，以为马上这所谓的审问就要不了了之了。可是，没想到，格里那凡爵士转换了话题，诚恳地问道："艾尔通，我不是法官，并不想调查您的犯罪事实。我们还是实话实说吧。我并非想套您的话，让您说出您的犯罪事实来。这是法庭要问您的事。您是知道的，我是来寻找人的，您只要说上一句，就可以帮我一个大忙。怎么样，可以帮我这个忙吗？"

艾尔通摇了摇头，不想说的意思。

"您可否告诉我格兰特船长在哪儿吗？"

"不，爵士。"艾尔通只吐了这几个字。

"那么，不列颠尼亚号的出事地点呢？"

"不，爵士。"艾尔通还是那句话。

"艾尔通呀，您就看看这两个可怜的孤儿吧。他俩寻找父亲找得好苦呀！"

艾尔通迟疑了一下，脸上的肌肉抽动了几下，低声说道："不行，爵士。"

接着，他的气又粗了起来，像是责怪自己不该心软地补充说道："不行，我不说，打死我也不说！"

"是得打死你！"格里那凡爵士也火了。然后，他又竭力地控制住了自己，声音平稳庄重地又说："艾尔通，我给您留点时间，这儿既无法官，又无行刑的刽子手。等到前面的码头，我就把您交给英国当局。"

"那太好了。"艾尔通答道。

那浑蛋答了这么一句之后，悠然地走回被关押的地方。两名船员将门关上，把守在门外，严密地监视着他。大家见审问没有结果，大失所望，十分愤怒。

艾尔通既不怕恫吓，也不吃软招儿，格里那凡爵士没辙，只好作罢，打算还是按原计划回到欧洲去。寻访工作也只能到此暂告一段落，以后再找机会看吧。可是，他还真纳闷儿，难道不列颠尼亚号真的就这么从地球上消失了吗？那几封信不可能有别的解释！三十七度线上没有其他的陆地了呀！

格里那凡爵士把自己的想法与大家，特别是同约翰·孟格尔商量了一番，讨论如何返航。约翰没说什么，去查看了一下煤舱，余下的煤顶多只能烧上半个月了。必须在就近的码头靠岸，补充燃料。

约翰向格里那凡爵士建议，先驶往塔尔卡瓦诺湾，上足了燃料之后，再返回欧洲。由当地到塔尔卡瓦诺湾是直线航行，在三十七度线上。船在塔尔卡瓦诺湾上足了给养和燃料之后，就可以绕过合恩角，穿过大西洋，回到苏格兰。

约翰的建议得到众人的同意。半小时之后，邓肯号的船头便朝着塔尔卡瓦诺湾驶去。浩瀚的太平洋确实很"太平"，海面风浪不大，顺风顺水。傍晚六点，新西兰的山峰已从大家的视线中消失了。返航开始了。

每个人都想到了格拉斯哥港，想到了竟然没能把格兰特船长随船带回欧洲，不免十分懊丧。出发时，人人振奋、快乐；返航时，一个个垂头丧气。是呀，要是把格兰特船长找到了该多好啊！哪怕再吃些苦头，再晚些返回欧洲，也没有关系。可现在，邓肯号上弥漫着一种怅然若失的悲哀情绪，没人想说话，没人想到甲板上去散步。大家就这么沉默着。就连一向欢天喜地、无忧无虑的巴加内尔，此刻也沮丧失望地缩在舱房里。

船上只有一人知道不列颠尼亚号的失事经过，那就是艾尔通，可他就是死不开口。他也许并不知道格兰特船长现在何处，但他至少知道船失事的地点。很显然，一找到格兰特船长，他的罪行就彻底暴露了，所以他不会傻到说出实情的。因此，船上的人，特别是水手们，对艾尔通愤怒至极，恨不得把他暴打至死。

格里那凡爵士并不死心，仍多次试探艾尔通，想从他口中套出点东西来，但对方就是只字不吐。爵士也很纳闷儿，认为他不肯开口必然另有原因，可少校与巴加内尔却认为艾尔通可能真的不知情，这与地理学家对格兰特船长的命运的悲观揣测是相印证的。

可是如果艾尔通真的什么也不知道，那他为什么不直说呢？他为什么非要死扛着？是不是有什么隐情？再说，能不能因为艾尔通在澳洲出现，就推断哈利·格兰特也在澳洲呢？这么多疑问，非艾尔通无法解开。

海伦夫人见丈夫一筹莫展，就想要帮丈夫一把，亲自跟艾尔通谈谈，说不定男人做不成的事，女人就能做成功。

3月5日，海伦夫人让人把艾尔通带到她的舱房里来，玛丽·格兰特也来一起与之交谈，因为说不定这少女的影响力比她自己更大。

三个人在舱房里谈了有一个钟头。究竟是怎么谈的？都谈了些什么？是否有什么收获？收获大否？无人知晓。只见在艾尔通从她们的舱房走出去之后，她俩脸上流露出失望的神情。

　　因此，艾尔通被押出来时，水手们都围上前来，朝他又挥拳头又吼骂的，可艾尔通脸上没有流露出丝毫害怕的样子，只是耸了耸肩膀而已。这更加激怒了众水手，人人举拳，真想痛揍他一顿，但格里那凡爵士和约翰船长正好走出来，及时地制止了大家。

　　但是，海伦夫人并未认输，她可不是一个轻易言败的女人。第二天，她亲自来到艾尔通的舱房，独自一人苦口婆心地开导他。她之所以没再让人把他带到她的舱房去谈，是担心他走来时遭到水手们的殴打。这番好意，艾尔通再浑也是能够明白的。

　　二人单独谈了整整两个钟头。格里那凡爵士等在隔壁，焦急难耐，踱来踱去，一直在压制自己，忍耐再忍耐，不敢操之过急。

　　最后，海伦夫人终于走了出来，脸上带着几分获胜的微笑。她是不是把对方的话套出来了？她真的把真实情况摸清楚了？是不是终于把这个坏蛋给说动了？格里那凡爵士一时还吃不准。而麦克那布斯则认为根本就没有成功的可能，纯粹是在浪费时间。

　　可是，海伦夫人真的是说动了艾尔通。水手们一下子便传开了，全都聚集到了甲板上，比奥比内吹哨集合来得都快。

　　"他都说了？"爵士急不可待地问妻子道。

　　"说倒是没有全说，但是，艾尔通还是松动了，他想要见您。"海伦夫人说。

　　"啊！我亲爱的海伦，您可真了不起！"

　　"我很高兴能帮上了点忙，爱德华。"

　　"您许诺了他什么没有？他提出什么条件了？还需要再保证

一遍吗？"

"我只许诺了他一条：让您尽量地减轻对他应受到的惩罚。"

"很好，我亲爱的海伦，"说着，爵士便命令道，"把艾尔通带来见我！"

玛丽·格兰特陪伴着海伦夫人回到自己的舱房里去。格里那凡爵士则来到方形厅，等着把艾尔通押上来。

第十九章

谈 判

艾尔通被押到格里那凡爵士面前，其他人都退了出去。

"听说您想见我，是吗，艾尔通？"爵士不动声色地问。

"是的，爵士。"艾尔通老老实实地回答道。

"想单独跟我说点什么？"

"是的，不过，我想，麦克那布斯少校和巴加内尔也在，也许更好点。"

"什么更好点？"

"对我更好点。"

艾尔通镇定自若地回答道。格里那凡爵士眼睛凝视着他，看了片刻，然后让人把少校和巴加内尔请来。

"现在，我们都在了，您说吧。"两位朋友进了方形厅坐下之后，格里那凡爵士催促艾尔通道。

艾尔通定了定神，开口说道："爵士，按照惯例，但凡签订合约或者谈判，都必须有证人在场，并且证人还得签字画押。我请他们两位来就是这个目的。严格来说，我是来同您谈判的，我要向您提出一个交换条件。"

格里那凡爵士对这小子的狂妄非常恼火，但他克制住了自己，毕竟现在是有求于他，于是，他便点了点头说："说吧，什么交换条件？"

　　"条件很简单，"艾尔通回答道，"您想从我这儿得到点确实消息，我就想从您那儿得到点好处。一手交钱，一手交货，公平交易。怎么样，爵士？"

　　"您能提供给我们一些什么消息？"巴加内尔急不可待地问道。

　　"我先不问您是什么消息，"格里那凡爵士纠正了巴加内尔的说法，"我倒想先听听您要的是什么好处。"

　　艾尔通很满意爵士的这种态度，点了点头，说道："我所要求的好处并不多。您不是说要把我交给英国当局吗，爵士？"

　　"是的，艾尔通，这么做是正常的。"

　　"我并没说这不正常，"艾尔通平静地回答道，"我若是要求您放了我，您是不会答应的吧？"

　　艾尔通这么直截了当，单刀直入，令爵士略为迟疑了一下。毕竟哈利·格兰特的下落得靠他提供消息，但是，法律的尊严却是不容亵渎的呀。片刻之后，这种忠于法律的精神占了上风，于是，他便说道："那不可能，我无权把您放掉。"

　　"我也不想要您把我放掉。"艾尔通颇为凛然地回答道。

　　"那么，您到底想要什么好处呀？"

　　"我有一个折中的办法。爵士，一边是绞刑架，另一边是自由天地，我不愿上绞刑架，您不肯让我自由，所以我想到一个两全其美的折中办法。"

　　"什么办法？"

"把我放在太平洋上的一座荒岛上，再给我点生活必需品，让我在这荒岛上独自生活，也好在那儿好好地忏悔人生。"

格里那凡爵士没想到他会提出这么个主意来，自己一时也拿不定主意，便扭脸看着自己的两个朋友，但他们也不知如何回答，默默地待着。爵士想了一会儿，然后回答道："如果我满足了您的要求，艾尔通，那您可得如实地把您所知道的一切统统告诉我。"

"那当然，爵士。我保证把我所知道的有关格兰特船长和不列颠尼亚号的情况全都告诉您。"

"全都说出来？"

"全都说出来，毫无保留。"

"用什么担保呀？"

"以我的人格担保！一个坏人也是有人格的，爵士。再说，我也没有其他可以担保的了，信不信全凭您了。"

"好吧，我相信您。"

"您相信我是对的。就算我骗了您，您不仍旧有办法收拾我吗？"

"有什么办法收拾您呀？"

"我身处荒岛，无处可逃，您不照样可以抓住我吗？"

艾尔通说得也是，而且对答如流，考虑得很周到，看得出，他是诚心诚意地想要谈判的。

"爵士，还有这两位先生，"艾尔通接着又说，"你们都看到了，我是把话说在明处的。我并不想欺骗你们，而且，为了证明我不说假话，我还要告诉你们一点。"

"什么？您说。"

"爵士，尽管您还没有答应我，但我还是不想向您隐瞒：关于哈利·格兰特船长的事，我知道得并不太多。"

"并不太多！"格里那凡爵士惊叫道。

"是的，爵士，我所能提供给您的只是我自己的一些细枝末节，都是关于我自身情况的，可能对您所要找的人帮助不大。"

爵士和少校听了这话，颇有点失望，原以为他掌握了不少的秘密，没想到他事先就说他所知道的情况可能无助于寻找失踪的船长。可是，巴加内尔却不动声色。

不过，不管怎么说，艾尔通的这种坦诚的态度还是挺感人的，特别是他最后又补充了一句："我丑话说在前头，爵士，就谈判条件而言，对您有利的少，而对我有利的多，所以请您认真考虑。"

"没关系，您就说吧，我答应您的条件了，艾尔通，我可以替您在太平洋上找一座小岛的。"

"那好，爵士。"

艾尔通对这次谈判结果应该说是感到满意的，但谁也看不出他到底是否感到欣慰，因为他的脸上看不到一丝喜悦的表情，仿佛这次谈判与己无关似的。

"您请问吧，爵士，我现在就可以回答您的问题。"艾尔通开始说道。

"我们不提什么问题，还是您从头说吧，您先说说您究竟是谁？"

"我确确实实是汤姆·艾尔通，先生们，"艾尔通立即回答道，"是不列颠尼亚号上的水手长。1861年3月12日，我随格兰特船长离开格拉斯哥，在太平洋上跑了十四个月，想找个有利地点建一个苏格兰移民区。格兰特船长满怀雄心壮志，非常了不起，可我俩常常发生争执，合不来。我又不是个能屈从于人的人。只要他一决定下来的事，任何人都反对不了。他对自己很严格，对别人也很严厉。因此，在忍无可忍之下，我想到了叛变，而且想拉上船员们同我一起干，把船夺走。我这么做对不对，先别讨论，以后再说。反正，这事让格兰特船长知道了，他大发雷霆，1862 年 4 月 8 日，在澳洲西海岸把我赶下了他的船。"

"澳洲西海岸？"少校打断他，问道，"这么说，您在不列颠尼亚号到达卡亚俄之前就离开了那条船了？那条船是在到了卡亚俄之后才没了消息的？"

"是的，因为我在船上时，不列颠尼亚号从没在卡亚俄停泊过。在帕第·奥摩尔庄园时，我之所以提到卡亚俄，是因为你们先告诉了我它在那儿停泊过。"

"您继续说。"格里那凡爵士催促道。

"我被扔到一个几乎荒无人烟的孤岛上，但离西澳省省城珀斯的流放犯拘押地只有二十英里。我在海边茫然不知所措，觉得走投无路时，正好碰上了一伙刚从拘押地逃出来的流放犯，于是，我也就入了伙。那两年半的漂泊生活也就不细说了，我只是想告诉您，我后来当了流放犯团伙的头领，化名彭·觉斯。1864 年 9 月，我到了那个爱尔兰人的庄园，以艾尔通的真名当他的雇工。我是想待在那儿等时机，想法抢到一条船，这是我唯一的心愿。两个月后，邓肯号来了。你们一到庄园，马上就把格兰特船长的事说得一清二楚。因此，我了解到不列颠尼亚号许多我先前所不知道的事情：不列颠尼亚号在卡亚俄停靠；1862 年 6 月，也就是在我被赶下船来之后的两个月以后，它发出了最后的消息；几封求救信件；船在三十七度线上失事；您要寻找格兰特船长的种种原因，等等。我当时一眼便看上了邓肯号，觉得这船真是棒极了，比英国兵舰跑得都快，所以我一门心思想把它搞到手。正好，船坏了，得修理，所以我主张把它开往墨尔本去。我以船上水手的身份把您引到澳洲东岸那我编造的船出事地点去。就这样，我领你们穿过了维多利亚省。我的那帮弟兄或前或后地跟着我们。我的弟兄们在康登桥做的那件案子，说实在的，根本就没有必要，因为邓肯号只要一到东海岸，它就绝不可能逃出我的手心。一旦我拥有了邓肯号，我就成了海上霸王，还去干那种小儿科的案子干什么呢？所以，我才不辞辛苦地把你们带到斯诺威河。牛马是我用胃豆草毒死的，牛车是我给弄陷进泥潭里去的。后来……后来的事嘛，您全都知道了，我就不说了。唉，要不是巴加内尔先生一时粗心大意把地点写错了，邓肯号现在已经到了我的手里了。这就是我的全部经历。我很抱歉，太简单了，我所说的恐怕对你们寻找格兰特船长无所裨益，同我商定的交换条件，对你们来说是很吃亏的，我是有言在先的。"

说完这些，艾尔通搂抱住胳膊，不再作声，神情十分平静。格里那凡爵士和他的两个朋友一时间也找不到什么可以说的。这个浑蛋把全部事实已经都讲了。若不是巴加内尔粗心大意，后果真的就不堪设想了。格里那凡爵士在杜福湾发现的那件黄色囚衣就是个明证，差一点儿他们的阴谋就要得逞了！显然，他们是在杜福湾准备接应自己的头领的。久等不到，他们可能又窜到新南威尔士省的乡间去杀人放火，为非作歹去了。这时，少校突然想起点什么来，便问艾尔通道："这么说，您在澳洲西海岸被赶下船的那一天，肯定是1862年4月8日了？"

"是的，没错。"

"当时，格兰特船长有什么计划，您清楚吗？"

"稍稍知道一点点。"

"那您说说看，您稍稍知道的那一点点也许能帮我们找到线索的。"

"我只知道格兰特船长想去新西兰，但我被赶下船之后，他是否真的去了新西兰，我就不清楚了。也许他有可能真的去了。这与求救信上的三桅船失事的日期，1862年6月27日，还是很符合的。"

"当然符合。"巴加内尔说道。

"可是，信件上并未提到过'新西兰'呀。"格里那凡爵士不解地说。

"这我就解释不清楚了。"艾尔通说。

"好了，艾尔通，"格里那凡爵士说道，"您实践了您的承诺，我也将实践自己的承诺。我们将会商量一下，在太平洋上替您找一个小岛。"

"好，随便一个小岛就行，爵士。"艾尔通颇为满意地答道。

"您先下去，等我们决定了之后，会通知您的。"

艾尔通在两名水手的押送下，回自己的舱房去了。

"这小子本来可以成为一个了不起的水手的。"少校感叹道。

"是呀，这人既聪明又坚毅，可惜走到邪路上去了。"爵士应答道。

"不知格兰特船长究竟如何了！"少校又感叹道。

"恐怕是凶多吉少。可怜了这两个孩子，一心想找到父亲，可现在上哪儿去找呀？"爵士也在感叹。

"我知道上哪儿去找了！"巴加内尔突然冒出这么一句来。

这个巴加内尔，盘问艾尔通时，他一直沉默不语，几乎不提任何问题，可现在却突然来了这么一句，让人好生奇怪。

"您知道上哪儿去找？"格里那凡爵士不禁惊呼道。

"是呀，同大家一样。"巴加内尔不急不忙地回答道。

"您怎么知道的？"

"还是从那几封信呀！"

"嗨，开什么玩笑！"少校鄙夷不屑地顶撞他道。

"您别不信，叫我说嘛，麦克那布斯。我就是怕您不信，所以一直没敢吭声。今天，经艾尔通这么一说，我的看法得到了证实。"

"是新西兰？"爵士急切地问。

"您先别忙着问，先听我说，"巴加内尔认真地回答道，"我写错了一个字，碰巧却救了大家，但我写的那个字并不是没有理由就写错了的。我当时在听爵士口述，我记录时，正好那份《澳大利亚暨新西兰报》掉在地上，那张报纸是折起来的，报纸的名字的后一半露出了点出来，我便看到了，'Australian and New Zealand Gazette'上的那个'aland'半个词。我当时便眼睛突发一亮，心想这不正是信件上的那个'aland'吗？怎么把它认作'登陆'，而不把它视作'西兰'（zealand）这个词的后一半？"

"嗯。"格里那凡爵士点着头嗯了一声。

"这么重要的一点，我先前怎么就没有想到呢？"巴加内尔信心十足地说，"那是因为我一门心思全都用在了那封法文信上了，因为它相对来说比较完整些，可法文信上却偏偏没有这个词。"

"哼，巴加内尔，您的想象力也太丰富了！"少校忍不住挖苦他道，"您这么快就把您以前的两种解释给忘掉了？"

"我没忘，我可以解释。"

"那您就解释一下 austral 这个词吧。"

"这个词，当然仍旧应解释为南半球。"

"那么，indi 呢？您先解释为'印第安人'（indiens），后又说是'土著人'（indigènes），到底是哪一个呀？"

"我觉得是，而且肯定应该是我这次的第三个解释：'走投无路的人'。"

"还有 contin 呢？应该还是'大陆'（contnent）吧？"

"新西兰是个岛，那就不该是'大陆'。"

"那又是什么呢？"爵士急切地问道。

"我亲爱的爵士，您先别着急，等我把信件再从头至尾连起来给您解读一下，您再判断是对还是不对。但是，在我解读之前，我请你们注意两点：首先，把脑子里原先的解释全都驱除掉，只注意研究这新的解读；再有一点，有些地方可有能点牵强，但那都是些无关紧要的地方，比如'gonie'，我先前的解释总觉得有点欠妥，但却苦于找不出其他的解释来，而且，我根据的主要是那封法文信，可写信的人却是英国人，法文估计不很精通。先说明了这些之后，我现在来给你们解读一下那些信吧。"

于是，巴加内尔便不紧不慢地解读那些求救信来：

1862 年 6 月 27 日，三桅船不列颠尼亚号不幸遇难，沉没于风浪险恶的南半球海上，靠近新西兰——也就是英文信上的"登陆"。船上的三名幸存者——格兰特船长和他的两名水手——登上了北岛。不幸成为这个蛮荒岛屿上的走投无路的人。今特将此信抛入海中求救。地点是南纬三十七度十一分。见信请速来营救。

巴加内尔解读完了。这个解读不无道理，可是头两次的听起来也言之有理，最后不还是证明理解有误吗？这次会不会又理解错了呢？爵士和少校因此也不想再争论了。既然三十七度线上的巴塔哥尼亚海岸和澳大利亚海岸都没能找到格兰特船长，那么，很可能在新西兰会找到他的吧？二人对巴加内尔的这次解读表示了赞同。

"巴加内尔，您既然有此想法，为何两个月来，竟然滴水不漏呀？"格里那凡爵士对此颇为不解地问道。

"因为我总在担心，生怕又让大家空喜欢一场。当时，我心里一直想着奥克兰，那儿正是信上所指的三十七度线上的那个点。"

"可后来我们被迫离开了去奥克兰的路线，您怎么还不说呢？"

"那是因为，即使说出来，解读得再清楚，也成了马后炮了，无法去搭救格兰特船长了！"

“您这话是什么意思？”

“我是想说，即使不列颠尼亚号真的是在新西兰出的事，都已经两年过去了，船上的人不是淹死就是被毛利人杀害了。”

“这话先别传出去，朋友们，”格里那凡爵士不无担忧地说，“等我遇到适当的时机再把这一不幸消息透露给格兰特船长的两个可怜的孩子吧。”

第二十章

黑夜中的呼唤

　　艾尔通的招供未能像大家所企盼的那样带来好消息，因此，船上的人无不大失所望。希望化为泡影，人人怅然若失。

　　邓肯号还能找到不列颠尼亚号的出事地点吗？大家心中无底。船仍在按原定路线行驶着，顺便找一座荒岛，把艾尔通丢弃掉。

　　巴加内尔和约翰在查看地图，正好，在这三十七度线上就标着一个小孤岛，名为玛丽亚泰勒萨岛，离美洲有三千五百海里，离新西兰是一千五百海里，最近的陆地是北边的法国保护地——帕乌摩图群岛。往南，一直到南极，都是浩瀚大海，未见陆地。这是孤立地悬在太平洋上的一片虎岩，是鸟儿们的中途歇息的处所，是风暴和浪潮袭击的地方。

　　艾尔通被告知要去这个荒无人迹的小岛后，表示同意。于是，邓肯号便朝着玛丽亚泰勒萨岛驶去。其实，这座小孤岛与塔尔卡瓦诺湾及航行中的邓肯号正处在一条直线上。

　　两天后，下午两点，瞭望的水手报告说看见玛丽亚泰勒萨岛了。

　　它低低的、长长的，宛如一条大鲸鱼浮在浪涛上面。此时，邓肯号距离该岛还有三十海里，正以每小时十六海里的航速劈波斩浪，向它驶去。

船离岛越来越近，小岛的侧影在西下夕阳的照射下，已清晰可辨。岛上的几座低矮的山头疏落地立着，倒影映在海水里。

五点钟时，约翰船长仿佛看到岛上有一股红红的烟冒了出来。

"那会不会是座火山呀？"他向在一旁举着望远镜观察的巴加内尔问道。

"说不好，"巴加内尔回答道，"人们对该岛知之甚少。如果它是因海底突起而形成的一座岛的话，那就有可能是座火山。"

"如果是火山喷发造成的小岛，那么火山会不会再一喷发，把它给喷没了？"格里那凡爵士不解地问。

"这种可能性不大，"巴加内尔回答道，"据我所知，这座小岛也形成了有几百年了，绝不会像尤里亚岛那样，从地中海里冒了出来，没几个月，又不见了。"

"那好，您看，在天黑之前能赶到那个小岛吗，约翰？"格里那凡爵士转问约翰船长。

"不行，阁下。这一带我不熟悉，天又暗了下来，很容易造成危险。我们只好减低航速，慢慢地漂荡，等明天天一亮，放下一只小艇靠上岸去。"

晚上八点。邓肯号与小岛之间相距只有五海里了。夜色苍茫，邓肯号缓缓地向小岛方向漂荡着。

九点时，小岛山头突发升腾起一团红红的火光，持续不断地亮着。

"还真的是座火山。"巴加内尔仔细地观察了一番后说道。

"不会吧？"约翰疑惑地说，"火山喷发应该有巨大的声响的呀？咱们离它这么近，怎么会听不见呢？而且，它还是处在上风口，是顺风呀？"

"对呀！"巴加内尔也挺纳闷儿，"火山喷发必然是会发出巨大的响声的。而且，你们看，那火光还有间歇，很像是灯塔。"

"灯塔？只有在海岸线上才有灯塔！可这只是太平洋上的一个孤岛！啊！"约翰说到这儿，突然惊呼道，"又有火光出来了！快看，在海滩上！火光还在一个劲儿地晃动！啊！它又挪地方了！"

约翰没看错，确实是又有一处在发出火光，而且突然熄灭，又突发亮起。

"是不是岛上有人居住呀？"格里那凡爵士自言自语地说。

"应该是，而且肯定是土著人。"巴加内尔回答道。

"那我们可别把那家伙扔在这儿了。"

"对，不能！"少校插言道，"这家伙坏得都不配让土著人吃。"

"那就另找一个荒岛吧，"格里那凡爵士听了少校的话，微笑着说，"既然答应艾尔通还他以自由，不能食言，不能把他送去给土著人当食粮。"

"不管怎么说，我们还是小心为是，"巴加内尔提醒道，"新西兰人诡计多端，有时会点燃火把引诱过往船只，跟过去的康瓦人一样。我看，这小岛上的土著人采取的也是这么一招儿。"

"横向转头，"约翰船长命令掌舵水手，"明天天一亮，就会弄清楚是怎么回事了。"

夜晚十一点。约翰等人已各自回到舱房去了。船头只有几名水手在甲板上值班，船尾只有一名掌舵的水手在把着舵。

这时候，玛丽·格兰特和小罗伯特却在黑暗之中来到船舵顶部。姐弟二人手扶栏杆，凄然地望着海面和邓肯号身后的那亮闪闪的浪槽。他俩在思念着父亲，在想父亲是否仍在人世间。怎么这么久了，连一点音信也没有？寻访工作就此结束了？不能就此结束呀！没了父亲，怎么活呀！找不到父亲，活着还有什么意思呀！是啊，如果没有格里那凡爵士和海伦夫人的关怀，他们姐弟俩早就不知是什么样了！

现在，小罗伯特已经成熟了，他能猜得到姐姐此刻的心情，便像个小大人似的紧紧地攥住姐姐的手说道："姐姐，千万可别悲观失望，千万记住父亲的训诫：'有勇气就能战胜一切！'爸爸多么有勇气啊！我们也应该像他一样，有勇气去战胜一切。这之前，是你在替我操心，现在，我长大了，该由我来操心你了！"

"啊，我的好弟弟！"玛丽感叹道。

"我有句话要告诉你，你听了可不许生气呀！"

"我不会生气的，弟弟。"

"你保证？"

"我保证。可你这话是什么意思呀？"玛丽有所警觉地问道。

"我想当水手，姐姐……"

"那你得离开我了？"姐姐紧张地握住弟弟的手，惊问道。

"是的，姐姐。我想像父亲一样，成为一名水手；我想像约翰船长一样，出海远航。姐姐，你比我更了解约翰船长，也比我更相信他，他说过能把我培养成一个了不起的水手。而且，约翰船长是个坚强的人，不达目的誓不罢休。他将同我一起去继续寻找爸爸。姐姐，你就答应我吧。我一定要把爸爸找回来！不管怎么说，我是爸爸的儿子，我豁出命也要把他给找回来。姐姐，你不也想念爸爸吗？他是世界上最好的父亲！"

"是呀，他是世界上最好的父亲！"玛丽激动地说，"是让我们引以为豪的父亲。你知道吗，罗伯特？父亲早就是我们国家的骄傲了，如果不是运气不好，使他未能完成自己的宏愿的话，他已经是我们祖国的伟人之一了。"

"这我怎么能不知道哩！"

玛丽一把搂住弟弟，泪水滴在了弟弟的额头上。

"姐姐，姐姐，你别哭。不管怎么说，我仍旧抱有希望，永远抱有希望，我不相信父亲那样的一个人，会在未完成自己的事业之前就死去的！"

玛丽听了弟弟的话，更是悲从中来，只知抽泣，不知说什么好。对父亲的思念，对弟弟的怜爱，对约翰船长的侠肝义胆的感激，全都涌上心头，百感交集。

"你是说约翰船长仍旧心怀希望？"她不禁问弟弟道。

"是的，他是个真正的大哥哥，他不会骗我们的。答应我，姐姐，让我也去当水手吧。我好跟他一起去寻找父亲。"

"好倒是好，可咱姐弟俩就得分开了。"姐姐像是在回答他似的自言自语道。

"你不会孤单的，姐姐。约翰船长告诉过我，海伦夫人是不会放你走的，她特别疼爱你，你是个女孩，需要别人疼爱，有她陪着你不是很好吗？而我是个男孩子，父亲常说：'好男儿志在四方！'"

"可我们敦提的老家怎么办呀？那可是充满回忆的地方呀。"

"这你就不用操心了，姐姐。约翰船长，还有格里那凡爵士早就有所安排了。爵士准备认你作干女儿，把你留在玛考姆府上。这是爵士亲口告诉约翰船长的，而约翰船长又把这话说给我听了。你就把那儿当作自己的家，好好地生活，等着听我们给你带回好消息来。我和约翰船长一定要找到爸爸，一找到，就马上把他带回来，让你看到！到了那一天，我们该是多么幸福快乐呀！"小罗伯特说到激动处，两眼放光，喜悦兴奋之情溢于言表。

"啊，我的好弟弟！要是爸爸能听到你的这番话，他该有多高兴啊！你真不愧是咱爸的好儿子，你还真像父亲，等你长大之后，一定同父亲一模一样！"

"那当然啰。"小罗伯特不免自豪地回答道，脸上洋溢着激动的光芒。

"格里那凡爵士和海伦夫人对我俩恩重如山，真不知该如何报答他们。"

"这并不难嘛。我们将来一定会尊敬他们，热爱他们，为他们赴汤蹈火，在所不辞！为他们而死，也绝不皱一下眉头！"

"不许乱说！不要为他们死，而要为他们活着，"玛丽说着便狂吻着弟弟的额头，"他们希望你为他们活着。我也希望你为我而活着呀！"

姐弟俩在夜色苍茫中渐渐停止了对话，但心潮在起伏，心儿仍旧在彼此交谈着。平静的海面上长长的浪条在轻轻地滚动，一起一伏，螺旋桨在轻轻地搅动着浪花。正在这时，姐弟二人像是有神明在指点似的，两颗心同时产生了一种幻觉，冥冥之中，仿佛有一种呼唤声传来，该不是在做梦吧？二人猛地一激灵，屏声敛息，竖起耳朵，仔细聆听，只觉得那呼唤声十分低沉、苍凉，让人心儿发颤。

"救救我！救救我！"那声音在隐隐约约地向姐弟二人传来。

"姐姐，你听见什么了吗？是不是有个声音在喊呀？"

姐弟二人连忙扶住栏杆，身子向前伸出去老远，往四下里望去。但是，夜色苍茫，什么也没看见，只是见到浪涛翻起的那点白光。

"罗伯特，"玛丽脸色煞白地扭过头来对弟弟说，"我仿佛……没错，我同你一样，仿佛……该不是咱俩都因头疼发热，意识不清吧，弟弟？"

玛丽正说这话时，突然又传来一声喊叫，二人听得十分真切，同时从心里迸发出一声呼唤："爸爸！爸爸……"

玛丽激动得支持不住，晕倒在小罗伯特的怀中。

"救人啊！姐姐呀！爸爸呀！救人啊！"小罗伯特扯着嗓门拼命地在喊。

掌舵的水手第一个跑过来，扶起玛丽小姐，值班的水手们随即也奔了过来。约翰·孟格尔、格里那凡爵士、海伦夫人也被惊醒，连忙跑到舱顶上来。

"姐姐不行了！啊！我爸爸在那儿！"小罗伯特在大声说着，还一边用手指着那边海上。大家被他说糊涂了。

"真的呀！"小罗伯特仍旧在大声嚷嚷，"我爸爸就在那边！我听见他在呼唤，姐姐也听到了！"

玛丽突然醒了过来，站直了身子，瞪大了眼睛，疯狂地叫喊着："我爸爸！我爸爸在那儿！"

她边喊边爬上栏杆，弯下身子，要想往海里跳。

"爵士啊！夫人啊！"被众人强拉住的玛丽·格兰特仍在狂叫道，"我爸爸就在那儿！我发誓，我听到他的呼救声了，他快

姐弟二人连忙扶住栏杆，身子向前伸出去老远，往四下里望去。但是，夜色苍茫，什么也没看见，只是见到浪涛翻起的那点白光。

要不行了……"

由于激动过度，她全身抽搐起来，又晕了过去。大家不得不赶快把她抬到舱房里去。海伦夫人跟着进了她的舱房，守候在她的身旁。小罗伯特则仍在那儿不停地大叫道："爸爸！我爸爸就在那儿！我说的是真的，爵士！"

大家都认为这两个孩子是因为思念过度，产生了幻觉，都不相信他们说的是真的。但是，格里那凡爵士却心存疑惑，不禁拉住孩子的小手，问他道："你真的听到你父亲的呼救声了？"

"真的！爵士，就在那儿，从波浪中传过来，他在喊：'救救我！救救我！'"

"不会听不出来的，爵士！我发誓，我绝没有听错，我姐姐也听到了，她也听出来是父亲的呼救声。您想呀，总不能两个人同时都听错了吧？求求您了，爵士，快放一只小艇下去，把我父亲救上来吧！"

小罗伯特急得直跳脚，哭都哭不出声来。

格里那凡爵士还想进一步查清，便把掌舵的水手叫了过来，问他道："霍金斯，玛丽小姐突然晕倒时，您是在那儿掌着舵吗？"

"是的，阁下。"

"您听见什么，看见什么了吗？"

"没有，阁下。"

"你看，罗伯特，是不是呀？"格里那凡爵士转过脸去对小罗伯特说。

"如果霍金斯的父亲在叫他，他也就听出来了，"小家伙倔强地反驳道，"那是我父亲在呼救，我当然听得见了，爵士！"

小罗伯特急得脸色苍白，声音哽咽，也像他姐姐一样，昏过去了。爵士连忙叫人把他也抬到舱房里去了。

"这姐弟俩命真够苦的！上帝对他俩也太不公平了！"约翰·孟格尔感叹道。

"是呀，伤心过度，真让人怜爱！真没想到，他俩小小年纪，竟然伤心得产生了幻觉……"爵士也感叹道。

"两人同时产生幻觉？"巴加内尔自言自语道，"这也太离奇了！这从科学的角度来说，是不可能的呀。"

随后，巴加内尔也探身桅杆外，侧耳聆听，并让大家别出声，让他仔细地听。他先是静静地在听，继而又放开喉咙大声呼喊，仍未听见任何的回声。

"这就怪了！难道真的是有'心有灵犀'？情感真的能感天动地？"巴加内尔不解地边寻思边往舱房走去。

第二天，3月8日，清晨五点。天刚蒙蒙亮，乘客们全都早早地跑到甲板上来了。大家心里只装着一个念头，要弄清楚到底那个小岛上是怎么回事，特别是玛丽与罗伯特姐弟俩。

此刻，邓肯号离那小岛上只有一海里。所有的望远镜全都对准了岛上的主要景物。船在缓缓地沿着小岛环行着。现在，肉眼也能看清岸上的情景了。突然，小罗伯特大喊一声，说是看见岛上有两个人在跑，还挥动着胳膊，其中有一个人还在挥动着一面旗帜。

"是面英国旗！"约翰船长抓起望远镜对准了看过去后叫喊道。

"没错，是英国旗。"巴加内尔也看得一清二楚。

"爵士，爵士！"小罗伯特声音颤抖着在叫嚷，"请放小艇下去，快点儿！不然我就跳下去，游到岛上去了！我要第一个上岛！"

船上的人没人应答，都有点困惑。怎么搞的？小岛上竟然有三个人，还是三个英国人！大家想到了昨天夜里两个孩子的"幻觉"，其实，他们真的是听到了求救声。也许他们因幻觉而错以为是他们的父亲在呼救。不过，不管怎么说，他们姐弟俩真的是听到呼救声了，这一点看来是毋庸置疑的。但这并不一定就是他们的父亲的呼救声！一想到这一点，大家就不想让小罗伯特先上小岛上去，万一真的不是他父亲，这两个孩子已经身体十分虚弱，再大失所望，岂不又要昏了过去？可是，格里那凡爵士又不忍心阻止这姐弟俩，于是，他便下令道："放下小艇！"

不到一分钟的工夫，小艇已经泊于海面，准备好了。玛丽、小罗伯特、爵士、约翰、巴加内尔一下子全都涌上了小艇。小艇内六名水手奋力划着，像离弦之箭般飞也似的划向小岛。小岛已在眼前！

"爸爸！"玛丽·格兰特一眼就认出了岸上站着的那个人来，不禁惊呼起来。

岸上果然站着三个人，中间高大魁梧的那位，正是大家苦苦寻找的格兰特船长！格兰特船长慈眉善目、面带坚毅，是玛丽和罗伯特姐弟俩面容的完美结合。两个孩子的"幻觉"，他俩的心灵感应，没有错，确实是他们的父亲在向他俩求救。

格兰特船长听见女儿的呼叫，心中惊喜万分，百感交集，只见他张开双臂，却突然间扑通一声摔倒在地。

第二十一章

塔波岛

虽说是乐极生悲，但毕竟人是不会因高兴而死的。父子三人很快清醒过来了。见他们一家三口喜相逢，观者无不既喜又悲，真不知如何才能描绘得出来。大家流着喜泪在一旁观看着，静候着。

上了邓肯号的甲板之后，格兰特船长向着海伦夫人、格里那凡爵士及其一行同伴哽咽着表示深切的感谢，因为在小艇带上他和两名水手返回邓肯号时，两个孩子已经把邓肯号环球寻访他们的经过告诉他了。

自伟大的海伦夫人、格里那凡爵士及其伙伴们起到每一位船员，为了寻找他吃尽了苦头，费尽了心机，这怎能不叫他感激涕零呢？他真的认为自己无以回报这种大恩大德。可他又不善言辞，但是他脸上的那种朴素真挚、高尚豪爽的表情已经深深地打动了大家，使大家早已把艰难险阻、饥饿劳累等苦楚全都抛到了九霄云外，忘得一干二净。即使一向冷峻的少校，也不禁潸然泪下。至于巴加内尔嘛，则更像是个孩子，激动得哇哇大哭了起来。

格兰特船长一个劲儿地看着自己的女儿，好像怎么也看不够似的，觉得她温柔美丽，对她赞不绝口，还请海伦夫人评判自己所言对否。然后，他又转向自己的儿子，乐不可支地大声嚷道："你都这么高了，我的孩子！简直就是个大人了嘛！"

说着，他双手搂抱着自己的一双儿女，把两年多来的离情别绪全流露在他的热吻中。

小罗伯特立刻向父亲一一介绍在座的他的好朋友们，特别强调由于他们的关心爱护，他和姐姐才勇敢地站了起来。当他介绍到约翰船长时，这个年轻的船长竟然满脸绯红，像个女孩儿似的，回答格兰特船长的问话时，连声音都在发颤。

这时，海伦夫人便把这次行动的经过，特别是头天夜晚的情况讲给格兰特船长听了，后者打心眼儿里为有这双儿女而高兴、自豪。

然后，约翰船长又对玛丽·格兰特赞不绝口，至此，格兰特船长已心知肚明，立刻抓起女儿的手，放到了这个英俊勇敢的年轻船长的手里，并冲着格里那凡爵士夫妇说道："爵士，夫人，让我们为我们的孩子们祝福吧！"

诉不完的离别苦，道不完的思念情，大家你一言我一语地亲切地交谈着。然后，格里那凡爵士见缝插针地把艾尔通的事告诉了格兰特船长。格兰特船长证实了艾尔通的说法，确实是他在澳洲海岸把他给赶下船去的。

"此人既聪明又有胆量，只可惜贪心不足，才走向罪恶的深渊的。但愿他能改过自新，痛改前非，重新做人。"格兰特船长最后说道。

在准备把艾尔通送到塔波岛上之前，格兰特船长说是想请大家到他在岛上的"宅第"去，并且在他的"餐桌"上共餐。大家欣然接受了。玛丽和罗伯特姐弟更是高兴得什么似的，急不可待地要去看看父亲住过的地方。

于是，他们又乘上小艇，向小岛划去。

上得岛来，大家走遍了格兰特船长的"领地"。这小岛并不大，只是海底一座大山的山顶上的一小片平地，满是雪花岩的岩石和火山的残余。毫无疑问，这个山头是海底火山爆发时隆起后，突出洋面的。然后，形成了物化土，生长出植物来，过往的船只，如捕鲸船，把船上的猪呀羊呀弄到岛上来，渐渐地繁殖起来，后来，慢慢地变成了野猪、野羊，于是，动物、植物、矿物这便全有了。

不列颠尼亚号的遇难者们来到这个岛上之后，通过劳动，使这儿得到了改造，活力显现出来。在这两年半中，格兰特船长和他的两名水手让这个小岛改变了模样。昔日的荒岛，有了翻耕过的土地，长出了作物、蔬菜。

大家走到了窝棚前。这窝棚搭在绿绿的橡胶树下，面对着大海，阳光充足。格兰特船长让人把桌子搬来，置于绿荫下，大家围桌而坐。随即，一只山羊腿、一些纳豆粉制作的面包、两三棵野菊苣，以及几碗奶和一些清凉的水，便摆到了桌子上。这虽称不上是"盛筵美食"，但却别有一番风味。

巴加内尔特别激动，脑海里又浮现出鲁滨孙的故事来。

"艾尔通也算是很有福分，能待在这么个岛上，"巴加内尔感慨万千地说道，"这小岛简直是天堂！"

"真的可称作天堂，"格兰特船长应声道，"我们仨大难不死，让上帝给安排进入这个天堂里来了。只是这玛丽亚泰勒萨岛太小了点，而且贫瘠荒凉，没有大河，只有一条小溪，再加上一个被海浪冲出来的所谓的'海湾'，其实只是个'小水坑'。"

"小点又有何妨呀，船长？"格里那凡爵士问道。

"要是个大岛屿，我就可以把它改造成为太平洋上一个苏格兰移民区了。"

"啊，船长，您至今仍念念不忘这移民区呀！正因为如此，祖国人民全都在挂念着您哪！"

"我真的是一直在这么考虑的，爵士，上帝派您来救我脱险，为的就是要我继续完成未竟之业。我们古老的喀里多尼亚同胞，所有苦难的人，应该找到一片新的海上陆地，建立移民区，享受独立与自由，过着在欧洲竟未能过上的幸福生活！"

"好极了，格兰特船长，"海伦夫人赞叹道，"这个计划太好了，太伟大了！但是，这个岛……"

"是呀，这个岛太小了，地方就那么一点点，又是一片岩石，养活不了几个人。要建移民区，就必须有一块广袤富饶的土地。"

"对，船长，"格里那凡爵士也赞同道，"是得有一大片土地，我们一起去寻找吧。"

格兰特船长听了这句话后，十分感动，紧紧地握住爵士的手。

然后，格兰特船长便开始向大家讲述起这两年多来他们是如何度过的，因为他看出了大家正急切地想要知道。

"我的这番成功与鲁滨孙相差无几。落到这个地步，到了这么个小小的荒岛上，别无他途，只有依靠上帝，依靠自己，与大自然去搏斗，去求生存。

"那是1862年6月26日夜间的事。连续六天狂风骤雨，不列颠尼亚号刮坏了，最后撞毁在这玛丽亚泰勒萨岛的岩石上。当时，恶浪滔天，不可能得到援救，除了水手包伯和乔戈而外，其他船员全都遇难了。于是，我们仨便奋力地向岸上爬，爬上来，滑下去，再爬，再滑，几经努力，总算爬到了岸上。

"随后才发现，这是一座荒无人烟的小岛，约有两英里宽，五英里长。岛上总共只有三十多棵树，有几小片草地，以及一条小溪。还算好，这小溪一年到头也不干涸。

"我们仨并未丧失信心，尤其是包伯和乔戈，决心像鲁滨孙那样，在岛上坚持下去。于是，我们便动手把破船上的工具和枪支以及一点火药和一袋种子弄上岛来。头几天，缺少食粮，困难很大，但后来，我们便去打猎，捕鱼捉虾。没想到，岛上有不少野羊，沿岸鱼虾也不少，真是天无绝人之路。就这样，我们吃的问题总算解决了点儿。

"我从船上捡拾出来的工具中有测量仪，所以我就把小岛的位置给测量了出来。测量后发现，这小岛不在任何一条航线上，想被人搭救恐怕是没希望了，除非遇到什么极其意外的情况。我心中思念着亲人，但理智让我克制，誓死也要坚持下去。

"于是，我们就拼命地为了生存而开荒种地，把菜籽先种上，土豆、菊苣、酸模等率先长了出来；随后，其他一些菜籽也发芽了，冒出了地面。我们又捕捉了几只野羊，把它们驯养起来，羊奶和奶油的问题也随之解决。我们还在泥洼地里发现了很多的纳豆，便用它来制作面包，很有营养，这么一来，粮食问题也迎刃而解了。生活上，可以说是大大地改善了，没有太大的顾虑了。

"再就是住的问题。我们把破船的木料弄来搭建窝棚，用帆布盖顶，涂上柏油，雨水浸不透。住的问题也算是解决了。我们仨在这座窝棚里商议过无数的计划，做过许多的美梦，最好的一个梦就是今天实现的这个梦。

"我本想用破船板做一只小船，去海上碰碰运气，看看有无生路。但是，最近的陆地是帕乌摩图群岛，离我们至少有一千五百海里。小船哪能划那么远？只好作罢。因此，这个求生计划便放弃了，只好听天由命，看看有没有奇迹出现。

"唉，你们是想象不到的，我天天都站在岸边注视着，看看有无过往船只。整整翘首以盼了两年半！两年半呀！一共只看到过两三只帆船，远远的，瞬间即已消失，心里好失落呀！但是，我虽然感到失望，却并未绝望。

"我等呀，盼呀，最后，终于有一天，也就是昨天，我正爬到岛上的最高处，突然在西边发现一缕轻烟，而且在渐渐地大起来，不一会儿，我便看到了一艘船，似乎正在向我们的小岛驶过来。可我心里在想，小岛无停泊处，它可能又会避开的。

"唉，我真是急得跟什么似的，不知如何是好。我便立即去叫我的那两位难友，赶忙在另一座山峰上点起一把火来。可是，直到夜里，也不见那条船有任何的回应。我不死心，这可是生的希望，绝不能错过！

"夜越来越深沉，船很可能在夜里绕过小岛而去。我便纵身下海，朝船游去。求生的希望在激励着我，我感到越游越有力。我劈波斩浪，眼看离船越来越近了，可是，未承想，在相距不到三十多英尺时，船却偏偏掉过头去了！

"这一下，我可真是急坏了！我扯起嗓门儿，声嘶力竭地呼唤着。只有我的两个孩子听到了这似冥冥之中的呼救声，他们以为是幻觉，其实那并不是幻觉，是他们的父亲在呼唤。

"后来，我只好游回岛上，浑身瘫软，焦急与疲劳致使我瘫倒在岸边。我的两位难友连忙把我拉了回去。这一夜是多么难熬啊！我本以为今生今世再也不可能遇救，只能客死在这荒凉的小岛上了。可是，天刚蒙蒙亮，我便看到船在缓缓地沿着小岛环绕，然后又看见你们放下了艇……我知道，我们有救了！而且，我还看见我的一双儿女就在自己的眼前，在向我挥手！"

玛丽和小罗伯特听到这里，再也忍不住了，立刻拥抱住父亲，吻个不停。

至此，格兰特船长他们之所以有此再生的机会，竟然是他在船失事后一个星期所写的那几封信帮了大忙。真得感谢那只漂流瓶！

当格兰特船长在讲述自己的遇险经历时，巴加内尔脑子里在想些什么呢？他在脑子里反复地琢磨那几封信，心想，自己的三种解释看来是全解读错了。这玛丽亚泰勒萨岛在那被海水腐蚀的信纸上是怎么写的？巴加内尔怎么也按捺不住了，一把抓住格兰特船长，大声问道："船长，您现在可否告诉我们您在信里是怎么写的吗？"

经他这么一提，大家也非常好奇地急于知道，九个月来，大家可是为猜出信的内容而绞尽了脑汁。

"船长，您还能准确地回忆起您所写的内容吗？"巴加内尔催问道。

"当然记得，并且记得一字不差，因为那是我们所寄托的唯一希望，我天天都在默默地念叨信上的内容。"

"到底是怎么写的，船长？"格里那凡爵士也急切地问道，"请您给复述一遍，我们猜来猜去全都猜错了。"

"好，我来复述给你们听。不过，我在漂流瓶中装的可是三封信呀，是用三种语言写的，你们想知道的是哪一封呀？"

"怎么，三封信的内容不一样？"巴加内尔几乎无法相信地叫嚷道。

"那倒不是，只是有一个地名有所不同。

"那好，您先说那封法文信吧，"格里那凡爵士说道，"法文信相对来说较为完整，我们每次是以它为基础进行研究的。"

"爵士，法文信是这么写的：

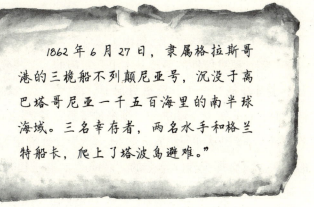

> 1862 年 6 月 27 日，隶属格拉斯哥港的三桅船不列颠尼亚号，沉没于离巴塔哥尼亚一千五百海里的南半球海域。三名幸存者，两名水手和格兰特船长，爬上了塔波岛避难。"

"唉！"巴加内尔叹息一声。

格兰特船长继续往下念那封法文信：

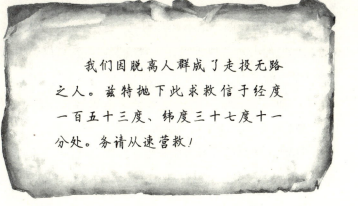

> 我们因脱离人群成了走投无路之人。兹特抛下此求救信于经度一百五十三度、纬度三十七度十一分处。务请从速营救！

巴加内尔这时实在是憋不住了，霍地站了起来，大声嚷道："怎么是塔波岛呢？不是玛丽亚泰勒萨岛吗？"

"是这样，巴加内尔先生，"格兰特船长解释道，"在英国和德国的地图上，写的是玛丽亚泰勒萨岛，而法国地图上标明的却是塔波岛。"

这时，巴加内尔肩头突然挨一拳，是少校打的，而且一反庄重、拘礼的常态，调侃地说了一句："好个大地理学家呀！"

但是，巴加内尔对少校的这一拳并未有所感觉，他感到羞愧的是自己的学识之浅薄，竟然出了这么个大错。

其实，他对信件的解读基本上是正确的，那些残缺不全的字差不多都被他补全了，巴塔哥尼亚、澳大利亚、新西兰都被确认。而 contin，则从 continent，渐渐地接近"长远"（continuelle）的意思。indi 也从"印第安人""土著人"，终确定为"走投无路的人"。只有那个残缺不全的"a-bor"，却把巴加内尔给引上了迷途，以为是 aborder（上岸、登陆），而实际上却是法文地图上的 Tabor（塔波岛），也就是三位幸存者的避难之地。这也怪不了巴加内尔，因为邓肯号上的地图全都写的是"玛丽亚泰勒萨岛"。

"真是丢人现眼！千不该万不该，我不该忘了这个岛有两个名称！"巴加内尔羞愧难当，抓着头发在责备自己，"我真不配当地理学会的秘书，真是无地自容！"

"巴加内尔先生，您千万可别这么想呀，"海伦夫人劝慰道，"别太自责了，这也是在所难免的事。"

"不是在所难免，不是在所难免！是太粗心！是愚蠢！"

"那倒也是，比马戏团里的蠢驴胜过一筹。"少校故意逗他。

饭吃完了之后，格兰特船长收拾了一下窝棚，布置了一番。他把一应家什全留了下来，心想，对那个浑蛋，还是以德报怨吧。心宽胸阔天地宽，何必与这种人去计较？

大家回到了邓肯号上。格里那凡爵士准备当天起航归去。于是，他让人把艾尔通带上来，面对格兰特船长站着。

"还认识我吗，艾尔通？"格兰特船长问艾尔通。

"当然认识，船长，"艾尔通平静地回答道，"很高兴能再次见到您。"

"艾尔通，如果我把你扔到一个有人居住的陆地上去，似乎反而会害了你，对不？"

"是的，船长。"

"我想让你待在这个无人居住的小岛上，这样对你可能更好，你可以好好地忏悔！"

"谢谢您，船长。"艾尔通一直保持着平静地在回答着。

这时，格里那凡爵士也对艾尔通说道："您仍旧坚持您所提出的要求，把您放在一个荒岛上吗，艾尔通？"

"是的，爵士。"

"你觉得塔波岛合适吗？"

"很合适，爵士。"

"现在，我最后再跟您说一句，艾尔通。这儿离陆地很远，您想与您的那帮兄弟联络几无可能。奇迹是很难出现的，您不可能遇上格兰特船长的这种好运。不过，您与格兰特船长不一样，他逃到这座荒岛上，无人知无人晓，可您，却仍旧有人知道您留在了这儿，尽管您并不值得大家记得您。但愿您能好好忏悔。"

"愿上帝保佑您，阁下。"艾尔通仍平静地回答了一句。

小艇已准备好了，艾尔通被送去岛上。在这之前，约翰船长已经派人把一些工具、武器弹药、几箱吃的及一些书籍送到岛上去了。

开航的时刻到了。不管怎么说，大家还是有点于心不忍，尤其是玛丽·格兰特和海伦夫人。

"非得这么做吗？非得把他一个人扔在荒岛上吗？"海伦夫人向丈夫问道。

"必须这么做，海伦，"丈夫回答她说，"只有这样，他才会独自忏悔，改过自新。"

约翰·孟格尔指挥着小艇离开邓肯号。艾尔通站在小艇上，默默地摘下帽子，深深地向邓肯号这边鞠了一躬。

爵士及船上的人全都脱下帽来，仿佛在为一个死人送葬似的默然地站着。小艇离大船越来越远，渐渐靠近小岛。

接近沙滩，艾尔通纵身跳下，小艇随即返回邓肯号。

此刻已是下午四点。船上的人站在船舱顶上，只见艾尔通搂抱胳膊，一动不动地立在一块岩石上，望着邓肯号离去。

"咱们开船吧，爵士？"约翰船长提议道。

"好的，约翰。"格里那凡爵士竭力地在掩饰着自己心中的激动说。

"开船！"约翰船长命令道。

发动机立即发动起来，发出很大的声响；螺旋桨转动起来，搅得浪花飞溅。晚上八点，塔波岛上的最后几座山峰便在夜色中隐去了。

第二十二章

巴加内尔最后又闹了个笑话

邓肯号驶离塔波岛十一天后，即 3 月 18 日，美洲海岸已隐约可见。第二天，它便停泊在塔尔卡瓦诺湾了。

航行了整整五个月之后，邓肯号终于回来了。它沿着南纬三十七度线，环绕了地球一周。这是一次壮举，它填补了英国航海旅行上的一个空白。他们穿过了智利、潘帕斯大草原、阿根廷共和国，越过了大西洋、达昆雅群岛，经由印度洋、阿姆斯特丹群岛、澳大利亚、塔波岛、太平洋，并且找到了不列颠尼亚号的幸存者，把他们带回了祖国。

响应格里那凡爵士远征的苏格兰人，悉数胜利归来。这次远征真可谓古代史上所说的"无泪"的战争。

补充了给养和燃料之后，邓肯号便沿着巴塔哥尼亚的海岸，绕过合恩角，驶入大西洋，日夜兼程，全速前进。

这一段航行真是顺利得没法再顺利的了。邓肯号满载着幸福与欢乐，像鸟儿似的轻快地飞驰着。约翰对玛丽的那份爱也公之于众，这更增加了人们的喜悦。

不过，还有一个秘密，少校始终也猜不透：为什么巴加内尔总是衣服穿得严严实实，领带也一丝不苟，围巾竟然围到耳朵根儿？少校总在探问、盘问，但巴加内尔总是只字不吐。

他怎么就不怕热呢？船过赤道，气温高达五十摄氏度，可他仍旧是一颗纽扣也不解。

"看来他粗心到家了，冷热不分，还以为自己身处圣彼得堡哩。"少校在犯嘀咕。

5月9日，驶离塔尔卡瓦诺湾五十天后，约翰·孟格尔船长终于看见克利尔角闪烁着的灯火了。邓肯号穿过了圣乔沿海峡，驶过爱尔兰海，进入克莱德湾。十一点时，它停泊在丹巴顿。下午两点，格里那凡爵士一行在当地群众的热烈欢呼之中踏进玛考姆府。

读者读到此处，必须会联想到，大团圆的结局随之而来。确实如此。哈利·格兰特船长及其两名水手终于获救；约翰·孟格尔船长与玛丽·格兰特喜结连理，百年好合，婚礼由九个月前曾为格兰特船长做祈祷弥撒的摩尔顿牧师主持；小罗伯特也将子承父业，当上船员，在格里那凡爵士的大力支持之下，去完成父亲未竟之业……还有雅克·巴加内尔，我们的这位了不起的地理学家，其声名已在苏格兰社交界广为流传，其粗心大意也被传为了佳话，人人都想见见他，各种应酬不断，使之几乎难以招架。正在这个时候，一位年约三十岁的女子出现了，她是麦克那布斯少校的表妹，虽说有点古怪脾气，但是性情温和，眉清目秀，颇有几分姿色。她还真的爱上了我们的这位古怪的地理学家，而且非他不嫁，并想尽快地成双成对。除此之外，此女尚有陪嫁一百万法郎，只是她避而不谈，只字未露。巴加内尔对这位名为阿若贝拉的小姐也颇为心动，只是羞于启齿，不敢主动表示。倒是少校颇为积极，主动撮合，正告巴加内尔说，这是他最后一次闹个"粗心大意的笑话"了，以后就再没有这样的机会了。

巴加内尔颇觉为难，不知如何是好，弄得少校摸不着头脑，甚是纳闷儿。

"您是不是看不上她呀？"少校着急地问他道。

"不是，不是，少校，"巴加内尔连忙摇头说道，"她太可爱了！说实在的，我倒宁愿她少可爱点，希望她有点缺陷更好。"

"这您尽管放心，她还是有缺陷的，而且不止一个。再完美的女人也是有缺陷的。行了，您这不算是理由，巴加内尔，您就决定了吧！"

"可……我不敢。"巴加内尔嗫嚅道。

"怎么啦，我博学的朋友？怎么这么支支吾吾的呀？"

"我……我是怕配不上人家呀！"他老这么推来推去，就是不说出具体的原因来。

终于，有这么一天，巴加内尔被少校逼得无可奈何，在要求他严守秘密的情况之下，道出了实情。原来，他是身上有点难以启齿的东西，不便泄露。如果警方想捉拿他，光凭他身上的这点特征，他就无处可躲，无处可藏。

"原来就这么点事呀！"少校轻描淡写地大声说道，"这算什么呀！"

"这还不算什么呀？"

"非但没有关系，相反，有了这个特点，您便妙不可言，若是阿若贝拉小姐看到了，会把您视为举世无双的妙人儿了！"

少校说这话时也像平时一样地一本正经，十分严肃，并不像是在取笑，这反而更让巴加内尔心里忐忑不安。

麦克那布斯少校扭头便去找他的表妹，三言两语便把话说清楚了。

半个月后，玛考姆府中的小教堂里，举行了一场轰轰烈烈的婚礼。新郎巴加内尔英俊潇洒，面貌一新，衣服纽扣扣得严严实实；新娘阿若贝拉小姐花枝招展，貌若天仙。

我们的地理学家巴加内尔身上的秘密，本来一辈子也不会为人所知的，可是，少校并未信守诺言，他把这个秘密泄露给了格里那凡爵士，爵士又告诉了海伦夫人，海伦夫人又偷偷地告诉了孟格尔太太。就这么一传再传，最后连奥比内太太也知道了。

原来，巴加内尔被毛利人俘虏去了三天，被刺了青，还不是刺了一点，从上到下，刺了个遍，胸前还刺了一只大大的几维鸟，张开双翅，在啄他的心脏。

这是他在这次伟大的远征中留下的唯一的伤心的纪念，他今生今世难以忘掉这奇耻大辱。他永远也不会原谅新西兰人给他造成的这一巨大的伤害。正因为如此，尽管他非常思念祖国，尽管别人屡屡劝他，但他就是不愿返回法兰西，生怕传出去，说地理学会来了个身有刺青的秘书，马上就会成为漫画家和小报的揶揄对象，连地理学会也会因此而蒙羞。

格兰特船长回到祖国，受到祖国人民的夹道欢迎，盛况空前，如同民族英雄一般。儿子罗伯特后来也同他一样，同约翰船长一样，当了海员，在格里那凡爵士的支持下，为实现在太平洋上创建一个苏格兰移民区这一伟大梦想而积极奋斗。

欢迎您从《凡尔纳科幻经典》走进
读客三个圈经典文库

亲爱的读者，感谢您选择读客三个圈经典文库。

我们的封面统一使用"三个圈"的设计，读者可以凭借封面上形式各异的"三个圈"找到我们，走进经典的世界。

你想成为什么样的人？

对你来说什么是重要的？

这个世界应该是什么样子？

我们在生命中遇到的这些问题，或许可以在浩如烟海的文学经典中找到答案。

跟随读客三个圈经典文库，认识世界、塑造自我，成为更好的人！

《漫长的告别》　《西西弗神话》　《人间失格》　《人类群星闪耀时》　《鼠疫》

《小王子三部曲》　《局外人》　《月亮与六便士》　《基督山伯爵》　《罗生门》

读客三个圈经典文库

精神成长树

你想成为什么样的人？
对你来说什么是重要的？
这个世界应该是什么样子？

　　我们在生命中遇到的问题，每个时空的人都经历过，一些伟大的人留下一些伟大作品，流传下来，就成了经典。正是这些经典，共同塑造并丰富着人类的精神世界。

　　我们重新梳理了浩若烟海的文学经典，为您制作了精神成长树。跟随读客三个圈经典文库，汲取大师与巨匠淬炼的精神力量，完成你自己的精神成长！

树干：

不同的精神成长主题，您可以挑选任意感兴趣的主题进行深入阅读

例如：
寻找人生意义
探索自己的内心
拥有强大意志力
理解复杂的人性
…………

枝丫上的果实：

我们为您精选的经典文学作品

精神成长树示意图

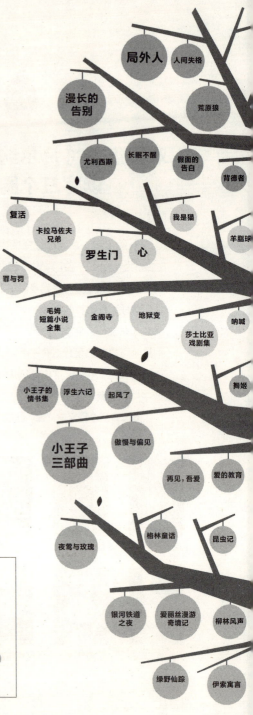

局外人　人间失格
漫长的告别　荒原狼
尤利西斯　长眠不醒　假面的告白　背德者
复活　卡拉马佐夫兄弟　我是猫　羊脂球
罗生门　心
罪与罚
毛姆短篇小说全集　金阁寺　地狱变　莎士比亚戏剧集　呐喊
舞姬
小王子的情书集　浮生六记　起风了
小王子三部曲　傲慢与偏见
再见，吾爱　爱的教育
格林童话　昆虫记
夜莺与玫瑰
银河铁道之夜　爱丽丝漫游奇境记　柳林风声
绿野仙踪　伊索寓言

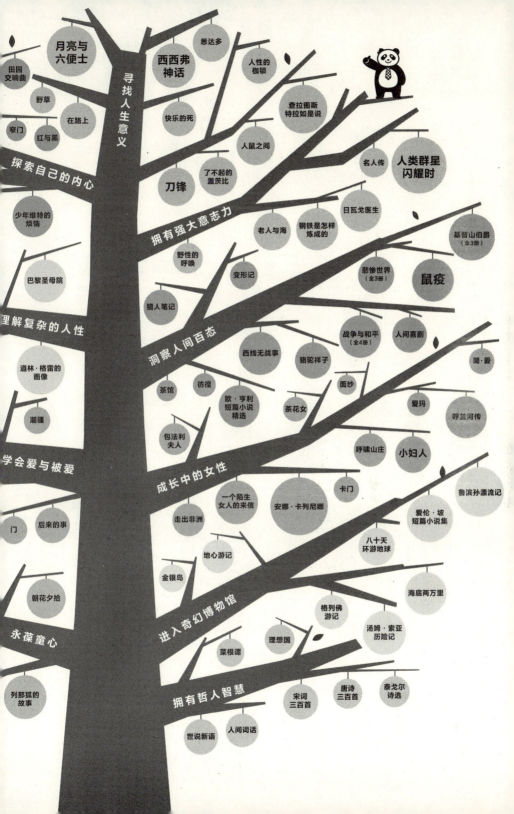

激发个人成长

多年以来，千千万万有经验的读者，都会定期查看熊猫君家的最新书目，挑选满足自己成长需求的新书。

读客图书以"激发个人成长"为使命，在以下三个方面为您精选优质图书：

1. 精神成长
熊猫君家精彩绝伦的小说文库和人文类图书，帮助你成为永远充满梦想、勇气和爱的人！

2. 知识结构成长
熊猫君家的历史类、社科类图书，帮助你了解从宇宙诞生、文明演变直至今日世界之形成的方方面面。

3. 工作技能成长
熊猫君家的经管类、家教类图书，指引你更好地工作、更有效率地生活，减少人生中的烦恼。

每一本读客图书都轻松好读，精彩绝伦，充满无穷阅读乐趣！

认准读客熊猫

读客所有图书，在书脊、腰封、封底和前后勒口
都有"读客熊猫"标志。

两步帮你快速找到读客图书

1. 找读客熊猫

2. 找黑白格子

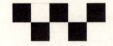

图书在版编目（CIP）数据

格兰特船长的儿女/(法)儒勒·凡尔纳著；陈筱
卿译. —— 南京：江苏凤凰文艺出版社，2018.9（2022.7重印）
（凡尔纳科幻经典）
ISBN 978-7-5594-2512-6

Ⅰ.①格… Ⅱ.①儒…②陈… Ⅲ.①科学幻想小说
－法国－近代 Ⅳ.①I565.44

中国版本图书馆CIP数据核字（2018）第152451号

格兰特船长的儿女

［法］儒勒·凡尔纳 著　　陈筱卿 译

责任编辑	丁小卉　　姚 丽	
特约编辑	闻 芳　　周量航	
装帧设计	读客文化　021-33608311	
责任印制	刘 巍　　江伟明	
出版发行	江苏凤凰文艺出版社	
	南京市中央路165号，邮编：210009	
网　址	http://www.jswenyi.com	
印　刷	河北鹏润印刷有限公司	
开　本	890毫米×1270毫米 1/32	
印　张	20.75	
字　数	446千字	
版　次	2018年9月第1版	
印　次	2022年7月第2次印刷	
书　号	ISBN 978-7-5594-2512-6	
定　价	338.00元（全9册）	

江苏凤凰文艺版图书凡印刷、装订错误，可向出版社调换，联系电话：010-87681002。